BÜLENT GARDİYANOĞLU

# Dört Sınav



DESTEK
yayınları

DESTEK MEDYA GRUBU

DESTEK YAYINLARI: 1122
KİŞİSEL GELİŞİM: 191

**BÜLENT GARDİYANOĞLU / DÖRT SINAV**



*İmtiyaz Sahibi:* Yelda Cumalıoğlu
*Genel Yayın Yönetmeni:* Ertürk Akşun
*Yayın Koordinatörü:* Özlem Esmergül
*Editör:* Devrim Yalkut
*Kapak Tasarım:* İlknur Muştu
*Sayfa Düzeni:* Cansu Poroy
*Sosyal Medya-Grafik:* Tuğçe Budak - Mesud Topal

Destek Yayınları: Temmuz 2019 (5.000 Adet)
6.-20. Baskı: Temmuz 2019
21.-23. Baskı: Eylül 2019
24.-25. Baskı: Aralık 2019
26. Baskı: Temmuz 2020
27. Baskı: Ekim 2020
Yayıncı Sertifika No. 13226

ISBN 978-605-311-604-2


Abdi İpekçi Caddesi No. 31/5 Nişantaşı/İstanbul
Tel. (0) 212 252 22 42
Faks: (0) 212 252 22 43
www.destekdukkan.com
info@destekyayinlari.com
**facebook**.com/DestekYayinevi
**twitter**.com/destekyayinlari
**instagram**.com/destekyayinlari
www.destekmedyagrubu.com

Deniz Ofset – Çetin Koçak
Sertifika No. 48625
Maltepe Mahallesi
Hastane Yolu Sokak No. 1/6
Zeytinburnu / İstanbul

DESTEK yayınları KARAKARGA BEYAZ BAYKUŞ genç DESTEK

BÜLENT GARDİYANOĞLU

# Dört Sınav

BOLLUK - CESARET - İLİŞKİLER - SAĞLIK

DESTEK
yayınları

# İÇİNDEKİLER

# GİRİŞ

*Evrenin İlahi Dili* kitabımızla başlayan yolculuğumuzda, sekizinci kitabımız olan *Dört Sınav* ile yeniden siz okuyucularımızla buluşuyorum. Şükürler olsun...

İlk kitabımızda çevremizden ve kendi içimizden bize gelen mesajları almayı ve bu mesajları doğru okumayı anlatmaya çalışmıştım. Bir nevi acil durum kitabıydı. Sonraki kitabım olan *2 Tam Bir Tek*'te ilişkiler üzerine bildiklerimi paylaşmaya çalıştım. *Kadın Olmayı Hatırlamak*'ta, kadınların ve onlarla birlikte erkeklerin enerjilerini nasıl doğru kullanabilecekleri ve hayatlarına, kendilerini kabul ederek yön vermeleri gerektiğine değindim. *Her Şey Hakikati Görmekle Başlar* kitabımda bir tekâmül yolculuğunu anlatmaya çalışırken, farkındalık oluşturmaya, yaşadığınız ancak cevaplarını bulamadığınız sorunların kökenine inmeye çalıştım. *Mucize Şifa* kitabımızla insanın ilahi kaynaktan almak yerine, çevresinden enerji çekmeye çalışmasının yanlışlığını anlatıp, gerçek şifa kaynağına inmesi gerektiğini vurgularken, *Her Güne Bir Mesajınız Var* ile "Şu anın niyetine..." diyerek kendinizi dinlemeyi, içsesinize kulak vermeyi göstermek istedim. *Gönül Gözü* kitabımızla ise Sümerlerden beri dünyayı yöneten sistemi ve onun, bugünün insanının gönül gözünü nasıl kapatarak, sadece tüketici haline getirmeye çalıştığını anlattım.

Şimdi sırada "sınavlarımız" var.

Bu kitabımızla "Bolluk-Bereket", "Cesaret", "Sağlık" ve özellikle de en karmaşık konu olan "İlişkiler" konusundaki sınavlarımızı anlattım.

*Dört Sınav* kitabımızı kaleme alırken, niyetim hayatta en çok karşılaştığımız 4 sınav olan sağlık, para, cesaret ve ilişkilerle ilgili yaşadığımız olaylar hakkında kendimize farkındalık katmaktı. Dünya çapında binlerce kişiyle yaptığımız bireysel görüşmelerde, 4 konu başlığı içinde bir kısırdöngüde insanların sıkıntı yaşadığını gördüm. İnsanların bir kısmı sağlıkla ilgili sorunlar yaşarken bir kısmı cesaret veya ilişkilerle ilgili sorun yaşıyorlardı. Kiminin sorunu ise bolluk-bereketti. Bazen de biri ön planda olsa bile tüm sınavların aynı anda, aynı kişinin karşısına çıkmış olabildiğini gördüm.

Eğer hayatınızda bir kısırdöngünün içindeyseniz, hayatınız sürekli tekrar eden bir olayın etkisindeyse, burada dikkat etmeniz gereken nokta, geçmişte çözmeniz gereken bir şeyler olduğudur. İster korkularınızın yansıması olsun, ister atalarınızdan gelen enerji yazgıları olsun ya da yargılarınız, hükümleriniz olsun, sizi tehlikeli bir yola sokmuş demektir.

Eğer uyanma vaktiniz geldiyse ve doğduğunuz günden bugüne kadar yeterince çile çekip, çektiğiniz çileleri dönüştürüp, tecrübelerinizi de insanlarla paylaşma vaktine ulaştıysanız, hayat sizi dört konudan da sınava sokuyor.

Eğer kendinizi tanımlarken, "Ben mükemmeliyetçiyim, doğrucu başıyım, işkoliğim" diyorsanız, kendinizi hâlâ anne veya babanıza ispatlamaya çalışıyorsanız, teşekkür bekleyen bir insansanız, biraz da duygusalsanız, bu defa sınavlar size çok sert gelecektir. Lakin hayatın değişimlerine çabuk ayak uyduran, kendini daha çabuk güncelleyen, alınıp kırılmak yerine "Bundan ne öğrenebilirim?" diyen bir insansanız, hayat çok daha rahat, akışta ve iyi gidiyor.

Her insanın hayatında sınavları var. Şanslıysanız, bu dört sınavın dördünden de sınavdasınız. Hayat köşeye sıkıştırdı ve maskelerinizi çıkarıp atmak üzere. Şems ne diyor?

*"Ne korkuyorsun hayatının altı üstüne gelecek diye?*
*Ne biliyorsun altının üstünden daha iyi olmadığını?"*

Bu sözü ilk duyduğumda yüreğime su serpildi. Kontrolcülüğüm, mükemmeliyetçiliğim, akışa müdahale çabalarım, herkesi memnun etme gayretim bu süreçte çıktığım yolda geride kaldı. Dünyaya geliş amacımı sorgulamak, yaşam amacımı sorgulamak, bu dünyaya niçin geldiğimi bulmak hedefim haline geldi.

Herkes güvence kalesi arar. Garanti iş, garanti maaş, garanti eş, garanti çocuk sonra garanti ölüm... Elbette emekli de olun, ay başında maaşınızı da alın. Bunda hiçbir sıkıntı yok. Ama bugünü yaşamadan yarın için yaşadığımızda, bu sefer de şu sorunun cevabını düşünün: Yarın yaşayacağınızı biliyor musunuz?

Bu nedenle, hem bugünü yaşayın hem de yarın için yatırım yapın. Fakat bugünü yaşamazsanız, yarını da kaçıracaksınız. Bir bakmışsınız ki kaçan bir sürü yarınınız var. Finale geldiğinizde, Âşık Veysel'in işaret ettiği "iki kapılı han"dan çıkarken, acaba nerede olacaksınız? Neleri yapabildiniz? Başkalarının istediği insan mı oldunuz yoksa kendi özünüze mi ulaştınız?

İnsanların çoğu ölümden korkar ama yaşarken zaten ölüden farkları yoktur. Dünyayı yöneten sistemlerin amacı insanları bu hale getirmektir. Geliri olmayan bir insana yüksek limitli bir kart verilir ve borçlandırılırken, kendini mutlu hissetmesi, sürekli satın alması sağlanır. Sonra tüm hayatını tedirgin, endişeli, borçlu olarak geçirir.

İlk kitabımızdan bu kitabımıza kadar, yani sekiz kitabın hepsi, diğer kitaplarla ilişkili ve bir bütünün parçalarıdır. Bundan sonra yazılacak olanlar da böyle olmaya devam edecek.

Unutmayın! Aradığınız ve bulduğunuz soruların cevaplarının telifi size ait değil, o cevapları arayan herkese aittir. Bu nedenle bulabildiğimiz cevapları sizinle sosyal medya hesaplarımızdan ve www.nefes21.com sitesinden paylaşıyoruz. Sizler de kendi hayatınızda dönüştürdüklerinizi ve bulduklarınızı çevrenizdekilerle paylaşmaktan kaçınmayın. İlk başta belki size inanmayacaklar. Ama yılmayacaksınız.

Farkındalık çevrenizdekilerle nasıl daha iyi diyalog ve ilişkiler kurabileceğinizi anlatan bir bilgidir. Toparlayın, sindirin ve sonra insanlarla paylaşın. Dirençle karşılaşırsanız dert değil. Kiminin anlaması beş dakika, kiminin anlaması yıllar sürer. Annem Emine Gardiyanoğlu'nun bana anlattıklarını anlamam otuz yıl sürdü. Herkesin algısı, nasibi, hayatındaki yaşadıkları farklıdır. Siz de kendi hayatınızı, kendi içdünyanızı inceleyin. İş hayatınıza, sağlığınıza, cesaretinize, hayatınızda tekrar eden olaylara bakın. Bunları incelediğinizde birçok cevabı zaten kendi içinizde bulmaya başlayacaksınız.

Bu bir bilgi kitabı değildir. Tecrübe paylaşma kitabıdır. Bu yola nasıl çıktım, başıma neler geldi, nasıl ilerliyorum... Bir kaptanın seyir defteri gibi kabul edin. Hoca değilim, şeyh değilim, akademisyen ya da doktor değilim. Yalnızca Allah'ın yarattığı sistem içerisinde yolculuğunu yapmaya çalışan bir kul olmaya çalışıyorum.

Benden başlayarak, herkesin ve bütünün hayrına olsun inşallah.

# *Kendim İçin Bir Şey Yaptım ve Değişim Başladı*

Annem, 1979 yılında yere büyük minderler koyar, bağdaş kurup oturmamızı isterdi.

"İki gözünün arasında bir göz daha olduğunu düşün. Gör bakalım, Allah sana ne gösterecek?" derdi.

Enerjisi güzel, spiritüel yönü olan bir insandır.

Annemin bu farkındalığı, daha ilkokuldayken çakraları, pandül kullanmayı, aura görmeyi öğretmesine rağmen içimde öyle güçlü bir ego vardı ki, "Ben bilirim, ben yaparım, her şeyi ben yaparım..." dedim. Annemin babamın nasihatlerini dinlemek yerine kendi kafama göre gittim.

1993 yılında, lise son sınıfta ne kadar kişisel gelişim kitabı varsa okumaya çalışırken, annem el koydu. "Önce gerçek dünyayı deneyimleyin ve öğrenin" dedi.

Annemin bana dört yaşında anlattıklarını, ben otuz beş yaşında anladım. Bir yandan "Onların anlattıklarını dinleseydim keşke..." diye düşünüyorum ama öte yandan "Demek ki benim de bu yoldan geçmem gerekiyordu..." diyorum. Emin olun, bir yerde biri bunları size anlattı; bir olay yaşadınız, bir film gördünüz. Birileri posta kutunuza bir şeyler bıraktı ama siz fark etmediniz. Bir köşeden geldi ama dinlemediniz.

İşte bu noktada fark ettim hayatımın tekrara girdiğini. Tekrar üstüne tekrar... Otuz iki otuz beş yaş arası böyle geçti. Biri geliyor, diğeri gidiyor ama hep aynı. Kafayı yemek üzereydim.

"Neden sürekli tekrara düşüyorum?"

Sonunda hayatımda bir dibe vuruş yaşadım. Evim gitti, arabam gitti, yuvam dağıldı, herkes beni kötü adam bildi. Yalnız kaldım. Bana destek olan yalnızca annem vardı yanımda.

Bu olaylarla birlikte asıl uyanışım da babamı kaybetmemle oldu. Kanser hastasıydı. Onu gözümün önümde kaybetmek, benim için ağır bir sınav oldu. Pehlivan gibi, yüz yirmi kilo bir adam altmış kiloya düştü, eridi gitti.

Bugünkü farkındalığım o gün yoktu. Olsaydı en azından babamla sohbet edecektim. "Baba neye kırıldın? Neye üzüldün? Kim senin hakkını yedi?" diye sorabilecektim. Bunların hiçbirini soracak aklım yoktu o zamanlar.

Annem, birçok kez babama şifa sunmayı istedi ama babam değişime biraz daha kapalıydı. Bir de o darbenin üstüne ve temizlemediğim bir travmanın üstüne, iş hayatımda sıkıntılar yaşadım.

Telefonum kapalıydı. Evde bunalımda olduğum bir gün. Buzdolabı boş, işim yok, ailem bile beni kötülüyor, insanlar beni görmek istemiyor... İçimden, "Öleyim de kurtulayım!" diye düşündüm. "Allahım neden bu dünyadayım? Herkesin istediği gibi olmaya çalıştım ama hiç sevenim kalmadı..."

Bunalımlı, ateşli, uyutmayan, yemek yedirtmeyen, sıkıntılı bir süreçti. Bu sürecin içinde bir akşam, çok uzun zamandır kendim için bir şey yapmadığımı fark ettim. "Sinemaya gideyim... Değişiklik olsun..." diye düşündüm. Cebimde çok az bir para vardı ve zaten fazla alternatifim yoktu.

Arabaya bindim, yakıt uyarısı ışığı yanıyor. Depo neredeyse boş... Gidebilirim ama dönemeyebilirim. Parasızlığın ve sıkıntının ne olduğunu biliyorum. Kendimi bu durumun içine nasıl soktuğumun da farkındayım. Zamanında bana gelen kaynakları herkese dağıttım. Çeşme akarken kabını dolduranlar, çeşme kuruyunca başka çeşmeye gittiler ve kimsenin umurunda değilsin artık...

O gece içimden bir ses, "Gitme!" dedi.

Bir başka ses:

"Git..."

Kararsız kalınca yatıp uyumaya karar verdim. Nasıl olsa saat sekiz matinesini kaçırmıştım. Kendini erteleme, kendine vakit ayırmama uzmanıyım! Başkalarına zaman ayıracağım, onları mutlu edeceğim ki mutlu olayım...

Yattım, kalktım. Gece on bir kırk beş matinesi vardı.

"Hadi gideyim!" dedim.

Dinlenip uyuyunca daha temiz karar alınabiliyor. Yorgunken yapasınız yoktur, moraliniz iyi değildir, motivasyon, şevk yoktur.

Çıktım, sinemaya gittim. Çok komik bir film... Salon beş yüz kişilik. Gece matinesinde bile salon dolu. O an bir ışık yandı zihnimde. "Bu perdeye reklam verebilirim..." diye düşündüm.

Sinemanın sahibi uzaktan akrabamdı.

"Film öncesi ve arasında neden reklam vermiyorsunuz?" diye sordum.

Araştırdıklarını ve bunun çok pahalı bir sistem gerektirdiğini söyledi.

Projektör koymayı önerdim. Altmış yetmiş bin avroluk makineleri olduğunu söyledi. Başka türlü olamayacağını anlattı.

Kıbrıs'tan İstanbul'u, projektör satan bir firmayı aradım. "Sinema perdesine 24 metreden görüntü vereceğimi" söyledim. Makine fiyatlarının altmış bin avrodan başladığını söylediler. Düşündüm... Sinemanın sahibi bu parayı vermez, bende de bu makine yok...

Normal projektörle perdeye görüntü yansıttığımızda ise mesafe uzadıkça görüntü büyüyor ve perdeye sığmıyor. Sinema sahibine, "Beş yüz altmış avroya bir projektör var. Bunu sipariş verelim..." dedim.

Benim hatırıma bu siparişi vermeyi kabul etti.

On beş gün sonra makine KKTC'ye geldi. Projektörü kurdum. Hakikaten tahmin ettiğim gibi oldu. Projektör en arkaya yerleştirilip çalıştırılınca, görüntü perdeden taşıyor, koltuklar ve tavana yayılıyor.

Bilgisayara oturdum. Grafik programlarını bildiğim için bazı ayarlar yaptım. Tekrar verdim görüntüyü, bu defa perdeye oturdu.

Sinemanın bir avantajı olarak ışıklar kapandığı için, en kötü renkler bile güzel görünür. Reklam filmlerini makaraya aktarmak için yüksek para alınıyordu. Sıradan bir USB bellekle bunu aktarmayı başardım. Gidip reklamları topladım. Akşam sinemaya gelmelerini istedim. Firmalar geldi ve reklam filmlerini perdede görünce reklam vermeye gönüllü oldular.

Evrensel bir kural olarak, bir para almak için önce karşılığını vermeniz gerekir. İnsanlar o kadar çok dolandırıldılar ki bu hayatta, artık yapabilenden bir şey almak istiyorlar. Olmuşu görüp almak istiyorlar.

Ertesi gün bir pizza reklamı geldi. Küçük dilimler halinde pizza getirmelerini ve gece matinesinde dağıtmalarını önerdim. Gece matinesinden çıkanlar, çorbacıya gideceğine pizzacıya gitmeye başladı. Gecenin o saatinde dükkân dolup taştı. Pizzacı çantacıyı, çantacı ayakkabıcıyı getirdi. Evde oturup artık ölmeyi düşünürken, bir anda on yedi müşterim oldu. Hem de bir ay içinde...

O gece sinemaya gitmek yerine evde kalıp yatsaydım, belki bugün hayatta bile değildim...

Bu nedenle, içinizden o an bir şey yapmak geliyorsa ve bir taraftan da üstünüze miskinlik çökmeye başladıysa, kalkın ve yapın. O yolda bilmediğiniz bir şeyle eşleşeceksiniz.

Hayatınızda bunun gibi çok fırsatlar olacak ama bunları görmeniz ve koklamanız gerekir. Unutmayın, kapı kapıyı açar. O kapıdan geçmeden bu kapıdan geçemiyorsunuz. O yüzden açılan kapıları takip edin. Erinmeyin. Tespih gibidir kısmet. Bir boncuk çekeceksiniz ki ötekine sıra gelsin. Oysa biz çekmiyoruz.

Arkadaşınız soruyor:

"Yemeğe gidelim mi?"

Cevap veriyorsunuz:

"Yok, ben tokum."

Oysa açsınız... Öteki diyor ki:

"Çay getireyim mi?"

"Yok, ben alırım..."

Hiçbir yardımı kabul etmiyorsunuz. Böylece boncukları çekmiyorsunuz. Belki yirmi ikinci sırada büyük bir kısmet vardı ama siz birinciyi çekmediniz ki...

Size gelen kısmeti sevgiyle kabul edin. Birini kabul edin ki diğerine sıra gelsin...

Oysa biz hep "Verelim kurtaralım, hep cepten verelim" diyoruz. Ancak, yakıt bittiğinde, selam bile vermeyecek artık insanlar! Yakıtınızı dolu tutun ki yolcu taşıyabilesiniz.

# *Kapı Kapıyı Açar*

Sinemada çok güzel işler yapmak nasip oldu. Sonra bir gün dedim ki:

"Bütün müşteriler memnun. Oysa beş altı ay önce ölüyordum... Bir fikir geliştirdim, ısrarla takip ettim. Alınganlık yapıp, çabuk vazgeçsem, sinema sahibi, projektör çok para dediğinde doğru söylüyorsun deyip geri çekilseydim, bu noktaya hiç gelemeyecektim."

Elbette bazı noktalarda geri çekilmeyi bilmeniz lazım, bazı noktalarda da kararlı olup takip etmeniz. İçinizdeki duygu "inat, hırs ve ispatsa" onun peşinden gitmeyin. Duvara toslayacaksınız! Eğer içinizdeki his "hizmet etme, faydalı olma" ise gidin.

Benim amacım, KKTC'deki firmaların sinemaya reklam verebilmesiydi. Bunu niyet ettim ve geldi. Benim kafamda sinema, perde, reklam filmi yoktu ama bir iş yapma ve hizmet etme derdim vardı.

Bir gün, arabada giderken "kiralık" tabelası gördüm. Eski bir düğün salonu olan yer, şimdi kiraya veriliyordu. Geniş ve tek parça, kocaman bir salon... Bir ara bir yerel televizyon kanalı da kiralamış ve kullanmıştı.

İlandaki numarayı çevirdim, kimse açmadı.

"Nasip..." dedim.

Ertesi gün oradan geçerken tabelayı kaldırdılar. Bir huyum vardır: Çevirdiğim numarayı kaydederim. Bu nedenle binlerce numara vardır telefonumda. "Emlakçı" olarak kaydetmiştim. Kimin kiraladığını merak ettim ve aradım. Hayatınızda akışa girdiğinizde, mucize üstüne mucize yaşarsınız. Telefonu bir adam açtı.

"Kime kiraladınız?" diye sordum.

"Kiralamadık... " dedi. "Eşimle ilanı astık. Bir saat sonra içimize bir sıkıntı düştü, kaldırdık..."

"Geliyorum. İlanı benim için astınız..."

"Kiralamayacağız beyefendi."

"Ben geliyorum."

"Boşuna gelme! Biz vazgeçtik."

İnadına gittim. Adam beni görünce gülmeye başladı. Gitti, eşine seslendi.

"Kahve içelim..." dediler.

Karıkoca gülüyorlardı hâlâ. Adam, "Sen ciddi misin?" dedi.

"Ciddiyim."

"Tamam, kiralıyoruz sana..."

Benden iki kira bedeli depozito daha istiyorlar ama sadece tek kira kadar var. Mal geldikten sonra ödeyebileceğimi söyledim.

"Nasıl istiyorsan öyle yap..." dedi.

Salonun üst kat bölümü harap olmuş. Duvarlar dökülüyor, ışıklar bozulmuş. Depo gibi kullanıyorlar.

"Biz sana burayı istediğin gibi boyarız..." dedi.

"Mor, leylak, beyaz boyayın..." dedim.

Mutfak vardı, tamir ettiler. Önüme çok büyük bir salon geldi.

Sandalye lazımdı. Bir arkadaşım iki yüz tane tabure getirdi. Bir arkadaşım kullanmadığı buzdolabı ve klimayı hediye etti. Parkeci arkadaşımdı, o da zemin için yardımcı oldu.

O gece, sinemaya gitmeden önce, kimi aradıysam açmamıştı. Kimse benimle görüşmek, konuşmak bile istemiyordu ama şimdi kendileri geliyorlardı yardım etmek için. Çünkü yanlış yerde yatırım yapacaklardı ve bu nedenle uzaklaşmışlardı. Bugün ise doğru zamandı ve şimdi geliyorlardı. Bu nedenle gelmesini, el uzatmasını istediğiniz biri gelmiyorsa, şunu anlamanız lazım: Siz yanlış yoldasınız. Ondan geleni de yanlış yerde kullanıyor olabilirdiniz.

## *Ücretsiz Seminerler Dönemi*

Salonun tadilatı, temizliği yapıldı, hazırlandı ve orada bir buçuk yıl, binlerce kişiye kişisel gelişim semineri vermek nasip oldu. Affetmeyi, bağışlamayı, gelecek için yeni hedefler belirleyerek adım atmayı anlattım.

Salona gelen kişilerden kimileri özel konuşmak istediğini söyledi.

Bu süreçte binlerce kişiye koçluk yapmak nasip oldu. Sabah 09.00'dan akşam 23.00'lere kadar, bireysel görüşmeler yaptığımı hatırlıyorum.

Ben doktor değilim. Tüm çabam, kişilere takıldıkları yeri fark ettirmeye çalışmaktı. Kişi oradan kendisi isterse çıkabilirdi. Doktor ile koçluk çalışmasının farkı çok netti. "Bir sporcu, koşarken bileğini incitirse doktora gidecek, daha hızlı koşmak isterse koça gidecektir." Tedaviye ihtiyacı olan, doktora gitmeli. Uzmanlığınız olmadan birini tedavi etmeye kalkarsanız, ayrı bir sınava girersiniz. On yıl okumuş bir doktorla sizin bilginiz aynı değildir.

Cesur olup harekete geçtiğinizde kapılar açılacaktır. Vesvese, sizi kapının diğer tarafında tutmak için başınızın etini yiyecek. "Sana ne? Uğraşma, senin işin değil..." diyecektir. Duanın olduğu, Allah'ın anıldığı yerde vesvese duramaz. Para alırken bile "Allah bereketini versin" demeyi unutmayın.

Bütüne hizmet etmeyle ilgili ortaya bir niyet koydum, niyetimi takip ettim ve devamı geldi...

Eskiden "Ben bilirim, ben yaparım!" derdim ve burnum dertten çıkmazdı. Bu nedenle akışı kontrol etmeyi, direnmeyi, kontrolcü olmayı bırakın. Yelkenleri rüzgâr bir doldursun ve bir yerlere götürsün sizi. Ne yazık ki biz hep kontrolcüyüz.

Bu süreçte annem dışında kimse yoktu yanımda. Kardeşlerim bana küstüler. "Üfürükçülük yaptığımı" söylediler, koçluğumu eleştirdiler. "Yoldan çıktığımı" iddia ettiler. Oysa bu bir farkındalıktır... Alnımı secdeye koyarken, hesap kitap yapmak yerine Rabb'imi düşünüyorum. Bir iyilik yaparken Allah rızası için yapıyorum. Farkındalık bana bunları kattı. Çıkar için yardım etmemeyi, Allah rızası için yardım etmeyi ve anında unutup, yoluma devam etmeyi öğrendim.

## *Zaplarken Sana Denk Geldik*

Bir gün, yine seans için bir bayan geldi.

"Televizyonda program yapıyorum. Bizim kanala gelip konuşsana..." dedi.

"Korkarım, utanırım..." diye düşündüm ama "Allah'a emanet!" deyip çıktım.

O programdan sonra öteki programcı davet etti. Sonra başkaları... Kapı kapıyı açtı. Yüzlerce programa çıkıp, milyonlarca insana ulaşmayı Allah dilemeseydi, olmazdı.

Birçok sefer şunu duydum:

"Kanalları zaplarken sana denk geldik. Doğal konuşuyordun. Ne diyor diye merak ettik... Çok düzgün konuşsaydın, dinlemezdik."

Genelde orijinal halim olan Kıbrıs şivesi ile konuşurum.

Bu dönem insanlar en çok, ceketli ve çok düzgün konuşan insanlardan zarar gördüler. Artık prezantabl görünümlü, porselen dişli, sinekkaydı olmak insanların güvenini kazanmak için yetmiyor. Neredeyse herkes doğal insan arıyor. Hayatın içinde, samimi insan arıyorlar. Elbette bakımlı olun ama abartmayın. Kalpten konuşun. Doğal olun. Eskidendi insanlar kıyafetleri ile karşılanır, karakterleri ile uğurlanır sözü.

Çocukken, Zeki Müren'in bir röportajını izlemiştim. Röportajında şunu söyledi:

"Televizyonda konuşurken, ben asla televizyondan değilim. O insanların evinde oturuyorum. Bu yüzden de televizyonda yayılıp bayılmıyorum, kulağımı karıştırmıyorum. O insanların evine misafir olarak gittiğimde nasıl davranacaksam, aynı saygıyla davranıyorum."

Müren'in bu sözleri kulağıma küpe oldu. Her zaman doğal ama her zaman saygılı davranmaya çalıştım insanlarla konuşurken. Yıllar önceki bir konuşma bile şu an hayatımda işime yarıyor. Her zaman yolu, bir bilene soracaksınız.

Televizyon programları yeni yeni oluşumları tetiklemeye başladı. Ardından dernekler davet etmeye başladı. Bir sonraki basamak, kadın kooperatifleri çağırmaya başladı. Üyelerine farkındalık anlatmaya çalıştım. Kıbrıs adasını köy köy gezdim.

Köy kurslarından sonra biri, "Yurtdışına niye gitmiyorsun?" dedi.

"Teklif yok..." dedim. "Talep gelmesi lazım..."

Türkiye ile kıyaslandığında küçücük bir adada yaşıyordum. Güney'deki Rum Yönetimi'nin baskısı nedeniyle dünyadan izole edilmiş KKTC'de. Bu halimle Türkiye'nin metropol şehirlerinde ne yapabileceğim konusunda bir fikrim yoktu.

Yine de denedik. İstanbul'da bir seminer düzenledik. Çok başarılı olmadı. Sonra İzmir'de seminer yaptık. Sonra değişik şehirlere gitmeye başladım ve baktım ki neredeyse eve dönemiyorum. O dönemde KKTC'de on beş civarında kamp yaptık. Her kampa on beş yirmi kişi katılabiliyordu. Dünyanın dört bir yanından insanlar geldiler.

Ücretsiz seminerler yaptığım salonumuzda film gösterimlerine de başlamıştık. Ancak birkaç dakika film gösterimi, sonra birkaç dakika benim konuşmam şeklinde. Her filmi yorumlayarak ilerliyorduk.

Salonu bana kiralayan karıkoca, bir film gösterimi sonrası şunu anlattılar:

"İlk geldiğin günü hatırlıyor musun? Biz burayı kiralamayacaktık. Tabelayı asmadan iki gün önce seni televizyonda gördük.

Sevgiden bahsediyordun. Keşke böyle bir kiracımız olsa diye düşünmüştük. Sonra kiralık tabelasını astık, sen geldin."

Ortak niyetler genellikle buluşuyor.

Bu hayat, niyete göredir. "Bu hayattan bıktım" derseniz, sizi bu hayattan bıkanlarla buluşturur. "Üretime niyet ediyorum" derseniz, sizi onlarla buluşturur. Hangi titreşimdeyseniz, sizi alıp oraya koyarlar, farkına bile varmazsınız.

Önceki satırlarda, salonun daha önce bir televizyon kanalı tarafından da kullanıldığını yazmıştım. Salonu kiraladıktan çok sonra hatırladım. Bir gün, sinemalarda reklam yayınladığım dönemde, bu salona gelmiş, buradaki ofisi görünce, "KKTC'nin tüm dağları görünüyor. Keşke böyle bir ofisim olsa..." demiştim.

Niyetiniz neyse, size o gelir.

Başkalarının istediği kişi olup, herkesi mutlu etmeye çalıştığım hayatımda, hiçbir işim rast gitmiyordu. Her şey zorla ittir, zar zor giderdi. Ne zaman kendim için bir şeyler yapmaya başladım. Ne zaman ki mutlu olmayı hak ettiğime inandım, işte o zaman eskiden yaptığım güzel niyetler ile aramdaki gizli bariyer sanki kalktı ve tüm güzellikler tatlı tatlı gelmeye başladı.

## *Niyet ve Cesaret*

Çocukken, anne baba dertliyse, hayal kurmak yerine kurtulmaya çalışırız. Babanız söyleniyorsa, "Zaten babam başaramadı, ben de başaramayacağım!" diye düşünürüz. Benim annem ve babamın diyaloğu iyiydi. Babam sevdiğini söylemezdi, duygularını çok ifade etmezdi biz çocuklarına ama eğlenceli bir insandı. Tenordu. Güzel şarkı söylerdi. Annem bir gün dedi ki:

"Siz küçükken bir niyet koydum. Babalarının sesi güzel, inşallah evlatlarından birinin sesi babası gibi olur, şarkıcı olur da ben de peşinde dünyayı gezerim diye düşündüm."

Şarkıcı olamadım ama seminerler gerçekleştiriyoruz. Annem ve eşim de benimle birlikte dünyayı geziyor. Evladınıza koyduğunuz niyet de uzun vadede sizi etkiliyor. Evladınızla, arkadaşlarınızla, anne babanızla koyduğunuz niyete dikkat edin. Oysa biz ne yapıyoruz? Okutalım, evlendirelim, tamam... Oysa artık evlilik de piyango.

Hayatımda çok bahtsız bir dönemin içinden geçtim. İnşallah tekrar dönmeyiz. Ders alman gerekiyorsa dönersin ama dönmemeye niyet ediyorum. Hayatınızın sıkıntılı döneminden dersinizi alın. Nefis sizi geriye götürüp, geri sokmak isteyecek. Yunus Emre'ye Taptuk Emre ne diyor?

"Burası levvâme kapısıdır. Bu bahçeden çabuk geçmeye bak!"

Kapı kapıyı açtı, bana gelen bollukla, yatırım yaptım. Çünkü para kontrol etmeyi bilen biri değilim. Para kazanmak bir başka uzmanlıktır, parayı korumak, kullanmak, alım gücünü kullanmak, artırmak bir başka sanattır. Bana gelir bolluk, ya onu yerim ya kıymetini bilemem, gider.

Yıllar önce sinemaya reklam aldığım bir müşterim, Rabbim kalbine nasıl bir sevgi verdiyse, "Seni sevdim, gel bir kahve içelim..." dedi.

Otururken hayatını anlattı. On yedi yaşındayken, liseyi bitirmiş, babası askere göndermiş. Arkadaşıyla askere gitmiş. Arkadaşıyla aynı birlikteymiş. Her gün. Dönüşte ne iş yapacaklarını konuşmuşlar.

"Cebimizde çok az bir para var. Baba memur, anne ev hanımı... Bir yerde maaşlı iş yapmak istemiyoruz. En sonunda Türkiye'den KKTC'ye donmuş bezelye getirmeye karar verdik. Babamın eski bir steyşın otomobili var. Bezelyeleri buzlukta tutuyoruz, her gün markete dağıtıyoruz. Topladığımız parayı hiç yemedik. Ertesi ay bir buçuk palet. Ertesi ay iki, iki buçuk palet vs. sonra bezelye yanında bamya... Beş sene boyunca kazandığımız paradan bir yemek yiyemedik. Annemizde, arkadaşlarda yemek yedik. Bugün günlük tır dolusu mal getiriyoruz KKTC'ye ve ülkenin en büyük ithalatçılarından biriyiz. Pazara girdiğimizde dev gruplar vardı. 'Sizi yerler!' dediler. 'Batarsak da denemiş oluruz...' dedik. 'Keşke' demek daha büyük zarar..."

Bu tür örnekler benim için önemliydi. Yedi yıl boyunca gelen her tür bolluk ve bereketi kullanarak her yere destek çıkmaya çalıştım. Ciddi anlamda büyük bir kitleye ulaşmaya başladım. Şu an altı milyon insan var bilgileri ulaştırdığım. Sitemizi milyonlarca ziyaret eden var.

Niyetler eşleşiyor... Bunu da yaşayarak gördüm.

Daha önce internet sitemizi amatör kişilere teslim etmiştik. Düşük ziyaretçi trafiği olduğu dönemde bir sıkıntı yoktu. Ziyaretçi sayısı artmaya başlayınca site defalarca çöktü. Bilgisayar korsanlarının saldırısına uğradı. Hatta gecenin bir yarısı bir korsan, ana sayfamız yerine rap müzik parçası koyup, bana da mesaj attı. Sunucuyu kiralayan şirketi arayıp, acele yedeklerden yüklenmesini istemem lazım ama güzel müzik çalıyor; dinledim, kahve içtim. "Siteye bu saatte giren varsa, rap müzik de dinlesin..." diye düşündüm. Bize lazım olan panik değil, moladır. Demek ki o saatte o molayı da vermek gerekiyor. Böylece sinir bozucu bir şey, keyifli bir şeye dönüştü.

Ancak site, mevcut yapısıyla her gün artan ziyaretçi trafiğini karşılayamıyordu. "Allahım ne olur siteyi düzgün yapacak insanlar nasip eyle..." diye dua ettim.

Bir tanıdığım, seans için randevu almıştı. Ancak son anda işi çıkınca kendisi gelememiş, randevusu boşa gitmesin diye de yerine oğlunu göndermiş.

"Sen kimsin?" dedim.

"İnternet şirketim var. GSM firmalarına proje yapıyorum..." dedi.

O zaman durumu anladım.

"Gel o halde seninle bir site yapalım. Trafiği yüksek olsa bile çökmesin..."

Ekibiyle birlikte bize harika bir site hazırladılar. Nefes21.com sitesi şu an milyonlarca kişiye online yardımcı olabilecek bilgiler barındırıyor. Hayatın çoğu seçimler ve eşleşmeler ile gerçekleşiyor.

*"Allahım her iki cihanda da iyiliklere, güzelliklere ilerlememizde, senin sevdiğin kullar olabilmemizde, bizlere ve gelenlere fayda sağlayacak kişilerle bizleri buluşturmanı niyet ediyorum."*

## *Amaç Para Olmayınca Bolluk Geldi*

Sinemalara reklam satışı yaptığımız dönemde birçok insanı bire bir dinlemek nasip oldu. Ne zaman reklam tarafından iyi para kazansam, koçluğu hep ihmal ettim. Zaten parasız yaptığım bir iş ve insanları çekmek bazen zor oluyordu. İlginç olanı, ne zaman böyle düşünsem, çok güvendiğim sinema işinde ya reklamlarımız iptal ediliyor ya başka bir sıkıntı çıkıyordu. Ne zaman hizmetten kaçıp para kazanmaya odaklansam, reklam müşterileri imzalı sözleşmeleri bile iptal ediyor, kaparoyu yakıyorlar. Dönüyorum, koçlukla uğraşıyorum; hizmete odaklanınca, diğer işteki reklam müşterileri geri dönüyor. Ne zaman "Bana ne insanların derdinden?" dediysem işlerim bozuldu, ne zaman insanlara zaman ayırdıysam, işler yeniden düzeldi.

Demek ki siz bütüne hizmet ederken, şu an her ne iş yapıyorsanız, muhakkak ek bir işinizin, bir başka çalışmanızın da olması lazım. Siz bu yolda hizmet ederken, Allah sizin eşinize para gönderebilir. Yuvanıza, evinize bereket bir yerden gelebilir. Yola çıkan aç kalmaz ama biz hep dünyanın kaygıları içindeyiz.

Şöyle bir durumumuz var: Kavgayla bitiriyoruz... Birinden öbürüne geçerken, kavga ederek geçiyoruz. Birinden ayrıldınız, ötekine gideceksiniz, illa bir önceki işinizle kavga edeceksiniz! Kolay kolay helalleşip bir dostluğu, bir işi bitiremiyoruz. İletişimi helalleşmeden bitirdiğinizde de sınav devam ediyor.

Üç yıl çalıştım, borçlarımı ödedim. Kefil olduğum arkadaşımın borçlarını da ödedim. Kefil olduğum arkadaşımı da affettim. Geçmişte ne zararım olduysa, ev, araba, her ne olduysa, geri gelmeye başladılar. İkinci kez binayı kurarken geçmişteki hatalardan ders almaya uğraştım. Bir mimar ilk inşaatta hata yapabilir. Gözden kaçırdığı bir aydınlatma, gereksiz bir süs, uzun bırakılmış bir koridor vs. olabilir. Ancak sonrakinde daha az hata yapar. Benim amacım da buydu.

Bu yola girecekseniz, kendinize muhakkak bir nakit döngüsü oluşturmalısınız. Dikiş yapın, nakış işleyin, yemek tarifi hazırlayıp internete koyun veya ne istiyorsanız onu yapın ama mutlaka bir üretim yapın. Mükemmeli aramayın. Mükemmeli bulamazsınız ancak yaptığınız işi insanları sevgiye, üretkenliğe, iyi şeylere sevk edecek şekilde yapın. O zaman zaten iyi sonuçlar aldığınızı göreceksiniz. Eğer bunları yaparken akıştaysanız, zaten insanlar üretiminizi görecek ve "Bu çok iyi geldi bana..." diyerek birbirine tavsiye etmeye başlayacaklar.

## *Bütünü Görün*

Yaptığımız görüşmelerde fark ettiğim önemli bir konu da şu: Herkes kendi sorununun en önemli sorun olduğunu, hatta dünyadaki tek mesele olduğunu düşünür. Siz bütünü görmeye çalışın.

Annem emekli öğretmen, babam emekli memurdu. Kıtlık ve yokluğu, savaşı yaşadık. Kıtlık ve yokluğun içindeki bir insana dünyayı anlatamazsınız, büyük düşünmeyi anlatamazsınız. Onların önceliği hayatta kalmak, emniyette olmaktır. Küçük bir akvaryumdaki balığa, okyanustaki balinaları anlatamazsınız. İdrak edemezler. Biz, toplum olarak o kadar çok sıkıntılar, badireler atlattık ki kendi hayatımızdaki döngüleri fark etmemiz gerçekten çok zor oldu. Kişisel olarak ancak otuz iki hatta otuz beş yaşından itibaren yaşadıklarımdan ders almaya başladım.

Bu sistemin içinde ilahi bir akış var. Bu ilahi sistemde akışa girdiğinizde, niyetiniz sadece hizmetse, birçok şeyi rasgele yapıyorsunuz. Doğru insanlarla buluşuyor, doğru yerlere gitmeye başlıyorsunuz. Destekleniyorsunuz ama niyetiniz desteklemekse...

Bir de şunu hatırlamanız önemlidir: Gördükleriniz bir sonuçtur ama bir sebep var. Asıl kaynağı unutmayın. Benim hayatımda, kimi Allah'tan çok sevdiysem gitti. Önce Allah'ı sevin. O zaman herkes emniyette oluyor.

Enerjinizi doğru şekilde yönlendirin. Dozu abarttığınızda da çevrenizdekilerin kaçmasına neden olursunuz ve sınav tamamlanamaz.

Bazen, bir konu önünüze gelir ve tereddüt yaşarsınız. Kimi zaman bu tereddüt epeyce uzun sürebilir. İki cevabın arasında kaldığınızda içsesinize kulak vermeyi ihmal etmeyin. Çoğu zaman insanlar, bir başkasına gidip, "Ne yapmalıyım?" diye sorarlar. Oysa önce içsesinize bir kulak vermeniz daha faydalı olacaktır. Şimdi tereddütte kalırsam, önce bir nefes çalışması ile zihnimi temizliyor ve sonra içsesime kulak veriyorum. Kısa bir süre de olsa içsesim bana bir cevap veriyor. Bu, genelde en doğru olanıdır. Zaten birkaç saniye sonra vesvese çalışmaya, nefsiniz size hata yaptırmak için dürtmeye başlayacaktır.

Sınırlarınızı koruyun. Kimseyi taciz etmeyin ama sizin sınırlarınıza saygı göstermelerine de dikkat etmelisiniz. Buna en yakındakiler de dahildir. Sözgelimi eviniz sizin kalenizdir. Elbette başta anneniz babanız olmak üzere yakınlarınızın sizin için yapmak istedikleri olacak, sizin hayrınıza olduğunu düşünerek müdahalelerde bulunmak isteyeceklerdir. Ancak bu hayat sınavı sizin sınavınız ve kararı siz vermelisiniz.

## *Akıllanmak İçin Neyi Bekleriz?*

On yıl kadar önce bir gün bir işadamı ile sohbet ediyorduk. Sürekli olarak yaptığı işlerle övündü.

"Orayı ben satın aldım. Burayı aldım. Şunu yaptım, bunu yaptım..."

Aradan birkaç yıl geçti. O arada görüşemedik ancak başına bir felaket geldi. Uzun aradan sonra yeniden görüşmek istedi. Sohbet ettik.

"Yaptığım işler vardı ya... Sadece Allah dilediği için yaptım..." dedi.

Şaşırdım. İlk başta farklı konuşuyordu. Ancak ekonomik olarak zarara uğramış, felaket yaşamış, hapse bile düşmüş, ondan sonra bir gerçeği fark etmişti: Aslında hiçbir şeyin sahibi biz değiliz ya da biz istediğimiz için olmuyor.

Akıllanmak için sopa mı lazım, yoksa bir insanın nasihati yetiyor mu?

İşe güce kendimizi öyle kaptırıyor, öyle bir yoğunluk içine giriyoruz ki rüya görmeyi unuttuğumuz oluyor. Oysa çalışmayı da bir noktada bırakmak, vücudu dinlendirmek, eldeki dinlenme imkânlarını da kullanmak gerekiyor.

Dinlenme konusu önemlidir. Eğer çok önemli bir işim yoksa en geç dokuz buçuk onda yatarım. İstihare namazımı da kılarım. Bir hafta içinde de ne görmem gerekiyorsa az ya da çok, bazen hiç bazen görüntü şeklinde Allah nasip ediyor. Bu bana özel bir durum değil. Herkese Allah nasip ediyor.

Abdestini alacak, istihare namazını kılacak, sağ kulağının üzerine yatacaksın. Minimum dokuz buçuk on gibi yatmak gayet sağlıklıdır. Bir de uyumadan iki buçuk üç saat önce de yemeyi bırakmak gerekiyor. Vücut içeride mide ile uğraşmamalı. Böyle yaptığınızda sabah ezanına doğru güzel rüyalar gördüğünüzü fark edersiniz.

İlk kitaplarımın yayımlandığı dönemde büyük bir meraka kapılır, "Acaba nasıl olacak? Acaba okunup beğenilecek mi?" diye kendi kendime sorular sorardım. Şimdi hiçbir şey sormuyorum. Akış alıp götürüyor gideceği yere. Hayatımı artık kontrol edemiyorum, bazı şeyler kendi gidiyor.

On iki yıl kadar önce hayatta her anlamda başarısız olmuş, artık ölmeyi düşünen dibe vurmuş biriydim. Bugün kitaplarımız sizler tarafından okunuyor, beğeniliyor ve sürekli davetler geliyor seminerler için. Peki, ne değişti?

Değişen şuydu: O gece kendimi kurban olarak kabul edip, yatıp uyuyabilir, evden hiç çıkmayabilirdim. Oysa kalktım ve "Hiç değilse bir film izleyeyim..." dedim... O akşam gittiğim film bir kapı oldu, başka kapıları açtı, onlar da başkalarını.

Akıllanmak için önce bu hayatta, canlı olduğunuz, bu bedende olduğunuz için mutlu olmanız lazım. Kuran'da, Enam Suresi 27. ayette şöyle diyor:

> *"Onların ateşin karşısında durdurulup, 'Ah, keşke dünyaya geri gönderilsek de bir daha Rabb'imizin ayetlerini yalan saymayıp inananlardan olsak!' dediklerini bir görsen!"*[1]

Demek ki gidenler dönüp hatalarını yapmadan yaşamayı istiyor. Oysa şu an hayattayız şükür. Kusurlarımızı düzeltebiliriz. Şansımız var.

---

1. Diyanet tefsiri.

Peki, ağlayacak mıyız, sızlanacak mıyız, düzeltecek miyiz?

Ben ağlamayı sızlamayı yıllar önce bıraktım. Hep de birilerini suçladım. Suçladıklarımdan da özür diliyorum. Onlar da zarar görmesin.

Hayatımdaki insanlara imkânlar verdim, yakınımdaki insanların sorumluluğunu aldım. Öyle bir noktaya geldik ki, "Git Bülent versin. Git Bülent halletsin. Git Bülent yapar..." demeye başladılar. Yirmili yaşlarda bu güzeldir. Kendimi değerli ve işe yarar hissederdim. Düşünün, aslında ne kötü bir şey: İlla işe yaradığını hissetmek için köle olmak... Otuzlu yaşlarda fena değildi ama otuz beşte eklemlerim ağrımaya başladı. Kırkta artık yoruldum. İnsanlara "Bu senin sorunun, bu senin konun, bu senin meselen..." dedim. Sorumluluğu paylaştırdım. Ancak ondan sonra dengeye gelme yolunda önemli bir adım atabildim.

Eskiden bir olay yaşayınca içime atardım. Eşim, çocuğum ya da arkadaşım bir şey söyleyince içime atmayı tercih ederdim. Günün sonunda ise zararlı çıkardım. Sonra fark ettim ki tartışan kişi, aslında bana bir başkasını hatırlatıyor. Çocuğumla tartışırken, babamın davranışlarını gördüm. Bu nedenle geçmiş kuşaklarla, atalarımla helalleşme ve bağ kesmeye başladım. İçsel helalleşmeden sonra sorun çözüldü.

## *Ekip Olmanın Önemi*

Ben yavaş okuyorum, eşim ise hızlı. Allah bana onu gönderdi ki benim gibi bir kaplumbağayı hızlandırsın. Bu örnekte olduğu gibi eşinizin ya da yanınızdaki kişilerin olumlu özelliklerine odaklanın. Klasik bir bakış açısıyla eşler hep birbirinin olumsuz özelliklerine odaklanırlar. Bu yanlıştır. Karınız belki biraz erkek enerjilidir, huysuzdur ama bilgedir. Akıl verdiğinde onu düşman olarak görme hatasına düşmeyin. Ya da kocanız aynı durumda olabilir. Çevrenizden enformasyon almayı ihmal etmeyin ve yine en doğrusunu, düşünüp değerlendirip, içsesinizi de dinleyerek siz bulun.

Eskiden tek tabancaydım ve çoğunlukla hata yapardım. Takım olmayı öğrenmeye başladık ve birbirimizin hatalarını engelleme konusunda artık daha iyiyiz.

Her zaman hatırlatıyorum: Kimseyi yargılamayın, kınamayın. Bu, sizin eşiniz, ailenizden biri ya da çalıştığınız ekipten biri olsa bile... Düşünün, eşiniz kimseden sevgi görmemiş. Kimse onu alıp sevmemiş. Allah bilir kaç yaşında yalnız kalmış, çok sıkıntılar çekmiş. En sonunda bu durumdan kurtulabilmek için karşısına siz çıktığınız için, sizinle evlenmiş ve şimdi de kendisini sevmeyen biriyle yaşıyor... Bu nedenle, önce eşinizi sevmeyi deneyin. "Allahım ne olur eşimin iyiliklerine odaklanmayı nasip eyle. Çocuklarımın iyiliklerine, hayatın iyiliklerine odaklanmayı nasip eyle..." dediğinizde, iyiliğin içinde rahmani kapılar açılır.

Bir işin içindeyken öfkeliysem, geri adım atarım çünkü iki adım sonra yanlış bir kararla duvara çarpabilirim. Sakinsem akıştadır, gerildiysem, kontrolcüysem, sinirliysem testtedir.

## *Severek Yapılan İş, Yormaz*

Kişisel gelişime başladıktan sonra ilk yıl ücretsiz seminerlerin yanı sıra, yüzlerce kişiyle de ücretsiz bireysel görüşmeler yaptım. Sonra insanlar bana kızdı.

"Ben sana geldim, konuştum. Para almadın. Eşimi çocuğumu sana nasıl getirebilirim?" dediler.

"Peki, kasanın oraya bırakın ne istiyorsanız..." dedim.

Bırakanlar oldu. Her para bırakılmasından sonra bir dilenci geldi ve yardım istedi.

"Orada var. Alabilirsin..." dedim ve aldı gitti.

Bu nedenle, kim ne bıraktı, hiç bilemedim.

Bilginin satılamayacağına, karşılık alınamayacağına inanıyordum. Bir gün, bir büyüğüm, şöyle dedi:

"Bilginin karşılığını almıyorsun ki... Kimse bu hayatta bilginin karşılığını ödeyemez. Sen üzüntülerinden sonra, uykusuz geçen gecenin sabahında bana bir şey anlatacaksın. Kaç para verirsem vereyim, uykusuz geceyi satın alamam. Bir insanın acısını ve tecrübesini satın alamazsın. Sadece bunu sana aktarırken harcadığı zamanın ve enerjinin bedelini ödeyebilirsin."

Gece gündüz seminer yapıyor ama yorulmuyordum. Gönüllü, severek yapılan bir iş, insana iş gibi gelmez ve yorulmazsınız. Paranın, malın sadakası olduğu gibi, bilginin de sadakası var ve bunu da insanlarla paylaşarak verirsiniz. Aradığınız soruların cevaplarını bulduğunuzda, o cevap artık size ait değildir. O cevabı arayan herkese aittir. Sizde cevap olduğunu hissettiğinde insanlar bulur ve cevabı alırlar. Bu eşleştirme önemlidir.

Eskiden ben hep haklıydım! Kızımla bile konuşurken hep haklıydım. Şimdi daha barışçıl diyalog kuruyorum. Çünkü bakış açım değişti. Artık şöyle düşünüyorum:

"Seninle diyalog mu kuracağız? Bundan sen de ben de keyif alalım."

Bugün on binlerce insan cep telefonu aplikasyonlarımızı kullanıyor, on binlerce insan kitaplarımızı okuyor, belki milyonlarca insana da bir şekilde ürettiğimiz videolar, seminer kayıtları ulaştı. O gece sinemaya gitmek yerine yatsaydım, bunların hiçbiri olmayacaktı.

Bunu hayatımın sonraki aşamalarında da gözlemledim. Bülent olarak ne zaman kendim için bir şey yapsam, yeni bir insanla tanışıyorum ve yeni projeler ortaya çıkıyor. Ne zaman saçımı süpürge etsem, eve kapansam, monotona girsem, hiçbir şey olmuyor.

Kendin için bir şeyler yapmak, kimseyle ilgilenmemek değildir. Eşinizle gezin, arkadaşlarınızla yemeğe gidin, kahve için. Dikkatle gözlemlediğinizde, boş durmanın insanı daha çok yorduğunu fark edeceksiniz. Çünkü boş kalırsanız obez fesat, kafanızın içinde inşaat çalışması yapacaktır. Vesvese, üretirken sessizdir ama avare gezerken kafanızın içinde davul zurna çalar.

Herkesin, güdülenmesini sağlayan bir hayali vardır. Ben tasarım yaparım. Proje ve fikir yaparken, inanılmaz dingin, sakin, üretken oluyorum. Kimi için bu resim yapmak, kimi için yürüyüş, kimi için çiçek dikmek, kimi için gözleme yapmak. Herkesin kendini çok iyi hissettiği bir şey var.

Yıllar önce Kayseri'ye bir seminer için gitmiştik. Yakın zamanda yeniden gittik. Orada bir katılımcı şunları anlattı:

"Hatırlıyor musun beş altı yıl önceki semineri? Bizi tetikledin. Ev hanımları olarak çevrimiçi satışa girdik. Evde üretip, internette satıyoruz. Çoluk çocuğumuzun eğitimi için para kazanıyoruz. Oysa eskiden hımbıl, bütün gün börek yapıp yiyen, mutsuz, onu bunu affetmeyen, dedikodu yapan, kocasıyla kavgalı insanlardık. Ekip olmayı bize hatırlattın. Üretmeyi hatırlattın. Arkadaşlarla grup olduk. Biri nakış yapıyor, öteki kurabiye yapıyor, bir diğeri mantı ve salça yapıyordu. Kargo ile gönderiyoruz. Kimin aklına gelirdi? Üretmek ile kafamızdaki vesvesenin azaldığını, faydalı olduğumuzu fark ettik."

Hayat domino taşı gibidir... Ben onlara dokundum, onlar başkasına dokundu, onlar da bir başkasına dokundu... Bu böyle devam ediyor. Siz de kendinize bir sorun. Üretken misiniz? Yoksa pes edip bir kenara mı çekildiniz? (Bahanelere sığınmadan bunu kendinize sorun.)

Çevremde huysuz biri varsa, dua ediyorum, kendi hayatını daha fazla zorlaştırmaması için. Düşünün, siz onunla kısıtlı zamanlarda muhatap oluyorsunuz ama o, kendiyle yaşıyor. Onlara kızmayın, hayırdua edin.

Bütün canlılara biraz sevgi gösterin, biraz yumuşayın. İnsanların kötü tarafına baktık ve "kötü" dedik. Haklı da çıktık. İnsanların iyi tarafına bakıp "iyi" olacaklarına inanırsak, yine haklı çıkacağız.

## *Hayal Kurma Sıkıntısı*

Geçmiş kuşaklara hayal kurmayı kimse öğretmedi. Hayal kursalar da yapamayacaklardı. Çocuklarını okutmak, evlendirmekti amaçları. "Biz yapamadık, onlar yapsınlar..." diye düşündüler. Bu yüzden onları suçlamıyorum. Onlar kendilerini feda ederek, bizi var ettiler. Önemli olan, biz aynı döngüden çıkacak mıyız, çıkmayacak mıyız? Onlar kendi anne babasını örnek aldı. Onlarınkiler de daha öncekileri. Bu silsile Hz. Âdem'e kadar gider.

"Hak etme" duygusuyla eskiden başarılı insanları yargılar, genelleme yapardım. Helal yoldan başarılı olanlar var, helal yoldan başarılı olmayanlar var. Ben hepsini aynı kefeye koydum. Başarılı ise "Çalmıştır, çırpmıştır..." dedim. Bu sefer ne oldu? "Biz fakir ama onurlu bir aileyiz!" anlayışına teslim oldum. Demek ki kendimizi güvende hissetmemiz için fakir olmamız gerekir! Şimdi size bir milyon lira verseler, afallarsınız. Bankada hesap açmayı bile unutursunuz. Çünkü bir milyon lirası olan bir insan olabileceğinizi hiç düşünmemiş, inanmamışsınız.

Atalarımız kıt kanaat yaşadıkları için, ayaklarını yorgana göre uzattıkları için "hak etme" bilinçleri yoktu. Belki de vardı ama iyi yaşamayı bilmedikleri için ya da "iyi yaşamaya layık olduklarını düşünmedikleri için" fakir kaldılar. Anneniz babanız garibanlık içinde yaşıyor, siz ise bir işe giriyor daha iyi imkânlara kavuşuyorsunuz ama o döngünün içinden çıkamıyorsunuz. Çünkü onca yıl ezildiniz, iyi bir şeye layık olduğunuza kendinizi inandıramıyorsunuz.

Kendinize vakit ayıramıyorsunuz. Vakit ayırmanın ne olduğunu bilmiyorsunuz. Biz vakit bulunca ev temizliyoruz, yemeği yapıyoruz, ütü yapıyoruz. Bu işler bitmez. Çamaşır, ütü, temizlik gibi işlerin bittiği bir ev yoktur. Bitmemelidir de zaten... Ancak yapacak bir şeyimiz olmadığı için, hobimiz olmadığı için bunları yapıyorsak, sıkıntı burada başlıyor. "Vakit yok..." demeyip, oluşturmamız lazım.

Benim içimdeki en zor duygulardan biri hak etme duygusuydu. Dinlenmeyi bir şımarıklık, bir günah, ayıp sayıyordum. "Bülent dinlenemez!" Gün içinde çok rahat on dakika, yirmi dakika kaçıp, dinlenip, gelebilirim. Bu kadarına layık olduğuma inanıyorum.

Eskiden, hak ettiğime inanmadığım için çok komik olaylarla da karşılaştım. Sabah sekizde işbaşı yapıyor, akşam beşe kadar devam ediyordum. Daha sonra bir televizyon kanalında çalışmaya başladım ve çok çalıştım. Herkesten fazla üretiyor, öğlen bir buçuk saat yemek arasını bir sandviçle geçiriyor, yine işe devam ediyordum. Ne ilginçtir ki ne zaman arkama şöyle bir yaslansam, patron içeri giriyor ve "Oh, bütün gün böyle gerneşiyorsunuz! Bunun için mi size para veriyorum?" diyordu.

Yedi saattir tuvalete gitmemişim ama ne zaman gitsem, sanki sürekli tuvalet molasındaymışım gibi yakalanıyorum.

Sonra mola vermeyi öğrendim. Bazen depar atıyor sonra mola veriyor ve ailemle ilgileniyorum. Ne zaman ailemle ilgilensem, kitap satışları artıyor, işlerim daha iyi gidiyor. Ne zaman komşum arabayı kapının önüne park etti diye kızsam, kitap satışlarım düşüyor.

İnsansınız ve bu dünyaya yaşamaya geldiniz. Köle olmaya değil... Ama ben o yıllarda adeta, "Ben köle olursam, Allah beni sevecek, insanlar beni sevecek!" zannediyordum.

Bu hataya düşmeyin. Hizmetin belli yerlerinde molalar verin. Al-ver dengesini iyi kurun. Şunu da unutmayın ki insanlar kendinden daha keyifli, neşeli insanları dinliyor. Keyifsiz, mutsuz olanları değil. Başarılı olmak istiyorsanız önce dinlenmesini ve keyifli, neşeli olmasını bilin. Biraz maceracı olun, üretken olun, dünyayı gezin.

Esir olma, tutsaklık duygusu şudur: Siz hep zannedersiniz ki o kişi engelliyor. "Ona gittim, şu komşu beni esir etti. Şu önümü kesti..." Eşinizin bile sizi kıskandığını ve önünüzü kestiğini sanırsınız. Peki, hiç onların gözünden kendinize baktınız mı? Acaba onlar size baktığında ne görüyor?

Pek adil değiliz. Nalıncı keseri gibi hep kendimize yontuyoruz. Oysa testere gibi olmak lazım: Bir ona bir bize...

Bunu yapmak istemeyiz çünkü içimizde nefis taşıyoruz. Nefis hatalı olmayı sevmez, açığının bulunmasından hoşlanmaz. Kendini iyi zanneder ama çevirmediği tezgâh yoktur. Dakika başı da dışarıdan birini suçlar. Siz bunun adına nefis değil de ego da diyebilirsiniz.

Benim etrafımda, söylenen bir insan varsa eğer, ilk sorduğum soru şu:

"Ben kime söyleniyorum? İçimden kime söylenip duruyordum?"

Kimilerinin fabrika ayarları da öyledir. Kimileri direkt hayata "Hayır!" ile başlar. "Tamam, doğrusu ne?" dersiniz. Doğrusunu bilmez ama "Hayır. Öyle olmaz!" der. Bu tür insanlar kontrolcü ve garanticidir. Bu nedenle işlere karışmak istemezler. Geleceğe dönük planlardan endişelenirler.

Benim hayatımdaki sevdiğim ve iyi anlaştığım insanlar da var, huysuz olan insanlar da var. İnsanların yüzde yüzünün iyi olmasını bekleyemezsiniz. Tüm çevreniz iyiyse, sizde bir sorun vardır. Çevre edinememişsinizdir.

## *Pozitif Değil, Dengede Olun*

Kabullenmediğiniz için sorunlar yaşarsınız.

"Karşıdaki yanlış, ben doğruyum. Karşıdaki negatif."

Oysa negatifi ağzından çıkaran, kendisi negatiftir. Hayat her zaman artı ve eksi birlikte çalışır. Işığın yanabilmesi için artı kadar eksi uca da ihtiyaç var. Akım ancak böyle oluşur. Bu nedenle kimseye "Pozitif çağırın..." demiyorum. "Dengede olun!" diyorum.

Benim canım bir şeye sıkkınsa, şunu söyleyebilirim: Yirmi dört saat pozitif olmaya çalışan birinin sorunları vardır. Bir yeri beğenmediysem, "sevgi gönderip" orada oturmama gerek yok. Çıkarım ama saygısızlık etmeden, kalp kırmadan, rencide etmeden.

Birçok kişisel gelişimci "Ben özgürüm..." deyip, pat küt konuşuyor ve karşısındakileri kırıp gidiyor. Bu kişisel gelişimcilik değildir, bu kişisel gelişmemişliktir. Gerçek bir kişisel gelişimcinin bu zamanda modern insanın evliyası olması lazım... Dünyayı öğrenmesi gerekir. Sadece yemek yapmayı, dolma sarmayı, korkuları, zengin eş nasıl bulunur formüllerini değil... Kişisel gelişime katılanların önemli bir kısmı, "O beni nasıl terk etti?" ya da "Onu nasıl elde ederim?" diyerek bir ilişki hedefini gerçekleştirmek için bu yola giriyor. Çok azı "Benim içimde çözmem gereken bir şey var. Bunu hissediyorum ama nasıl çözmem gerektiğini bilmiyorum..." diyebiliyor.

Bilgi, kimsenin malı değil. Bu nedenle herkesten öğrenebileceğiniz bir şey vardır. Malzemeleri toplayın ve kendi üretiminizi yapın. İnsanları tanıyın, yeni bir şeyler öğrenin.

## *Ne Dilediğinize Dikkat Edin!*

Yargılar kadar dileklerinize de dikkat edin. Bir ara telefonlardan çok bunalmıştım. "Allahım, şöyle üç dört gün hiç çalmasa şu telefon. Yatıp uyusam da telefonlara biri baksa..." dedim içimden.

Sonra hastalandım. Bilinmeyen bir hastalıktan beni hastaneye kaldırdılar. Hastalığın ne olduğunu bilemiyorlar ama yüksek bir ateş var. Karantinaya aldılar.

Çok yoruldum, dinlenmem gerek ama dinlenmedim. Belki o sırada çok güzel bir otelde dinlenmemi önerseler, gitmeyecektim. Sonunda sistem beni dinlendirmek için en kısa yoldan ya sevdiğim birini ya beni hasta eder. Üç gün yattım hastanede. Bu sırada karantinada olduğum için telefonlara da bakamadım ve başkası baktı.

Sonra doktor, "Bir şeyin yok, gidebilirsin..." dedi.

Üç gün dinlenmiş ve telefondan uzak kalmış oldum!

Bundan sonra tatil istersem, dinlenmek istersem, artık otelin adını da söylüyorum!

Belirsiz bıraktığınız niyet, yıldırım gibidir. En yakın yere düşer. Bir yıldırım İstanbul'a düşüp kamyonla Ankara'ya gelmez. "Allahım dinleneyim!" derseniz, ayağınızı burkarsınız.

Annem, dizleriyle ilgili problem yaşıyordu. Kardeşim gitti, MR için randevu aldı kamu hastanesinden ama iki ay sonrasına gün verdiler. Annem sinirlendi:

"Niye özelden almadın? Çabucak gider gelirdik..." dedi.

Çamaşır sepetini aldı, bahçeye çıkarken taşa takıldı, iki dizinin üstüne düştü ve yarım saat sonra acile götürüp, MR çektirmek zorunda kaldık. Annem, "İstediğim oldu!" dedi.

Bunlar istek, sipariş olaylarıdır. Yargı başkadır, sipariş başka.

Annemle Antalya'da kamptaydık.

"Bülent seninle vakit geçiriyoruz ama ortanca kardeşinle vakit geçiremiyoruz. Keşke oğlumla doya doya vakit geçirsem..." dedi.

Kıbrıs'a dönüşümüzde, kardeşim aradı:

"Seansın kaç para ise ödeyeyim. Benimle bir şey konuşmasan bile bir saat otur yanımda... Seni hiç göremez oldum."

Kıbrıs'a döndük. Annemle oturuyoruz. Mesleği müteahhitliktir ama hobi olarak voleybol hakemliği yapar. İki hakem arkadaşı kardeşimi getirdi. Kardeşim yaralı bir şekilde içeri girdi. Spor salonundan çıkarken, ayağını burkmuş.

Acil servise götürdük ve ayağını alçıya aldılar. Bir saat kardeşimin yanında hiç konuşmadan oturdum. Ben ona bakıyorum o bana bakıyor.

"Bak işte, isteğin gerçek oldu!" dedim.

Sonra kardeşim taburcu oldu. Evi ikinci katta, asansör de yok. Bu nedenle, "Ayağım iyileşene kadar annemde kalacağım..." dedi.

On beş gün annemde kaldı ve ana oğul bol bol hasret giderdiler.

Ne dilediğinize dikkat edin! Hastalık dilerseniz hastalanırsınız. Kardeşim "Benimle hiç konuşmasan bile bir saat yanımda otur" dedi. Annem ise "Kardeşinle uzun zamandır doya doya vakit geçirip sohbet edemedik" dedi. Herkesin dileği, niyeti, ortak bir noktada buluştu.

*Ne söylediğinize, ne dilediğinize dikkat edin!* Söylediğiniz her söz sizi ve sizden sonraki soyunuzu bir şekilde bağlıyor.

# *Atalardan Miras*

Kendi yaşantılarınızı siz dönüştürdükçe insanlara da bunun servisini yapmanız lazım. Kardeşlerim beş yıl deli olduğumu düşündü. Siyasetçi olan kardeşim, "Sana bir iş bulalım, seni özel kalem yapalım. Ağzın da laf yapıyor..." filan dedi. "Emekliliğin, garantili maaşın olsun."

Biri yıllarca sizinle kafa bulur. Sonra bir gün ansızın kapınızı çalar ve soru sorar. Sizi fersah fersah geçer. O an, bırakın yapsınlar. Yüzlerine vurmayın. Vurursanız geri dönecekler ve bir daha gelmeyecekler. Kaybedeceksiniz. Geçmişte sizi küçümsedi diye bugün kimseyi küçümsemeyin.

Bir kişinin hareketi ailede başkalarını sıkıntıya soktuysa ve o kişi de buna beddua ettiyse bir döngü başlıyor. Ya siz de beddua ederek devam edeceksiniz hayatınıza ya da bu döngü sizde şifalanacak. "Ya Rabbi, bu anne babamın sınavıydı..." ya da "Dedemin sınavıydı. Allah onların yardımcısı olsun..." deyip çekilebilirsiniz aradan.

Bir gün Bulgaristan'dan gelen bir bayanla çalışıyoruz. Dedi ki: "Ailedeki bütün erkekler öldü. Patır patır ölüyor erkekler."

İlk sorduğum soru:

"Büyük dedeniz haksız bir mal yedi mi ya da birini vurdu mu?"

"Haksız mal yedi."

"O kişi size, 'Soyun kurusun!' diye beddua etti mi?"

Eskiler ne güzel söylüyor: Alma mazlumun ahını, çıkar aheste aheste. Canı yanan, hakikaten haksızlığa uğrayan, malını kaybeden, aç açıkta kalan, ortada kalanın, her çilesinde yoğun bir enerji ortaya çıkar ki ona zarar veren kişi ve soyu, sittin sene silkelenir.

İlk yaptığımız, "Benim büyük dedem çaldı. Benim günahım ne?" demek olur. Dağın üstünde, beş bin metrede kar birikmiş, siz ise üç yüz metrede bir turistik tesistesiniz. Çığ düşerse, sizin tesisiniz de gider. "Tepedeki kardan bana ne?" diyemezsiniz. Kendinize göre önlem almak zorundasınız.

Almazsanız, sonrasında yapacağınız şey, tesisi temizlemek olacak. Yaralı olanlar varsa yardım etmek, ortalığı toparlamak, kendini toparlamak ve ayağa kalkmak. Biz ise gemisiyle birlikte batan kaptan gibi tesiste ölmeyi tercih ediyoruz.

Benim atalarımın en büyük sınavı göç idi. Sürekli göç etmek zorunda kalmışlar. Ben son on yılda on beş kere taşındım. Halen de sürekli yollardayım. Atalarım göç ettirildi, topraklarından edildi. Baba tarafım Osmanlı'nın Kıbrıs'ı fethinden sonra Karaman'dan getirilerek adaya yerleştirilmiş. Annemin anne tarafı Bursa'dan... Annemin baba tarafı ise Filistinli ve bir gecede İsrailliler gelip her şeylerine el koyuncaya kadar orada yaşamışlar. Algı operasyonunda, Filistinliler evlerini sattılar diye bir çalışma yapıldı. Bu çalışma sayesinde, orada Filistinlilere bir şey olduğunda, hiç kimse sahip çıkmıyordu. Ne de olsa herkes şunu söylüyordu: Evlerini sattılar. Birkaç istisna dışında kimse evini satmadı orada ama yüzyılın başlarından itibaren insanlar zorla evlerinden edildiler, mallarına el konuldu. Dedem, çok varlıklı bir restoran sahibi olmasına rağmen yeniden sıfırdan başlamak zorunda kaldı. Dokuz çocuğuna bakabilmek için muhallebi yapıp sokaklarda satarak bir süre hayatını devam ettirmiş. İnançları gereği faiz almadığı için parasını altınla değerlendiren, bunu da saklamak için eritip çivi haline getirip duvara çakan, üstünü sıvayla kapatan bir insanken, neyi var neyi yoksa kaybetti ve göç etmek zorunda kaldı.

Bugün ben hâlâ göç ediyorum.

Eskiden çok inatçı biriydim. Bu inadın beni yorduğunu ve yıprattığını fark ettim. Eski kalıntılar var içimde. Halen yine zaman zaman inat edebiliyorum. Bana bunu hatırlatmak için hayatıma inatçı insanları çekerim. Eğer karşıma inatçı biri gelirse, "Bülent, geçmişteki anıların şifalanması lazım..." derim. On yedi yaşında bir hata yaptınız, bugün "Onu affediyorum..." demek başka bir şey, gözünü kapatıp "Sen başka bir bireysin, ben başkayım. Hadi affet ve gel..." demek başka şey.

Dışarıdan bir gözlemci gibi gidip, orada sıkışan Bülent'i alıp gelmeniz lazım. Diyelim ki bir kaza yaşadınız, bir taciz, bir iftira. Bugün dönüp "Ben geçmişimi affediyorum..." dediniz ama o günkü olayın içindeki kişi hâlâ orada. Geçmişte affetmediğiniz her olayın içinde bizden bir kopya bıraktık. Oysa geçmişe gidip, o kişiyi bulup, affetmeniz ve alıp gelmeniz gerekir. Bunu hemen yapamıyorsanız da sıkıntı yok, zamanınız çok.

Bir gün eşimle mutfaktaydık. Arkası dönük, yemek yapıyor. Ben de malzeme hazırlıyorum.

"Bana üst raftan kavanozu versene!" dedi.

(Genelde kadınlar erkekleri evde forklift gibi kullanırlar! Raftan tencere indir, yüksek yerlere eşyaları yükle. Açılmayan kavanozları aç.)

"Canım, birazdan veririm."

Eşim öfkelendi:

"O kavanozu şimdi vereceksin!"

O kadar erkek enerjisi ile söyledi ki "Bu benim babam!" diye düşündüm. Çünkü babamın huyu böyledir: Bir şey söyledi mi hemen yapılacak. Tornavidayı istiyorsa hemen getirilecek, bir şeyi arıyorsa hemen bulunacak! Oysa ben ağırkanlıyım. Babamın bu aceleciliğine sinir olurdum.

Sakince kavanozu aldım, kapağını da açıp eşime uzattım ve sonra çaktırmadan başka odaya geçtim ve şöyle dedim:

"Allahım ne olur bu duamı babama ulaştır. Baba, senden özür dilerim. Baba, ben tembel bir çocuktum. Sen de iyi sabır gösterdin bana. Bunun için lütfen beni affet."

İçimden özür diledim, helalleştim ve bu duamı babama ulaştırması için Allah'a dua ettim.

Sonra mutfağa geçtim. Eşim halen yoğun. Farkında bile değildi.

Birkaç dakika sonra eşim, bu defa gayet güzel bir sesle, "Canım, diğer kavanozu da verir misin?" dedi.

İnsanlarla böyle olaylar yaşadığımda şunu soruyorum:

"Bana ne anlatıyorlar? Ne anlatmaya geldiler?"

İnatçı biri varsa, "Seni görüyorum, iyi ki varsın" dediğinizde o kişi yumuşayacaktır. Bir çocuk köyünde anneler ve çocuklarla çalışma yaptık. Annelerin söylediği, çocuklarının huysuzluğu idi. Onlara çocukların iyi taraflarına odaklanmalarını söyledim ve kendi içlerine dönmelerini istedim. "Mutlu olun. Kalbinizde, bu çocukların başaracağına, bütünün hayrına olacağına inanın..." dedim. Aradan beş altı ders geçtikten sonra anneler, huysuz çocukların müdahale edilmeden sakinleştiğini, kavga ile iletişim kuranların, uzlaştığını anlattı. Daha bilgi vermeden "hal"e girdiler. Sizinle birlikte, sizin çevrenizdekiler de dönüşür.

Önemli olan şudur: Karşınızdaki çocuk da dikenli tellerin arasından geçerken yaralandı. Bir yerde kalbi kırıldı. Bir yerde kendini sizin gibi yalnız hissetti. Onlarla diyalogda nasihat etmenize gerek yok. Nasihat bedavadır ve kimse almaz. Ben, önce o insanı kazanmayı denerim.

"Ben senin yanındayım. Ben de bunları yaşadım..." diyorum.

Çocuk, "Hadi ya! Sen de mi bunları yaşadın?" dediğinde ilk adım atılmış oluyor.

Çocuk ilk defa kendi gibi bir arkadaş buluyor. Biz, bugünün anne babaları olarak çocukları takımın bir parçası yapamadık. Sadece bütçemizi kullanarak onlara eşya aldık, ayakkabı aldık, eve ekmek getirip, koruduk. Çocukları, "Hayalin ne? Sen bunu geliştir..." diye yönlendirmemiz gerekirdi.

## *Çorbayı Kendi Kendinize İçebiliyorsanız...*

Bugün sahip olduğunuz gençliğin ve sağlığın kıymetini bilin. Gençlik, tuvaletinizi kendinizin yapabilmesi, çorbanızı kendi kendinize içebilmenizdir. İleride belki de biri sizi tuvalete götürecek, biri çorbanızı içirecek. Hayattan keyif aldığınızda titreşiminiz yükselir ve tüm insanlar sizi hatırlar. Siz kendinize değer vermediğinizde onlar da sizi unutur.

Şimdi aşağıdaki çalışmayı yapın. Bu çalışmaları yaparken, sakinleştirici bir müzik ve sakin bir ortamda bulunmanız daha faydalı olacaktır.

**Nefes Çalışması**

Derin bir nefes alın ve verin.
Derin bir nefes daha alın ve yavaşça verin.
Derin bir nefes daha alın ve verin.
Kendi kendinize bir soru sorun:
"Ben ne yapmak istiyorum?
Ne yaparsam sabahları yataktan enerjik, neşeli ve üretken olarak uyanabilirim?"

İçinizden, "Ben ne yaparsam herkese, kendime faydalı olurum?" sorusunu sorun.

→

Şimdi kendinize bir soru daha sorun:

"Yapmayı, üretmeyi, harekete geçmeyi, içimde neler engelliyor? Beni engelleyen nedir?"

Derin bir nefes alın ve yavaşça verin.

"Allahım, yol senin yolun, hizmet senin hizmetin. Beni her zaman destekle..."

Derin bir nefes alın ve yavaşça verin.

Derin bir nefes alın ve kendinize tekrar sorun:

"Ben sabahları yataktan enerjik, neşeli, üretken, mutlu uyanmak için ne yapmalıyım ya da hangi işi yapmalıyım?"

Ve şimdi kendinizi sabah, yatakta hissedin.

Her şey yolunda, güvendesiniz.

Ve olmanız gereken noktadasınız.

Yataktan neşeli bir şekilde, enerjik, üretken uyandığınızı hissedin.

Her gününüzü üretken yaşamayı niyet edin.

Her gün üretkensiniz, kendinize vakit ayırıyorsunuz, neşelisiniz.

Üç nefes daha alıp verin.

Gözlerinizi yavaş yavaş açın.

# *Dışarıda Suçlu Ararız*

Genelde hep dışarıda suçlu ararız. Birilerinin muhakkak suçlu olması lazım! Benim çektiğim çilelerin sebebinin biri olması lazım! Kadınlar, "Annem beni erkek doğursaydı hiç sorun yaşamayacaktım! Neden erkek olmadım? Erkek olsaydım bilirdim yapacağımı..." moduna girer. Ne ilginçtir ki böyle kadınlar evlendiklerinde, eğer eşleri de baskınsa, evde iki erkek çatışmaya başlar. En sonunda adam dışarıda birini bulur, kadın da evde kendi kendini yer:

"Ben evde ona saçımı süpürge ettim, hayatımı verdim, o da gitti dışarıda birini buldu..."

Bizim toplumumuzda kadın evlendiğinde kocasının eşi olmayı unutuyor. Kocasının annesi oluyor, ona bir evlat gibi bakmaya başlıyor. Uzun süre bu devam ettiğinde, eşi, karısını farklı görüyor, neredeyse annesi, ablası, mürebbiyesi haline geliyor. Bu da uzun vadede enerjiyi bozuyor. Bu nedenle "dengede kadın" zor bulunuyor. Ya çok ezilmiş, dertli, çaresiz, çıkmazda bir anne var ya da baskın, çok güçlü, esen kükreyen, ortalığı yıkan döken bir anne... Çok azdır işine giden, sporunu yapan, evlatlarıyla, eşiyle vakit geçiren anne örneği... Hemen bahane başlıyor:

"Bizde bir sürü borç var. Anneden babadan görmedik; gelen dolandırdı, giden dolandırdı; gurbette kaldık..."

Bir sürü bahane...

Türkiye'nin çok yerinde seminer yaptım. İnsanlar diyor ki: "Keşke Avrupa'da olsaydım!" Avrupa'da seminerler yaptım,

"Keşke memlekette olsaydım!" diyorlar. Avrupa'daki insanlarla, Amerika'daki insanlarla konuşuyoruz, buraya gelmek istiyorlar, buradakiler "Yeşil Kart" alıp oraya gitme derdinde. Yani kime giderseniz mutsuz, sıkıntılı, çaresiz...

Bülent olarak çok şehir, ülke değiştirdim. Açık ve net söyleyeyim: Sadece kendimden kaçıyorum. Alaska'ya da gitsem, memlekette çok şikâyet ettiğim dedikoducular gibi, hiç dedikodu yapmayan Eskimolar dedikodu yapacak. Yani şikâyet ettiğim her şeyi yanımda götürüyorum ama bunu anlamak otuz beş yılımı aldı.

Yaşadığınız hayata farklı bir pencereden bakmanızı niyet ediyorum. Ben de en dipte olduğum dönemde, en çok borçlu olduğum, en çıkmazda olduğum dönemlerde kişisel gelişim çalışmalarına gittim.

Gittiğim her seminerde yanımdaki arkadaşa, "Ben zaten bunları biliyorum!" dedim. Oysaki susup dinlemem gerekiyordu. Bugüne kadar başıma gelen her şey, "çok bildiğim" için geldi. Einstein, "Hiçbir sorun, onu yaratan bilinç seviyesiyle çözülemez..." der. Yani şu anda bulunduğu durum şu andaki bakış açısının sonucudur.

Kardeşimin yanında çalışan elemanlardan biri gelip, "Sen ne güzel adamsın, ne güzel işler yapıyorsun, şöylesin, böylesin..." dedi.

Dedim ki:

"Dur! Hiç girme övgü işine. Ne istiyorsun çabuk söyle? Bir şey isteyeceksin..."

"Şöyle gönlünden kopan, 1'den 49'a kadar altı rakam söyle..."

Loto oynayacak. Ben de eskiden oynadım. Bir yerden para gelsin de kurtulayım isterdim. Hep kurtuluş derdindeyiz çünkü...

Üç tane kafadan attım, heyecanlandı. Ben mübareğim ya! Üç rakam sonra hayatı kurtulacak!

İnsanların sizi ezmelerine, aşağı koymalarına da izin vermeyin, yukarı koymalarına da. Muhyiddin Arabi Hazretleri "Toprak olacak bir cana övgü neye yarar?" der.

Çok doğru... Övgü Allah'a olmalı.

Çok uğraştım, çok alıştım. Çok büyük projeler, tasarımlar yaptım ama korkaktım. Satamadım. "Kim ister ki benim icadımı?" diye düşündüm. "Niye para versinler ki?"

1993 yılında bir cihaz tasarladım. O dönemlerde televizyonlar tüplüydü. Evindeki tüplü televizyonu, bugünkü "akıllı TV" gibi yapabilecek bir televizyon haline getirebilecek bir cihazdı. İnternette gezinilebilen, e-posta alınıp gönderilen, online alışveriş yapmanızı sağlayabilen bir cihaz.

Kendime soruyorum:

"Bülent, çoğu insanın hesap makinesinden haberi yokken, bilgisayarda program yapıyordun. Teknolojik cihazlar tasarlıyordun. O halde Bill Gates gibi olman gerekirdi. Nerede takıldın?"

Hayatımda en çok takıldığım noktalar, başkalarını mutlu etmeye çalışmak, başkalarının fikirleri ile hareket edip kendi içsesimi dinlememek, el âlem ne der korkusu ile para kazanmaktan, başarılı olmaktan hep uzak durmak ve daha bunun gibi bir sürü saçmalık...

Düşünün bakalım, sizin elinize de böyle fırsatlar geçmedi mi? Peki ne yaptınız?

## *Kaçan Fırsatlar*

Genellikle duyduğumuz sözlerden biri, "Hayat hiç yüzüme gülmedi" cümlesidir.

Gülmedi elbette... Senin de gülmedi, anne babanın da gülmedi ve çocuklarının da gülmeyecek! Çünkü acı bedende, kurban, ağlayan, üretmeyen, suçlu arayan bir nesilden gelmiş olabiliriz ve biz de yargıladığımız için onlara benzemeye başlamış olabiliriz. Bu sebeple biz de hiç hoşnut olmadığımız bir geleceği bizden sonraki nesillere bırakıyoruz. Hep bahaneler. Hep başkalarını şanslı görmek ve kendimizi şanssız görmek. "Onun yüzünden, bunun yüzünden... Biz fakiriz, onlar zengin..." İşte bunu dediğiniz zaman zaten kaybetmeye başladınız demektir.

Dönerciyseniz mesela, döner kesme makinesi düşünüyorsunuz kafanızda. On yıl siz düşünüyorsunuz, on birinci yıl başkası yapıyor. Bunun gibi çok fikir var ama bir türlü hayata geçiremiyorsunuz.

Benim kafamda hep şöyle bir algı vardı: Arkanda biri olacak, bol paran olacak ya da bilmem hangi derneğin, tarikatın adamı olacaksın. Çünkü bizi buna inandırdılar.

Dikkatli düşünürseniz, hayatınızda pek çok fırsatı kaçırdığınızı fark edeceksiniz. 1997 yılında üniversiteyi, tasarım bölümünü "internete bağlanan buzdolabı" projesi ile bitirdim. Bu buzdolabı internete bağlanıyor, içindeki stoku kamera ile gösteriyor, görüntü atıyor ve sana uyarı gönderiyor:

"Yumurta sayısı ikiye düştü. Yarın sabah sen iki, eşin de bir tane omlet yiyecek. Bu iki yumurtayı paylaşmak ister misin yoksa çevrimiçi sipariş mi vereyim? Gelince kapında hazır bulmak ister misin yumurtaları?"

Buzdolabının kapağında güzel bir ekran ve yazıyor: "Osmanlı mutfağı programı yüklü." Ben belki İtalyan mutfağı ya da Çin mutfağı istiyorum. On dolar öde, Çin mutfağını indir dolabına ve içindeki malzemelerle karşılaştırsın. O zaman "Çin yemeği yapacağım ama malzeme yok ki..." diye bir sorun yaşamıyorsun. "Akıllı buzdolabı" projesini kendi özel bahanelerimden dolayı yapamadım. Bahane işte. Bugünkü gözle baktığımda, kesinlikle bahane değiller.

Bu tarz bir buzdolabı halen yapılamadı.

Çamura batmış bir arabayı, çamura batmış bir araba çekemez. Önce asfalta çıkmanız lazım. Önce yere sağlam basmanız, dik durmanız lazım. Önce kendi imkânlarınızı düzgün bir şekilde sağlamanız lazım. Eskiden on liram varken, biri gelir isterse, on lirayı verirdim. Sonra ben aç kalırken bakardım, onlar yiyip içiyor. Hep başkalarını besledik, yıllarca borçlarını ödedik. Onlara kefil olduk, borçlarını ödedik. Biz onların sırlarını tuttuk, onlar bizimkileri yaydılar. Biz onları koruduk, onlar bizi sırtımızdan vurdular. Önce kendime öfkelendim: Niye "hayır" demedim diye. İçimdeki egonun beni yönlendirdiğini, her seferinde tuş ettiğini fark ettim. Anında kendinizi yok edersiniz, yeter ki problem çözülsün; o ağlamasın, sızlanmasın, söylenmesin. Otuz beş yılım böyle geçti. Başkalarını mutlu etmek için kendime ayırmam gereken kaynakları onlara harcadım.

En sonunda dedim ki: "Size harcayacağım emeğin onda birini kendime harcasam, ihya olurdum..."

Bu satırları kaleme almak istememin sebebi, hayatınızda her şey aynalık değildir. Yani ben ne yaptım da bunlar hayatıma geldi diye bazen de düşünmemek gerekiyor.

## *Hamurunuzda Yoksa...*

Nerede çalıştıysam, sabah en erken ben gittim, akşam ben geç çıktım ama tembellik yapanlar zam aldı. Ben işimi iyi yaptığım için yalakalık yapmaya ihtiyaç duymadım, onlar işlerini yapmadıkları için ihtiyaç duydular ama zammı onlar aldılar. İşyerinde hep feda edilen kişi de ben oldum.

İki tür patron vardır: Biri erdemli, kimin çalışıp kimin çalışmadığını gerçekten bilen... Böylesi bana denk gelmedi. Bir de içinde eziklik olan patron tipi vardır. Kendini iki alkışta kral, paşa gören patron tipi... Çalışan umurunda değildir. Sadece takdir görmek, sevilmek, yüceltilmek ister.

Annemle babamın bütün çabası beni garanti bir işe sokup, garanti bir emekliliğimin olmasıydı. Ben de her girdiğim işte fazla duramadım. On yıldır özgürüm.

Eskiden ticarette de sorunlar yaşıyordum. Özellikle de tahsilat kısmında.

Çünkü tüccarın, işyeri sahibinin önce kendisini koruması lazımdı. Ben hep başkalarını korudum. Kendimi ve kurduğum sistemi korumadığım için hep başkalarının borcunu ödedim. Öderken de hep beddua ettim. Niye beddua ederiz? "Allahım şuna benim gücüm yetmedi. Sen iki çak da görüp rahat edeyim!" diye düşündüğümüz için. Cezalandırılmasını isteriz.

Oysa otuz beşten sonra fark ettim ki her şey aynalık olmasa bile, düşünceler akışınızı bir şekilde etkiliyor. Kimin için ne dilediysem, ben yaşadım. On yıldır herkese bol bol hayırdua ediyorum. Dönüp dönüp bana geliyor. Öyle bir ilahi sistem var ki mahkeme öteki tarafta, hepimiz çıkacağız ama hesap günü bugün değil. O halde ben ötekini şimdiden niye hesaba çekiyorum? Hepsi münafık, hepsi kötü, hepsinin yanması lazımdı! Ben burada soruyorum hesabı aklım sıra... Sonra anladım ki biri bana bir kötülük dilediğinde ve ben de ona içimden kötülük dilediğimde, niyetler aynı. Ondan bir farkımız yok.

Hatta, "Kötülük yapacağım, dedikodu yapacağım!" dedim, dedikodusunu yaptığım adam kapıdan içeri girdi. Hamurunuzda yoksa kötülük de yapamazsınız. Elinize yüzünüze bulaştırırsınız.

Bugüne kadar on bine yakın seans yaptım. Bunun beş yüzü erkektir, gerisi bayan. Erkeklerin bir programı var. O program yüklenmiş atalar tarafından. "Erkek evin direğidir" denilmiş, direk olup kalınmış. Duygulanır, söylemez, hislerini açık edemez, kıpırdayamaz, öyle kalır.

Annem, beş yaşında annesini, altı yaşında babasını kaybetmiş, ağabeyi büyütmüş.

Biz çocukken annem ve babam "Biz varmış gibi rahat olun, biz yokmuş gibi de çok çalışın!" derdi.

Bendeki program buydu. Hep çalış çalış programı. Altı yaşımda ayakkabıcıda çalıştım. İstanbul'da okurken bol bol ek işlerde çalıştım. Allah'tan dilerim ki ömür boyu üretken ve faydalı olabileyim. Ben evde beş gün boş otursam, arızalanırım. Komşuya bile takarım. Bu yüzden hep bir meşgalem olması lazım... Bu nedenle boş durmaktan kendinizi koruyun.

## *Sürekli Sınavdayız*

Yaşantımızda dört temel sınavımız vardır: Sağlık, bolluk, cesaret ve ilişkiler. Bunlara kitabın ilerleyen bölümlerinde daha geniş değineceğiz. Ancak yaşadığımız sürece sürekli sınanırız. Kimi aile genel olarak para ile sınanır, kimi sülale sağlıkla, kimi cesaretsizlikle kimi de ilişkilerle sınanır. Kendi içlerindeki ilişkilerle sınanırlar. Anne, babaya küs, baba, evlatlara küstür kimi ailelerde. O ailenin sınavı ilişki sınavıdır. Ya da çok canciğerdirler ama parayla sınanırlar, sağlıkla sınanırlar veya hep bir korku vardır içlerinde.

Hayatımda gerçekten cesur olmayı hep çok istedim. O an üretmem gereken bir fikri kalkıp da hayalden gerçeğe dönüştürmeyi istedim. Üretmek başka bir şey, ürettiğini sunabilmek, sunduğundan sana bolluk ve bereketin geri gelmesi ve geri gelenle daha da iyisini üretebilme döngüsünü yakalamak başka bir şey. En son maaşlı işimden ayrıldıktan sonra bir yıl işsiz kaldım. Ev gitti, araba gitti, tutunduğum bütün dünyalıklar gitti. Herkes beni başarısız ilan etti, "Senin yüzünden..." dediler. Ben de onları suçladım, "Sizin yüzünüzden!" dedim. Sonuç olarak, elde var sıfır... Sonra bir akşam sinemaya gittim. Sinemada reklam gösterimi fikrini geliştirmek ve uygulamak nasip oldu.

Benim geçmişteki en büyük arızam, zoru sevmemdi. Zoru çok seviyordum çünkü "Kolayı herkes yapar!" diyordum. Zoru sevdiğim için hayat benim için çok zorlaştı çünkü sizi dinleyen bir sistem var. Ne dilerseniz, önünüze getiriyor.

Bir gün bir radyo programı dinledim. Biri, "Allah'tan akıl ve sabır istiyorum" diye dua ediyormuş. Peygamber Efendimiz kızmış. "Allah'tan bela mı istiyorsun?" demiş. Sabır dilemek, bela çağırmaktır. Bela gelecek başına ki sabrın güçlensin. Bunca yıldır akıl istiyorum, sabır istiyorum. Aklıma çok güzel fikirler geliyor ama çok sıkıntı da geliyor. Programda yine devam ettiler. "Allah'tan sağlık, sıhhat, afiyet isteyin" dediler. Hiç aklıma gelmemişti.

Bu dünyadaki günahlarımızı bu bedenin kaldırabileceğini düşünmüyorum. Çok günahsız gibi geziniyoruz ama Peygamber Efendimiz bile her gün defalarca tövbe eden bir insandır. Ben yolda giderken gördüğüm birini yargılıyorum, bir başkasını kafamın içinden infaz ediyorum, hor görüyorum... Televizyonda haber izlerken yargılıyorum, film izlerken yargılıyorum. Dışarıda bir enkaz var. Bir dağ...

Arapçada "ceza" karşılık demektir. Biz onu alıp kötü anlamda kullandık. İyiliğin de karşılığı olur. Eğer biri size zarar verdiyse ve ağlayıp sızlanıyorsanız ve beddua ediyorsanız, demek ki o iyiliği Allah rızası için yapmamışsınız. Allah rızası için yapan, "Ben üstüme düşeni yaptım. Allah rızası için yaptım..." der ve konuyu kapatır. Kendi için yapan ise sürekli sızlanır, "Ben sana şunu yaptım da sen şimdi böyle yapıyorsun..." diyerek acındırmaya çalışır ki karşısındaki de onun için bir şey yapsın. Bir nevi ticaret yani...

Sizin iyiliğinize kötülükle karşılık veren kişiye "Allah iyilikler versin" deyip geçmeyi öğrenmeniz lazım. Oysa ben yıllar önce yaptığım iyilikleri karşılıklı yaptım ve karşılığını göremediğimde de isyan ettim. Yıllar önce yaptığım bazı iyilikleri de Allah rızası için yaptım ve bazıları yerine ulaştı, bazıları ulaşmadı. Nankörlük gördüm.

Kimi gücünü ekonomik özgürlüğünden, kimi ailesinden alır. Gücünü paradan alan, parası varken keyfi yerinde olan kişi dibe vurduğunda, ona para verirseniz, onun parasızlık ve çaresizlik sınavının içine giriyorsunuzdur. Sizi de sınava çekiyor. O kişi her şeyi kaybedecek ki gücünü Allah'tan aldığını anlasın. Biri vardır yetim, biri çaresiz, biri yaşlı, hasta, ona yardım edin hemen ama kumar borcu olan var, ödüyorsunuz, yine oynuyor. Ona yardım ederek fayda sağlayamazsınız. O kişi kumara niye yöneldi, düşünün. Kendini başarısız, değersiz hissediyor ve "Bir an önce para gelsin, ben de kendimi rahat hissedeyim" diyor. Şans oyunlarından medet ummayın. Toplu para kazanan insanlar, "Ben kesin başarırım" deyip, daha dipte tamamlıyorlar. Ellerinde bir evleri varsa, o bile kalmıyor çoğu örnekte olduğu gibi.

Gücünü hep başkasından alan insanlar var. Bana gelip yaslanmayı denediğinde, güç vermiyorum onlara. Çünkü yere sağlam basarak gücünü Rabb'inden alması lazım. "Bülent yanımda, rahatım!" demek istiyor. Ama bu şekilde rahat olmamalı. Belki on dakika sonra öleceğim... Eskiler, "Ağaca yaslanma kurur, insana yaslanma gider" demişler. Artık kula yaslanmıyorum ama kullar aracığıyla bana çok güzel yardım geliyor. Çünkü Rabbimiz onlar vasıtasıyla gönderiyor.

Hz. Yusuf'un hapishaneye düşmeden önceki duası, "Bu münafıkların arasında olmaktansa zindan daha hayırlıdır" idi. "Bu münafıkların arasında olmaktansa başka şehirde olmak iyidir..." deseydi zindana düşmeyecekti. Rabbim de zindanı dilediği için ona zindanı verdi. Ne diliyorsanız, hayatınıza o geliyor.

## *Sen mi Yapacaksın?*

Kimi insanlar, "İşte bolluk diliyoruz" diyorlar ama ondan önce iki bin tane olumsuzluk diliyorlar. "Bıktım bunlardan! Allah canımı alsın da kurtulayım!" vs. diyorlar, bu defa da önce bu dertler geliyor. Günde beş dakika mutluyum, kalan sürede mutsuzluk yaşıyorum. Teraziyi koyunca yirmi üç saat elli beş dakika daha ağır basıyor. Böyle bir hayatta mutluluk mümkün olur mu?

Şimdi bunları bıraktım. Artık değerli olduğumun, yeterli olduğumun farkındayım. Bir şey yapmak istiyorsam gidiyor, yapıyorum.

Ömrümün bir döneminde çok güzel teknoloji firmamız vardı. Yine ilişki problemlerinden dolayı gitti. Şimdi o dönem neyi kaybettiysem, gençlerden oluşan ekipler hayatıma geldi ve geçmişte yarım kalanları yapmaya başladılar. "Bülent Ağabey, yanındayım..." dediler. Artık şöyle diyorum:

> *"Allahım geçmişte nerede zarar gördüysem, hangi projeleri yapmam gerekiyorsa, nasipte varsa, telafi olsunlar. Niyetleri iyi ve konusunda ehli insanlarla bizi buluştur. Geçmişte de ne olumsuz dua yaptıysam, hepsini iptal ediyorum, tövbe ediyorum ya Rabbi..."*

Büyük işler, dünyada da örneklerini gördüğünüz gibi, küçük bir masa bazen bir garajla başlar. Anadan babadan bir holding kalmadıysa, böyle başlayacaksınız. Ama biz hep mükemmel olsun isteriz. Ya da kendimize güvenmeyiz, adım atmadan bir ömür bile geçirebiliriz.

Geçmiş zararlarınıza üzülmeyin. Geçmişte helalleştiğim ve kendi içinde serbest bırakıp gönderdiğim her şey daha güzel geri geliyor. Sabahtan akşama kadar artık dert üretmiyorum. Sabah kalktığımda fikir üretiyorum. "Bugün ne yapacağım, ne üretsem?" diyorum.

Eskiden gidip arkadaşlarıma heyecanla proje ve fikirlerimi anlatıyordum. Arkadaşımın mutlu olmadığını görüp, benim mutluluğumla mutlu olacağını zannediyordum. Akşamdan kalmış, acı bedende yaşıyor. Bana verdiği cevap:

"Yap! Kaç kişi denedi, yapamadı. Sen mi yapacaksın? Biz seninle kaç yıllık arkadaşız. Yapma bu işi... Zarar edersin... Seni sevdiğim için söylüyorum."

Sizin içinizde etraftan gelen olumsuz dönüşlerden sonra, acaba ne kadar yapasınız kalıyor? O noktada iş zaten çoğu zaman bitiyor. Olumsuz bir enerji ile yollar kapanmaya sizin de enerjiniz düşmeye başlıyor.

Bazen de fikrinizi anlattığınız kişi içinden, "Çok güzel fikir... Ben niye düşünemedim bunu?" diyor ve nazar ediyor. Ertesi gün bir uyanıyorsunuz ki o iş artık aklınızda bile değil.

Bazen de güzel bir fikir buluyor ama elli kişiyi ortak ediyorsunuz. Sonra onlar işi sizden alıyor ve gidiyor. Bunun gibi çok örnekleri hayatımda yaşadım.

Artık bir işi yapıyor, bitiriyor, internete koyuyorum. Herkes diyor ki: "Ne zaman yaptın?"

Bir konuda eşimle hemfikirsem ve o da inanıyorsa, iş inanılmaz hızlı gelişiyor. Eşim muhalifse çırpınıp duruyoruz. İki taraf iple birbirine bağlı ve zıt yönlerde birbirlerini çekiyorlarsa sadece zaman kaybı oluyor.

Her zaman söylediğim bir örnek var, eşinizle, çocuklarınızla hemfikir olduğunuzda, aynı kanoda, aynı yöne kürek çeken takım gibisinizdir. Lakin burada dikkat edilecek konu şudur: Herkesin de fikrine saygı duyup, adım atmak. Sadece ben doğruyum, siz bilmezsiniz moduna girerseniz, kano yine yürümüyor. Evdeki diğer bireylerin de kendi düşüncelerinin hayata geçtiğini görmeleri gerek. Aile içindeki takım ruhunuzu yeniden gözden geçirip bir ortak niyet çalışması yapabilirsiniz.

## *Korkularım*

Kişisel gelişime başladım çünkü korkularım vardı. Hasta olma korkum vardı, başarısız olma korkum vardı, el âlem ne der korkum vardı, dışlanma, çaresizlik, acı çekme korkum vardı. Vardı da vardı...

Doğum günümde önüme bir pasta gelse, on dakika mutluyum, sonra bir şeye sararım kafayı, mutsuz olurdum. Bal kovanı içinde insan sefaleti düşünür mü? "Acı beden" budur. Neyin içinde olursanız olun, iki dakika sonra acıya, kedere sarıyorsunuz.

Kontrolcülüklerimi, endişelerimi fark ettim. Sonra Allah'ın yarattığı sistemi kontrol edemediğimi anladım. Rüzgâr ben değilim, yaprağım.

Dertlerinize çözüm için önce içinizi, zihninizi temizleyin, sizi yanıltmaya, sabote etmeye çalışan vesveseye karşı önlem alın ve sonra yine kendi içsesinize güvenin. Sakın ola ki falcıların, medyumların kapısını çalmayın. Allah ile arası iyi olduğuna inanan, gelecek endişesi yaşamaması gerek.

Çözüm aslında basittir ve gözünüzün önündedir. Önce öfkelenmeyi, yargılamayı bırakabilmeye niyet edin. Zihninizi sakinleştirdikçe, içsesinizi daha net hissedeceksiniz.

## *"Para Bizi Bozar" Yanlış Çekirdek İnancı*

Ailem memur ailesiydi. "Parasız ol ama onurlu ol..." derlerdi. "Çok para bizi bozar. Dikkat et evladım, bunlar zengindir, seni bozmasın!" Hep paralı insanlar kötü, bizler de fakir ama dünyanın en iyi insanlarıydık!

Hep çalışıyorum ama kazanamıyorum. Çünkü içimde bir korku var: Kazanırsam, kötü biri olacağım! Kazanırsam, anne babamın sevmediği biri olacağım çünkü onlar beni namuslu ama fakir istiyor!

Fakirdik ve güvendeydik!

Sadece üç yıl, kendimde hak etme duygusu oluşturabilmek için çalıştım. Ben iyi bir şeyi hak ediyorum konusuna kendimi ikna etmek üç yıl sürdü. İşkolik birisiyim. Molaları bile en kısa sürede bitirip hep çalışmam lazım. Buna inandırıldım. "Alınteriyle kazanacaksın" dediler. Benim terlemem lazım. Alınterinin aslında "helal yoldan kazanmak" olduğunu sonra anlayabildim. Gerçekten deli gibi çalışmam, terlemem lazım geldiğini düşünüyordum.

Tatile çıkmak istediğimde çıkamadım. Hasta oldum, hep başıma bir aksilik geldi. Hiç ağzımın tadıyla tatil yapamadım çünkü bilinçaltımda tatil yapmanın, yan gelip yatmanın haram olduğuna inanıyordum.

"İyi insan tatil yapmaz. Tembeller dinlenir. Kötülerin iyi arabası vardır. İyi biri olsa, helal yoldan kazanıyor olsa, o arabayı nasıl alacak?"

En fakir dönemimde diyordum ki:

"Adamın bir lüks arabası var. Bir de güzel sevgilisiyle geziyor. Allah bilir hangi parayla bunu aldı?"

İşte kendi bilinçaltıma ektiğim şey: Bülent sen helal için çalışan bir adamsın. Hiçbir zaman böyle bir araban, böyle bir sevgilin olmayacak, böyle bir hayatın olmayacak çünkü onlar haramla elde edilir.

Ne zaman bir fikri satmak istemesem, oradan gelecek parayı istemediğimi fark ettim. Patentini alıp, milyon dolarlar kazanabileceğim bir işi, oradan gelecek para beni bozacak, zengin olacağım, haram yiyeceğim korkusuyla bilinçaltında istemiyordum.

Bugün belki size durduk yerde biri gelip, "Dünyanın en büyük restoranlar zincirine seni ortak yapacağız" dese, öylece kalırsınız. "Gözünüzü kapatıp, hayalinizdeki, almak istediğiniz evi çizin" deseler, çizmeye başlamadan önce, "Alamam ki... Yapamam ki..." demeye başlayacaksınız. Bir tanıdığım, "İnsanlar kırk saniye boyunca zihinlerinden hayallerini korusalar, başaracaklar..." der. Biz kırk saniye içinde hayalimizi bile bozuyoruz. Sürekli aynı bahaneleri sıralıyoruz:

"Yapamam! Param yok, eşim izin vermez. O engel olur..."

Bir seminerde bunu yapmalarını istediğimde bir bayan çığlık atarak gözünü açtı. "Böyle bir evi kim temizleyecek arkadaş?" dedi. İşte o anda onun hayalini gerçekleştirmesinin imkânı kalmadı. Bitti gitti... Belki bir şeyler yapacaksınız ama önünüzde çok büyük bir engel var: Siz...

Araba alacaksınız, engel sizsiniz. Ev alacaksınız, engel yine sizsiniz. Belki gezecek, dünyayı tanıyacaksınız ama engel yine sizsiniz. Belki harika projeleriniz var ama hayata geçiremiyorsunuz çünkü yine "Yapamam. Olmaz... Engel olurlar..." demeye başlıyorsunuz.

Kendime hep şunu söylüyordum:

"Bülent sen helal kazanıp yaşayan birisin. Bu zenginlik haramdır. Sen fakir ve güvenli ol. Allah fakiri sever."

Zengin olmayla ilgili her fırsata tepki verdim. Korktum, geri çekildim. Okyanusa açılamadım. Küçük bir havuzun içinde çırpınıp durdum.

Şimdi bir teklif gelse "Tabii... Niye olmasın?" deyip projeye girerim. Elbette hayrıma ise... Hayrıma değilse zaten kalbim panik atak gibi küt küt atar. Yanlış bir karara doğru sürüklendiğinizde kalbiniz küt küt atıyorsa, geri adım atmayı da bilin.

Unutmayın: Mutluyken söz, öfkeliyken karar vermeyin.

Bir öfke, bir nefret varsa, kalemimi bir kenara koyarım, çünkü o anda dengede değilim. Böyle bir durumda ne üretirsem üreteyim, rahmani olmayacak. Kafamın içi huzurlu olduğunda ürettiklerimden eminim. İçinde yargı, küfür, umutsuzluk, gelecek kaygısı varsa, anında geri adım atarım. Mola veririm, ibadet ederim, güzel bir kafeye gidip kahve içer, fabrika ayarlarıma dönmeye çalışırım.

Önemli bir karardan önce bir hafta cevap vermem kimseye. Bir haftanın sonunda aynı heyecan varsa, olumlu cevap veririm. Eğer bir haftanın sonunda, beni yataktan aynı heyecanla kaldırmıyorsa, devam etmem. Benim bir işten soğuma sürem bir haftadır çünkü. Sizde bu süre farklı olabilir. Kiminde beş gün olabilir, kiminde bir ay. O soğuma sürenizi tespit edin ve bir işe girecekken, bu süre bittiğinde halen aynı heyecanı duyup duymadığınızı kontrol edin.

## *Bahaneyi Bırak*

Bir gün bir görüşmeye gittim tabii geç kaldığımdan bihaber...

Beni karşılayan beyefendi:

"Bülent Hoca neredesin?" dedi.

"Dokuzda biliyordum..." dedim.

Sonra bana ders olacak bir cümle kurdu:

"Ders sekizde ve hiçbir bahanenle ilgilenmiyorum!"

Ne güzel bir cevap...

Zaten etrafımızdaki herkesin bir bahanesi var. O, onunla anlaşamaz, bu, bunu çekemez. İş yapmamak için herkes bir bahane bulabiliyor. Bu olay bana ders oldu. Artık kimsenin bahanesiyle ilgilenmiyorum. Kimse sizin, gemiyi yüzdürüp yüzdüremeyeceğinizle ilgilenmiyor. Sadece yüzdürmenizi bekliyor. Bahane bulmayı bırakmalı ve gemiyi yüzdürmelisiniz.

Elbette rotası olmayan bir gemiye de hiçbir rüzgâr fayda vermez.

Artık hedeflerim var. Yılın on bir ayı yoğun çalışıyorum. Ramazan aylarında kendimi şarj ediyor, çocuk bakıyor, çok ısrar edenler dışında görüşme kabul etmiyorum. Ne zaman erken kalksam, küçük kızımın sütünü versem, kitap satışlarım artıyor. Ne zaman çalışsam, kitap satışlarım kötü gidiyor. Ne zaman güzel bir şey yaparsam kitap satışları artıyor, ne zaman arızaya sarsam, kitap satışları düşüyor. Bunu çevrimiçi olarak görebiliyorum. Peki, Danimarka'da kitap alan bir kişi, bu garibanın KKTC'deki küçük bir sokakta, hatalı araba park eden kişiye kızdığını ya da ailesiyle ilgilendiğini nereden biliyor?

Cevabı basit: Çünkü enerji geliyor. Herkes birbirine bağlı...

Bir cep telefonu düşünün. Şarjı yoksa, uçak moduna alındıysa, fiziksel bir zarar gördüyse ya da baz istasyonu çok uzaksa veya faturayı ödemediyseniz, o telefonla konuşamazsınız. Bu şartları tamamlayacak ve havada var olan sinyali yakalayacaksınız.

İnsan için düşünürseniz, Allah'ın enerjisi her yerde var. Eğer kendinizi şarj ettiyseniz, alkol, sigara, çok çalışma gibi etkenlerle kendinize zarar vermediyseniz, ibadetinizi yaparak faturayı ödediyseniz, sinyali yakalayabilirsiniz. İyi bir şeyler yapacaksınız ki ilahi akıştan faydalanabilin.

İyi bir şey yapmak deyince de sadece fakir sevindirmek değil, kendini de sevindirmek lazım. Arkadaşınızla kahve içmek, çıkıp biraz yürümek de iyi bir şeydir.

İnsanlar sizi boşta sandığında çok fazla angarya yüklerler. Buna da dikkat edin. İşyerinde mutlu iseniz, eşinizle diyaloğunuz iyiyse, sizden iyisi yoktur. Kendinizle barışık iseniz işler güzel gidecektir.

Kimileri "kaliteli yalnızlık" diye bir şeyden bahseder. Oysa güzel olanı aileyle, sevdiklerinizle birlikte olmaktır. Birlikte olup fakir olmak da gerekmez. Allah'ı sürekli Fenafillah'ta aramayın, Bekabillah da var. O kapıya da yönelmeyi unutmayın.

Sağlıklı olmayı sevin, sağlıklı olmayı dileyin. Hz. Yusuf'un dileğini unutmayın. "Çocuklar gideceği yere kazasız belasız gitsin" demek yerine, "Allah'a emanet olsun, gideceği yere su gibi rahat, keyifli gitsin" deyin. Kullandığınız kelimeler bir sipariştir. Artık, "Allahım ne olur önüme bir engel çıkmasın!" demek yerine "Allahım ne olur, her şey güzel gitsin, rahatça gidelim..." demeyi tercih ediyorum.

Hayata bakışınız, sağlığınızla da yakından ilgilidir. Hayata katı bakış açısı bele vurur. Birileri size, "Biraz değişsene, biraz daha olumlu düşünsene" diyor, siz de "Hayır, benim yaptığım doğru" diyorsanız bir süre sonra bel ağrıları yaşamaya başlarsınız. Daha katı durursanız diz ağrıları ile devam eder. Sevdiğinizle iletişim kuramıyorsanız, boynunuz taş keser. Sözleri içinize atıyorsanız farenjit, guatr, tiroit ve Allah korusun nodüllere kadar gider. İçinize atmayın.

## *Kontrol Manyaklığı*

Eskiden inanılmaz kontrolcü bir insandım. Neredeyse gökte uçan kuşu bile kontrol etmek isterdim. Büyük kızımla iletişim kurarken, ilk tartışmamızı yaşadık. İlk ona sert çıkışmayı dediğimde, bana öyle bir karşılık verdi ki doğrudan kendimi gördüm. "Bu benim!" dedim. Kendime şu soruyu sordum:

"Bülent, baban sana nasıl davransaydı daha iyi bir ilişki kurardınız?"

İçimde bir canavar bağırıyordu:

"Hayır! Kır, dök, haddini bildir!"

Ama farklı bir ses:

"Onunla iletişim kur, onu anlamayı dene."

Kızılderili atasözünde söylendiği gibi: İçimde her zaman bir beyaz bir siyah köpek olacak. Hangisini besleyeceğim ise benim kararım. İşte bu nedenle seçimler önemli. Bazı seçimlerle dönüp dolaşıp aynı yere geleceksiniz. Bazı seçimlerle de ilerleme sağlayacaksınız.

Geri adım attım ve tatlı tatlı anlamaya çalıştım kızımı.

Çocuklarımız bizim aynamızdır. Hep "Yemedik yedirdik, giymedik giydirdik" diyor, "Biz yaşamadık siz yaşayın" dediğimizde, onlara zulmediyoruz. Oysa onların bizden beklentileri farklı...

Bir gün genç bir bayan bireysel görüşmeye geldi ve şöyle dedi:

"Babam kendini ne zannediyor? Eve ekmek getiriyor ama bizimle hiç konuşmuyor. Sadece televizyon seyrediyor. Ben bizimle konuşmasını istiyorum, saçımı sevmesini istiyorum ama bizi görmüyor bile..."

Babanız zaten birinden sevgi görmedi ki... Görmediği bir şeyi nasıl size gösterebilecek ki? Böyle bir durumda bari siz onu sevin.

Bir adam doktora gitmiş. Rahatsızlığını anlatıp, "Nedir bunun reçetesi?" demiş.

Doktor da yanıt vermiş:

"Sevgi."

On beş gün sonra yeniden gitmiş.

"Olmadı..." demiş.

Doktor da yanıt vermiş:

"Dozu artırın."

Binlerce yıldır atadan gelen mutsuzlukları, acı bedenleri iki tatlı kelimeyle çözeceğinizi sanıyorsanız yanılıyorsunuz.

Ben, babamla diyalog kurmakta çok zorlandım. Beni seviyor ama söylemiyordu. İstanbul'dan telefon açıyordum. PTT'nin biri şehir içi ve küçük boyutlu, diğeri şehirlerarası olmak üzere büyük boyutlu iki tip jetonu vardı. Büyük jetonla toplam iki dakika kırk altı saniyelik görüşme yapılabiliyor.

Babam telefonun yanındadır. Dört saat hiç bozmadan orada oturup televizyon seyreder genellikle.

Telefonu açardı.

"Bana, seni seviyorum..." derdim.

"Dur, annene vereyim..."

Annem, "Çocuklara söylesene sevdiğini..." derdi ama yine sessiz çünkü gardiyan dedem ona böyle öğretmiş.

Babam lisedeyken hem savaştı hem okudu. Siz lisedeyken sırtınızda silahla okula gidip, sokak başında nöbet tutmamışsınızdır. Bu nedenle kızmadım. Ne zaman kanser hastası oldu, artık gideceğini anladı, kuralları bıraktı ve bizlerle sevgi dolu sözlerle iletişim kurmaya başladı. Bu yüzden "Ertelemeyin!" diyorum. Seviyorsanız, hemen şimdi söyleyin.

Madenden çıkan cevherleri tamburlama çalışması vardır. Oradan çıkan cevheri büyük kazanların içine koyuyorlar. Kazanı yavaşça çeviriyorlar. Kazan içerisindeki taşlar, yuvarlana yuvarlana, birbirlerine çarpa çarpa, köşeleri keskinliğini kaybediyor. Sert taşlar dönerken içine lüle taşı ya da alçı taşı gibi yumuşak bir taş koyarsanız, sert taşlar, yumuşak taşları un ufak eder.

Şimdi bu örneği günlük hayata yansıtalım. Ben ne kadar inatçı, sert, mükemmeliyetçiysem, sivri köşelerimi yumuşatacak en az benim kadar arıza ve zor kişilerle hayatın içinde buluşuyorum ki, arınabileyim. Bu yüzden beni aynı model insanlarla aynı kazanda çevirdiler ki anlayayım. Sır burada: Ne kadar sertseniz, o kadar sert sınav gelir. Aklı olan geri adım atar, sakin olur, olaylara yumuşak bakar. Yargılamayı bırakır, diğer kişileri yetersiz görmeyi bırakır, mükemmeliyetçiliği ve zoru sevmeyi hemen bırakır.

Biz toplum olarak Allah'ı yoklukta, garibanlıkta, güçlükte aramayı bir erdem zannederiz. "Bana bolluk yolunu göster" diye gelip, kanaatkâr olmayı talep edemezsiniz. Çıkabileceğiniz yer, ufkunuz kadardır. Yirmi kişi geldi, "Bize bolluk-bereket semineri ver ama ücretsiz olsun" dediler. "Bolluğu-bereketi ben hayatıma almazsam, size nasıl anlatacağım?" dedim. Önce kendiniz yapacaksınız ki söylediklerinizin bir etkisi olsun. Bu nedenle hakkınızı aramayı öğrenmeniz şarttır.

## *Sencil Olmak*

Eskiden sencildim.

"Onlar mutlu olsun ben önemli değilim. Çocuklar mutlu olsun ben önemli değilim. Herkes mutlu olsun ben önemli değilim."

Şimdi sencil değilim. Bencil de değilim. Bizcilim. Sencil ve bencil arasında bir fark yok. Biri hep kendini biri hep onları düşünür. Oysa bizcil olmak lazım.

Sencil olmak kaynakları tüketir. Kendi deponuz dolu değilse insanları nasıl taşıyacaksınız? Sencil olmayı bıraktığınız anda da "Sen çok değiştin. Çok bencil oldun..." demeye başlarlar.

Kendi ekibime de söylüyorum: Kendi hakkını koruyamayan benim hakkımı da koruyamaz. Bu nedenle hakkınızı korumayı öğrenin.

Sencilken en sevilen adamdım belki. Sonra dedim ki:

"Durun yahu. Size verdiğim paralarla elli kere tatile giderdim. Şimdi ben kendi tatil paramı biriktiriyorum."

Onlar benden para alıp tatile gidecek, ben yine bozulacağım. Onlar yeni araba alacak ama ben eski arabamla, yolda bozulanla dolaşacağım! Onlar hak ediyor ama ben etmiyorum! Onlar hep iyiyi hak ediyor, iyinin güzelin peşinde, ben hak etmiyorum!

Ne zaman bizcil oldum, ilk tepki şu oldu:

"Bülent sen çok değiştin. Sen bizi artık sevmiyorsun."

Eskiden hepsini veriyordum şimdi yarı yarıya. Ben kazanmışım, niye tümünü sana vereyim? Ben de bal tuttum, bir parmak yalayayım hadi dedim.

Televizyon kanalında çalıştığım bir dönemde, bir problem çıktı ve çözmesi için yurtdışından üç mühendis davet edildi. Geldiler ve çalışmaya başladılar. Yemekhanede yan yana oturunca mecburen konuşmalarına şahit oldum. Konu aslında basitti: Ana haber bülteninin dekoru. Biri, "Bu sahne dekorunu değiştireceğiz..." dedi.

Diğeri:

"Dün hatırlıyor musun, yemekte konuşmuştuk. Senin fikrin çok hoşuma gitti. Senin fikrini destekliyorum. Hadi gel senin fikrini yapalım."

Üçüncüsü de aynı fikirdeydi ve ikisi, ilk mühendisin fikrine destek veriyorlardı.

Bizde ise genelde olan şudur: Ben bir fikir söyledim, arkadaşım bir fikir söyledi, diğeri başka fikir söyledi. Benim fikrim doğru, seninki işe yaramaz moduna girerdik. Kendi aramızda hiçbir zaman uzlaşı yapamadığımızı fark ettik.

Sadece kendi fikrimizin doğru olmasını savunmamızın derin sebeplerinden biri ise: "Şimdi patron onun fikrini beğenirse, benimkini beğenmez, beni işten atacak. İlla ki benim fikrim olması lazım."

Sonuçta işyerindeki kişilerle birbirimize girerdik.

Hep tırnağımızla kazıdık. Bu sebeple başkalarına sebil ettiğim kaynakları, "Allahım senin yoluna harcamaya niyet ettim..." dedim.

Kaynakları öncelikli olarak kendi ve ailenizin çıkarı ve ilerlemesinde kullanmaya gayret gösterin. Dünyalık vererek mutlu ettiğiniz insanlar, bunu alamadıklarında kendilerine başka kapı bulurlar.

Yıllar önce en yakın dostuma kefil olmuştum. Borcunu ödemedi ve yurtdışına gitti. Üç sene borcunu ödedim. Aç gezdim. Telefon numarasını değiştirmiş, bir ortak tanıdıktan yeni numarasını buldum ve aradım. Kendisiyle gayet sakin konuşurken, birden bana sesini yükseltti, "Sen bana sesini yükselttin. Bir daha seninle konuşmayacağım..." deyip telefonu yüzüme kapattı. Bir kişinin sizden aldığını geri vermeye niyeti yoksa, ödememek için her türlü bahaneyi bulur. Önemli olan bunu neden yaşadığınızı bulmanız. Fakat hata benimdi. O istemeden, gidip sınavına dahil oldum. "Biz buradayız kefil lazımsa!" deyip gönüllü çıktım.

Geçmişte bunun gibi yaşadığım birçok olaya karşı, ilk adım olarak insanları suçlamaktan vazgeçtim.

İkinci adımda insanları affettim. Hatanın bende de olabileceğini kabullendim. Zor olanı, kendimi de affettim. Bu yıllar sürdü çünkü kaybettiğim imkânlar, giden zaman canımı yakar. O dönemde o kadar bolluk vardı ki elimde, her şeyi yapabilirdim. Çeşme akarken doğru değerlendirmedim. Kendime yatırım yapmak yerine, elimdeki imkânları hep başkalarını mutlu etmekte kullandım. Çeşmeden içenler de şimdi yanımda yoktu. Hepsi başka çeşmelere gittiler. Sonra otobüs parası arar hale geldim.

Bunu yapanlar bir de hakkınızda olumsuz konuşurlar. "Çok değişti. Bozuldu..." derler. Artık insanların yargı ve eleştirilerini de kafaya takıp, günlerce içime dert etmiyorum. Allah herkesin iyiliğini versin der, yoluma devam edebilmeye niyet ederim.

**Temizleme Çalışması**

Otuz gün boyunca her akşam ya da gün içinde, yaşadığınız olumsuzlukları beyaz çizgisiz kâğıda yazın.

Her gün, bir önceki günü yırtıp atın.

Ertesi gün, geçmişten bugüne kadar aklınıza gelenlerin hepsini yazın.

## *Artık Evrenden Beklemeyin!*

Kuran'da Kaf Suresi 6. ayette "Üstlerindeki göğe bakmazlar mı? Onu nasıl bina ettik, nasıl donattık! Onda hiçbir düzensizlik ve eksiklik yoktur..."[2] der.

Biz hep kafamızı öne eğmeye alışkınız. Üstümüzdeki bu güzel gökyüzüne bakmak bile çoğu zaman aklımıza gelmez. Orada, muhteşem bir gök kubbe var. Gündüz başka, gece yıldızların görünmesiyle başka güzel... Dalgın olduğumda, düşünceli olduğumda, canım sıkkın olduğunda bahçeye çıkıp yıldızları seyrederim.

Eskiden, kişisel gelişime, koçluğa yeni başladığım yıllarda yaygın bir alışkanlıkla, insanlara dileklerini ve enerjilerini evrene yollamalarını önerirdim. "Evrene yollayın ve olsun..."

Fakat artık böyle söylemiyorum ve kendim de yollamıyorum. Bilim insanları evrenin çekirdeğini oluşturan "Big Bang (Büyük Patlama)" sonrasında genişlemenin sürdüğünü söylüyor. Yani Evren, Big Bang'den beri genişlemeye devam ediyor. Yine bilimsel olarak biliniyor ki bir noktaya gelecek, Samanyolu, diğer galaksiler, kara deliklerle birlikte yutulacak. Genişleme duracak ve çökme başlayacak. Kıyametin ne gün olacağını Allah bilir. Onu Peygamber Efendimiz'e bile sormuşlar ve "Allah bilir..." yanıtını vermiş. Sadece bazı işaretlerinden bahsetmiş. Bilim insanları kâinatın genişlediği, günü gelince de daralıp yok olacağında hemfikirler. Kuran'da Zariyat Suresi 47. ayette

2. Diyanet İşleri Başkanlığı meali.

de bu durum ifade edilmektedir. (Bu konuda birçok meal inceleme fırsatım oldu. Bazı meallerde "Biz genişlettik..." diye, bazı meallerde ise "Gücümüz her şeye yeter..." olarak Türkçeye çevrildiğini görüyoruz. En doğrusunu Allah bilir.) Hem bilim hem de inanç yönünden ortaya çıkan şu: Demek ki evren de benim gibi, sonu olan, çaresiz bir "yaratılmış"tır. Evren de yaratıldı ve günü gelince yok olup gidecek. O halde bizim gibi ölümlü ve yok olup gidecek bir şeyden yardım istemek, ondan hayır beklemek doğru mu? İşte bu noktaya ulaştığımda, evrenden beklemeyi de bıraktım. Artık evrenin yaratıcısı olan Allah'tan istiyor, ondan bekliyorum sadece.

*(Bu noktada dikkat edilmesi gereken bir husus var. Özellikle son yirmi yıl içinde çevrilmiş birçok film ve dizide evrenin Allah tarafından yaratılmadığı, kendisinin yaratıcı olduğu vurgulanmaya çalışılıyor. Yaratıcı olan evren ve buna bağlı olarak da dinler uydurmadır. Bunlar birer oyun. İmanı zayıf ve sadece aklıyla hayata bakanların kolaylıkla oyuna düştüğü bilgilerle internet dolup taşıyor. Amaç bilgi kirliliği. Gayet de güzel yapılıyor. Kişiler ikna edilerek, İslamiyet'ten uzaklaştırılıp, bir terör yapısı gibi gösterilip, önce deistliğe sonra ateistliğe sürükleniyor. Yeni dünya sisteminde yapılmak istenen de bu. Bakalım kaç kişi bu oyunun farkına varacak?)*

Bunu kavradıktan sonra dualarım da değişti. Eskiden "Allahım bu iş olsun!" diye dua ederdim. Sonra "Hayrımaysa olsun!" demeye başladım. Bir sonraki adımda ise "Olmasa da olur ama yine de sonucu benim istediğim gibi olsun..." derdim. Şimdi ise "Allahım her ne oluyorsa, yaşam yolumda ve her iki cihanda iyiliğe taşıyacaksa olsun, sonucu da sana emanet ediyorum" noktasına geldi. Tüm hayatıma dönüp baktığımda, inat ettiğim, ısrar ettiğim şeylerin çoğunun bana zarar verdiğini gördüm. Şimdi şuna odaklanmıyorum: "Olmak zorunda değil."

Kimi zaman çok kârlı göründüğü için bir işe gireriz. Oysa zararıyla dönecektir, bilemeyiz. Bu sebepten bir iş kârlıysa, nefsimi cezp ediyorsa geri adım atıyorum. Çünkü ne zaman öyle coşup içine girsem duvara tosladım. Bugün ise o işte huzur hissediyorsam ve işin sonunda bana ve bütüne hayır olduğuna inanıyorsam o işe giriyorum.

*Kadın Olmayı Hatırlamak* kitabını yazmadan önce eşimle çok gergin dönemler geçirdik. Kitap bitti, huzura kavuştuk. Sonra anladım ki o kitabı yazabilmek için o sorunları yaşamışım. Eğer dersi alırsanız, sınav bitiyor. Almazsanız, daha serti geliyor.

Yola çıkma vaktiniz geldi ama siz hâlâ ince dolma sarmaya çalışıyor, pasta börek yapmaya çalışıyorsanız, kadının biri gelir kocanızı alır gider ya da karınızı alır gider. Biri gelir dolandırır gider. Hizmet etme vaktiniz yoksa rutin hayatınızı yaşarsınız. Ev, iş devam eder. Dünyayı kafanıza yıkmalarını beklemeyin. "Allahım, elimden geldiği kadarıyla yapabilmeye niyet ediyorum..." deyin. Elinizden geldiği kadarını yapmaya çalışın. Taşıyabileceğiniz kadarına niyet edin. Bu nokta önemlidir. Demek ki imkânları kendime kullandığımda daha iyi bir şey yapabiliyorum. Oradan gelen bollukla daha çok insana ulaşabiliyorum. Eskiden cebimdeki on lirayı verir, bir şey elde edemezdim. Şimdi on lirayı veriyorum, Rabbim yüz lira gönderiyor çünkü görüyor paylaştığımı.

## Temizleme Çalışması

Gözlerinizi kapatın ve derin bir nefes alın, verin.

Derin bir nefes alın ve verin.

Burnunuzdan daha derin bir nefes alın ve yavaşça verin.

Çok güzel bir sahilde, kumsalda, yumuşacık kumların üstünde yalınayak ilerlediğinizi hissedin.

Derin bir nefes alın ve verin.

Yumuşacık kumların üstünde tek başına ve yalınayak ilerlerken, dalgaların köpüklerinin ayaklarınızın altından geçtiğini hissedin.

Parlak gökyüzü altında ilerlemeye devam edin.

Derin bir nefes alın ve yavaşça verin.

Derin bir nefes daha alın ve yavaşça verin.

Yumuşacık kumların üstünde, yalınayak tek başına ilerliyorsunuz. Biraz ileride, elinde kova ve küreğiyle kumdan kaleler yapmaya çalışan küçük, yalnız bir çocuk var. O çocuk sizin çocukluğunuz. Her seferinde yaptığı kuleler dalgalar tarafından yıkılıyor.

Şimdi o çocuğa yaklaşın. Onunla birlikte kova ve küreğiyle kale yapın ve mutlu olsun. Ona vakit ayırın.

Size gülümsediğini fark edeceksiniz. Teşekkür ettiğini fark edeceksiniz.

Küçük çocuk sizi sevdi.

Siz değerlisiniz. Siz yeterlisiniz. Başarılısınız.

Şimdi avuç içlerinizi ovuşturun ve yanaklarınıza koyun.

Bu eller sizin elleriniz, yanaklar ise küçük çocuğun yanakları.

Küçük çocuğa şöyle deyin:

→

"Bundan sonra yanındayım. Güvendesin. Bütün kırgınlıkları birlikte affedeceğiz. Bütün inatçılıklarımızı birlikte bırakacağız. Bütün kontrolcülüklerimizi bırakıp, Allah'ın akışına güveneceğiz.

Küçük çocuk sen benim içimdeki neşeli tarafımsın.

Sen senim içimdeki üretken tarafımsın.

Sen benim içimdeki güzel tarafımsın.

Ve artık seninle birlikteyim. Bundan böyle beraberiz ve yanındayım.

Seni seviyorum. Güvendesin."

Şimdi küçük çocuğa söylemek istediğiniz güzel sözleri söyleyin. İçinizden ne geliyorsa...

"Sen başarılısın küçük çocuk. Değerlisin, yeterlisin. Mutlu olmayı hak ediyorsun.

Bolluk içinde yaşamayı hak ediyorsun.

Sağlık içinde yaşamayı hak ediyorsun."

Derin bir nefes alın ve yavaşça verin.

Derin bir nefes daha alın ve yavaşça verin.

"Güvendesin küçük çocuk. Her ne yaşadıysak, yaşandı ve bitti. Ben herkesi affettim. Boşa giden yıllarımı da affettim. Kaptırdığım kaynaklarımı da affettim. Kaçırdığım imkânları da affettim. Kendimi de affettim. Artık dersimi alıyorum. Şükürler olsun."

Derin bir nefes alın ve yavaşça nefes verin.

Derin bir nefes daha alın ve yavaşça nefes verin.

"Şükürler olsun. Küçük çocuk yanındayım ve hayallerini yeniden başlatmak için hazırım. Değerlisin ve yeterlisin."

Derin bir nefes alın.

"Şükürler olsun."

Üç nefes daha alıp verin ve gözlerinizi açın.

# *Hassas Nokta*

Bir gün, yine bir seminerdeyken, yaşlıca bir teyze sitem etti: "On yıl önce nerelerdeydin?"

"Depresyondaydım..." dedim.

Hepimiz aynı yollardan geçtik. Hepimiz aynı şeyleri yaşıyoruz çeşitli şekillerde de olsa.

Hepimizin bir hassas noktası, amiyane tabirle bam teli vardır. Belki çok çalışkansınız, biri size "Tembel!" dediğinde, deliriyorsunuz. Birinin size "Sorumsuzsun!" demesi sizi delirtiyor. Etrafınızdaki insanlara değer veriyorsunuz ama "Bana değer vermiyorsun!" diye suçlanmak sizi çileden çıkarıyor. Siz titiz birisiniz ama eşiniz size, "Senin kadar dağınık birini görmedim!" diyor ya da namus kavramına çok hassassınız ama kalkıp "Tabii tabii! Bu saate kadar ne yaptığını görmedik sanki!" diyorlar. İşte bu hassas noktanız, aynı zamanda sizin dikkat etmeniz gereken yerdir. İnsanlar bu hassas noktanızdan saldırıp, sizin enerjinizden beslenecekler.

Hassas noktalarınızı keşfetmek de uzun sürecektir. Bu kitabı okuduğunuz için yarın piyangoyu kazanamayacaksınız. Ya da evdeki hareketlerinden şikâyetçi olduğunuz eşiniz bir anda değişmeyecek. Ama siz biraz yumuşayınca, bereketinizin açılmaya başladığını, ilişkilerinizin daha ılımlı olduğunu, evdeki cadı ve canavar modundan çıkıp bir yuva moduna girdiğinizde, yavaş yavaş bir şeylerin değiştiğini göreceksiniz.

Size biri bir şey söylediğinde şalteriniz atıyorsa, onu bulup düzeltme zamanınız artık gelmiştir.

İşkolik insanlar ne zaman eline kahve fincanı alsa ve iki dakika dinlenecek olsa, patronu geçer oradan. Birileri sizi tembellikle suçlarsa, kızmak yerine, "Bütün gün çalışıyorum. Şu an benim tembellik vaktim. Buyur gel, kahve içelim..." deyip onu da davet edin.

Ben böyle yapıyorum. Oysa eskiden olsa, "Sen nasıl böyle konuşursun bana? Ben miyim tembel? Görmüyor musun bütün gün çalıştığımı!" derdim.

Biri bana "Sorumsuzsun!" derse, "Evet, sorumsuzum! Elimden gelen bu kadar..." diyorum. Sorumsuz değilim deyip hep göbeğinden daldık tartışmaya. Tartışmanın bir fayda getirdiğini daha görmedim. Herkes sizde, sadece kendini görür.

"Bülent, iyi olanı hak ediyorsun..." diyorum kendime. Bir ses, "Ben o arabayı alırsam laf edecekler bana..." diye karşılık veriyor. "Alırsan laf ederler."

Bir arabayı isterken, "O arabayı aldığımda benim kim olduğumu görecekler!" diyorsam egosaldır. "Ben bu arabayı çocukluğumdan beri seviyorum. Allah nasip ederse olsun..." diyorsam sorun yok. "Bu kıyafet marka, giyersem beni sayacaklar" ile "Bu kıyafet bana yakıştı" arasında fark vardır. Bunların başka versiyonları sizde vardır. Size uygun versiyonları bulun.

# *Hata Yapma Korkusunu Atın*

Ben artık geçmişte yaptığım hatalarıma gülüyorum.

Hata yapma korkunuz varsa, hayatınıza hatalarla dolu insanlar çekersiniz. "Aynalıklar" şöyledir: Sen kıskançsan, senden on katı kıskanç biri gelir hayatına. Sen kontrolcüysen ya çok daha kontrolcü biri gelir hayatına ya da sen deli gibi bağırsan da hiçbir şey kontrolüne girmez. Ya senden beteri gelir ya da seni delirtecek olan gelir.

Ben dengeye gelmeye çalışıyorum. Artık kafamda konuşan sesin oyun peşinde olduğunun farkındayım.

Mesela *Gönül Gözü* kitabını yazdığımda bir yıl hazır vaziyette bekledi. Eşimle gerilimler yaşadım, seminerleri iptal etmek zorunda kaldım. Eşime, çocuğa, komşuya, anneme kızdım. En sonunda bir hafta içinde yayınevine teslim etmem gereken kitabı on beş günde verebildim. İnsanlar kitap istedi, yetişmiyor. Kitap fuarı başladı ama yine yetişmeyecek. Ertesi gün özel matbaada birkaç tane daha bastılar ve imzalayayım diye yetiştirebildiler.

Oysa ben o vesveseye kafayı takmasaydım, fuara gelen binlerce insana kitap verebilirdim. Oysa kafayı taktım, birilerini kırdım, geride kaldım.

Bu sebepten, kafama olumsuz bir düşünce geldiği anda antenlerimi açıyorum. Sakin olursam, vesveseye kendimi kaptırmaz, dengede kalmaya devam edersem, ya güzel bir fırsat ya güzel bir imkân gelecek diyorum. Geliyor... Hayat buluşmadır. Kusursuz insan yoktur. Düzgün insanları aramak için biraz gezeceksiniz. Antenleriniz açık olacak. Eskiden, "Düzgün insan yok!" derdim, karşıma hep sorunlu insanlar gelirdi.

## *Radyo Yayını Gibiyiz*

Gün içinde sürekli kafanızın içinde sorgu yaparsınız. Bunları not alın. Bilin ki dünyanın dört bir yanında o an o sorguyu yapan binlerce kişi var. Beyin kolektif çalışıyor. Canınız tatlı çektiğinde, telepatik bağlantıda olduğunuz pek çok kişinin de o an canı tatlı çekiyor. Kalbinizi temiz tutarsanız, içinizi Rabb'inize, iyiliğe yöneltirseniz, o da aynı şekilde pek çok kişinin iyiye yönelmesine neden olacaktır. Telepatik olarak birbirimizi etkiliyoruz.

Bir radyo olduğunuzu düşünün. Siz yayın yapıyorsunuz, birileri dinliyor. Atmosfer, bu görünmeyen ancak mesaj taşıyan elektromanyetik dalgalarla dolu... Onlardan birini de siz üretiyorsunuz.

Radyo yayınında çok çeşitli frekanslar vardır. Çok çeşitli amaçlar için yayın yapan radyolar. Kiminin amacı sadece eğlendirmek, kiminin amacı haberdar etmek, kiminin amacı tahrik etmek, kimimin bilgilendirmek, kiminin reklam dinletebilmektir. Başkalarından hangi frekanslara kulak vereceğinizi dikkatli seçtiğiniz gibi, siz de yaptığınız yayına dikkat edin. Bolluk, bereket, huzur, aşk, başarı hangi frekanstaysa, onu seçiyorum.

Zamanı geldiğinde, ilerlemek gerektiğinde başka bir frekansa geçiyorum. Diğer türlü aynı yerde takılıp kalmış olacağım. Oysa bir üst basamağa geçemezsem, hayallerimi gerçekleştiremem, üretmem gereken şeyleri üretemem.

Sevdiğiniz bir programı dinlemek, izlemek için o dizinin, programın yayınlandığı kanalı açmanız gerekir. Bunalım kanalını açıp, "Niye bana bolluk, bereket, huzur gelmiyor?" diye düşünemezsiniz. Hem sitem edeceksiniz, hem isyan edeceksiniz hem de beddua edeceksiniz! Üstüne de "Bolluk nerede?" diyeceksiniz! Bu gerçekçi olmaz.

Babadan, haladan, teyzeden bunu gördük. Bir düşünün, sülalenizde resim yapan, neşeli, gezip tozmayı seven kim vardı? Çoğunlukla bu sorunun yanıtı yoktur. Biz armut ağacından kiraz üretmeye kalkıyoruz. Önce kendi mayamızı bir toparlamamız lazım.

Beş yaşında öksüz kalan bir annem var. Kıbrıs'ta on üç yaşında Rumların yaylım ateşinden kardeşini korumaya çalışan bir anne, yokluk içinde bir anne... Dayım, sekiz kardeşine bakmış. Hep yokluk, sıkıntı çekmişler. Bizim mahallemizde babası olan iki çocuktan biri benim. Geri kalanın hepsi şehit... Bez yok, mama yok, ilaç yok... İnsanlar açtı 1975'te. Hamile haliyle kaçan kadınlar, kocalarını kaybeden kadınlar oldu... Rumlar adada terör estirirken yakaladıkları erkekleri öldürdüler ve çukurlara gömdüler. Biz böyle bir ortamdan Türkiye sayesinde kurtulabildik. Bu nedenle iç meselelerimiz ne olursa olsun, dünyanın son kalesi, iyilik kalesi Türkiye'dir. Dünyanın neresine giderse gitsin, iyilik götüren, şefkat götüren bir ülkemiz var. Hatırlayın, zengin bir Kuzey Avrupa ülkesi Bosna'ya yardım getirdi, tarihi geçmiş, on yıllık yemekleri getirdi. Köpekler bile yemedi. Türkiye ise varını yoğunu seferber etti. Genlerimizde bu yardımseverlik var. Bu nedenle güçlü Türkiye, KKTC için de, Türk dünyası, İslam dünyası için de, dünya için de gereklidir.

Ortaokulda, on üç yaşında, atletizm takımı ile ilk kez yurtdışına gittiğimde şunu öğrendim: Yurtdışında sadece kendini değil, ait olduğun ülkeyi, toplumu hatta inancı temsil ediyorsun.

Uçağa binmeden önce kafile başkanımız, "Gümrük kapısından çıkıp başka bir ülkeye girdiğiniz andan itibaren Bülent, Ahmet, Osman değilsiniz. KKTC'lisiniz... Orada ne yaparsanız yapın, size değil, ülkenize yazacaklar..." uyarısında bulundu.

Ülkemin bana verdiği ilk disiplin buydu. Kapıdan çıkıp indiğin ülkede ne yapıyorsan, tüm ülkenin hanesine yazıyorlar. Müslüman isen bütün Müslümanlara yazıyorlar. Biz de öyle yapıyoruz. Bir Alman hata yapsa, tüm Almanlara yazıyoruz. Oysa böyle olmamalı. Önce iyi insan olmalı, kendimizden başlayarak temsil ettiğimiz her şey hakkında da iyi düşünülmesini, iyi hissedilmesini sağlamalıyız. Dünyayı değiştirmek için bir şansımız var: İyi insan olmak.

Kalbiniz doluysa, bir komşunuza yemek götürüyorsanız, önce şaşıracaklar, sora yine şaşıracaklar, sonra kabullenecekler. Sizin iyiliğinizi kabullenecekler. Adınızı, Ahmet'i, Ayşe'yi vs. bırakın, hepimiz insanız.

## *Altıncı Duyu*

İnsan, bedeninde olup bitenleri sinir sistemi aracılığıyla, dışarıda olup biteni ise beş duyusu ile algılar. Yaygın olarak kullanılan bir deyim vardır: "Altıncı his." Bu adlandırma hatalıdır çünkü aslında "Altıncı Duyu" denilmek isteniyor ki "hissetmek" budur.

Altıncı duyunuz vicdanınızdır, gönül gözünüzdür. İnsanın içindeki mahkeme bütün mahkemelerin üstündedir. En tehlikeli şey, vicdanını duyamayan insanlardır. Vicdanınızı hissedin.

Kötülük yapan insanlara bakın. Ya hep kötü olaylara örnek oldular, ya iradeleri zayıftı, birileri onların beyinlerini yıkadı, ya de anne babadan sevgi görmediler. Beyinsel, fiziksel bir durum olmadığı sürece kimse kötülük düşünemez. Tıbbi bozukluklar var. Suç işlediğinin ayrımını yapamıyor bazı ağır hastalar. Fakat normal insanların içinde vicdan mekanizması var. Geçmişte şiddet görmüş, sevilmemiş ve iradesi zayıf bazı insanlar kötülüğe sapabiliyor.

Bir kız çocuğu anne babasını küçük yaşta kaybediyor. Bunu zengin bir aile evlat ediniyor. Haberlerde de yer aldı. On yedi on sekiz yaşına kadar bu zengin ailenin bodrum katında sürekli işkence görüyor.

Bu çocuğu evlatlık alanlar ölüyor, eve gelen insanlar, çocuğu bodrum katta buluyorlar. Yıllardır bodrumda... Bu defa çocuğu alıp, "şizofren" diye kliniğe yatırıyorlar. Otuz üç yaşına kadar ilaçla uyutuyorlar. Sonra fark ediyor ki doktorlar, sorunu yok. Şiddet gördüğü için konuşamıyor, normal davranışlar gösteremiyor. Sonunda düzeldi ve bugün altmış beş yaşında. Bir de kitap yazdı ve şu notu iliştirdi:

"Affetmeseydim hayatta kalamazdım."

Rabbimiz hepimizi bir acıyla sınıyor ve acıya verdiğimiz tepkiyle bir şekilde irademiz güçleniyor ve not alıyoruz. Kuran'da, Ankebut Suresi 2. ayette "İnsanlar, 'İnandık!' demekle imtihan edilmeden bırakılacaklarını mı zannederler?"[3] diyor. Yani illa ki sınavlar yaşayacaksınız.

Rahat hayat, garanti maaş, rutin günlük yaşam sarmalından on yıldır uzak duruyorum. Çok mutluyum hayatta. Hizmetime odaklanıyorum, her yerden bolluk geliyor. Paranın peşine odaklanınca ise kimse gelmiyor.

Ancak şu da tehlikeli: Hep vererek de kazanamazsınız. Sürekli kendinizden veriyor, karşılık almıyorsanız, nefsinizi besliyorsunuz demektir. Yani aslında takdir toplamaya çalışıyorsunuz. Al-ver dengesini iyi kurmalı, birine yardım edecekseniz, sağ elinizin verdiğini sol eliniz duymayacak şekilde olmalıdır. Rabb'iniz nasip etti iyilik yapmayı ve siz yapabildiniz. Bununla kendinize ya da dışarıdakilere övünmeye kalkışmayın.

Bunu da geciktirmeyin. Birçok insan yardım etmeyi yaşlılığa bırakır ancak belki ileride fırsatınız olmayacak. Yaşlanmadan yardımsever olmayı öğrenmek iyidir.

Yardım sadece para değildir. Emekle yapılan bir yardım, birine moral için söylenen birkaç söz, tembelliğe alışmış bir arkadaşını çalışmaya teşvik etmek, bazen onunla bir kahve içmek, telefonla arayıp hal hatır sormak bile yardımdır.

Yanınızdan ayırmadığınız telefonları her gün beş dakika birini aramak için kullansanız, ayda otuz, yılda üç yüz altmış beş kişiye moral verme imkânınız var. Bir yılda üç yüz altmış beş kişinin yüzünü güldüren, moral veren biri iyilik yapmış olmaz mı?

3. Diyanet İşleri Başkanlığı tefsiri.

## *Konuşurken Üslup*

Yardım edeceğiz diye konuşurken de suçlama, yargılama, hor görme gibi hatalara düşmemek gerekir. Yoksa niyet iyi bile olsa, sonuç hem konuştuğunuz kişiye hem de size daha büyük sorun olarak dönebilir.

Çocuğunuzla konuşurken bile siz kendi doğrularınızı anlatmadan önce, onun doğrularını bir dinleyin ve anlayın.

## *Beynimizdeki Programlama*

Bir Alman arkadaşım, bizim topraklardan bir kadınla evli. Müslüman olmuş ve bizim kültürü de oldukça seven birisi.

Adama, "Bizden biriyle evli olmak nasıl?" diye sordum.

"Yemekler ve kültürünüz harika ama ikili ilişkileriniz her gün kavga..." dedi. "Eşim mutlaka ya benimle, olmadı çocuklarla, o da olmadı kendi kendiyle mutlaka her gün kavga çıkarıyor. O da olmadı kendi anne babasıyla ya da akrabalarıyla kavga ve küskünlük çıkarıyor. Her şeyi olmasına rağmen, hiç mutlu olmuyor! Sanki mutlu olmak ya da dinlenmek, güzel bir gün yaşamak yanlış bir şeymiş gibi düşünüyor."

Mutsuz bir yuvadan çıkmayan, mutluluğu bilemez. Bizim stres durumumuz ötekiler için anlaşılmaz düzeyde yüksek. Onlara göre bizim kliniğe yatmamız lazım. Biz hep kafaya takarken, her şeyimiz olduğunda bile takarken, aynı zihin yapısında olmayanların bu durumu anlaması elbette zor oluyor.

Bir bayan geldi ve otuz yaşına kadar her gün evinde şiddet gördüğünü anlattı. Sonra evlenmiş ve bunalıma düşmüş çünkü kocası üzerine titriyor, kayınvalidesi gelinine hürmet ediyor. Eskiden her gün şiddetin içinde yaşamaktan çıkıp, rahat bir hayata geçince kafası karışmış. Bir anda hayatı değişince ne yapacağını bilemez olmuş. Sudan çıkmış balık gibi kalakalmış.

Bu denli hızlı değişim de iyi değildir. İçinizdeki program acı beden programı. Alın bir arabesk şarkıyı, tercüme edin ve bir başka kültürdeki birine dinletin. "Batsın bu dünya!" dediğinizde, "Niye?" diyecektir.

Bir televizyon programına katılmıştım. Bir arabeskçi, bir aktar, bir güzellik uzmanı da aynı programda konuktular. Arabesk bir şarkıyla başladı program. Şarkının verdiği mesajlar aşağı yukarı, "Bu şehirden çekip giderim. Yakarım, yıkarım, yok olurum..." gibi bir şey. Aşk acısı üzerine... Ürperdim ve "Allahım benim burada ne işim var?" diye düşündüm. Hepsi bitmiş, tükenmiş ve ilginç olan şu ki, bu acıların içinde olmaktan da büyük keyif alıyorlar!

Arabeskin ne kadar tehlikeli olduğunu, beyni nasıl mutsuzluğa programladığını, olumsuz programlama meditasyonu olduğunu anlatayım dedim içimden. Fakat söylesem kötü olacak. Şarkı bitti, sunucu, "Aslanım, yüreğimizi yaktın!" dedi. Sonra bana döndü. "İnsanlar da arabeskin tehlikeli olduğunu söylüyor. Arabesk zararlı mı hocam?"

"Zararlı..." dedim. "Bir insan kırk gün boyunca kendine deliyim derse, deli olur. Hele bunu müzik eşliğinde, inanarak söylüyorsa, kesinlikle olur."

Eski bestekârlardan birinin konuşmasını dinlemiştim. "Bugüne kadar hangi sözleri yazdıysam, yaşadım..." dedi. "Ayrılık yazdım, yaşadım. Ölüm yazdım, yaşadım. Bütün sözler gerçek oldu."

Bilinçaltına ne mesaj gönderirseniz, beyin ona göre kodlanıyor.

Bir gün, yolun ortasında bırakılmış trafiği oldukça etkileyen bir araba gördüm. İçimden, "Nasıl biri arabasını burada bırakır ki?" dedim. Yüz metre sonra aracımın hortumu patladı, yolun ortasında kaldım. Günler sonra değil, yüz metre sonra! İçimden dedim ki, işte benim gibi birisi. Sorduğum her sorunun cevabını ne ilginçtir ki yaşayarak alıyorum. Başka kişilerin yaşadıklarından da örnekler çok dinledim.

Bir arkadaşım gazete alıyordu. Aşırı hız nedeniyle takla atmış bir araba haberine gözüm ilişti. Küçümsedim kaza yapanları. İhtiyatsız davranmışlardı bana göre. Güldüm. Arabaya bindim ve üç dakika sonra döner kavşakta bir kamyon beni sıkıştırdı, şarampole yuvarlanıp, takla attım.

Ağzınızdan çıkan sözler, enerjiniz yüksekse hemen, orta kararsa birkaç ay içinde, düşükse birkaç yıl içinde size geri geliyor. Hayatınızın tamamını restoranda geçiriyorsunuz. Bunlar garsona verdiğiniz siparişlerdir.

Tekrara giren hayatta, eş değiştirmek, iş değiştirmek, şehir değiştirmek vs. siz değişmedikçe bir işe yaramaz. Günlük yaşam içinde başkalarını yargılayarak ürettiğiniz enerjiler var, atalardan gelen bir program var. Bunların arasında sınavınızı yaşıyorsunuz.

Sevgi, merhamet, yardımlaşma, hoşgörü, helal yoldan yaşamak gibi evrensel doğruları bulmamız gerekiyor.

## *Şer Görünendeki Hayır*

"Hayırlısı" demek, evliyatullah makamındandır. İyinin de kötünün de Allah'tan olduğunu kabul etmek, "Hayırlısını da kötüsünü de kabul ediyorum Allah'tan geldiği için" demektir.

Bir eş düşünün, dünyada size hiçbir şey vermiyor sıkıntıdan başka. Bu eş mi iyidir yoksa hiç problem çıkarmayan bir eş mi? Doğal olarak problem çıkarmayan tercih edilecektir. Ancak diğeri sürekli size Allah'ı hatırlatır, sürekli dua etmenize neden olur. Peki şimdi hangisi iyi?

İki türlü ders vardır: Biri gelip birinin iyi, tatlı tatlı nasihat etmesi. Diğeri ise sert çarpan ve uyanmanızı sağlamaya çalışan. Tatlı nasihatle geldiğinde aldırmazsınız. Oysa nasihati getirene değil, gönderene bakmak lazım. Siz aldırmazsınız ve o nasihat bu defa daha sert gelir. Dertler posta gibidir, size bir mektup, bir mesaj getirmektedir.

Her iki cihanda da sağlık ve uyum içinde, birlikte Allah'a ilerleyeceğiniz bir eş dilemeniz gerekir. Evlilikte uyum yoksa zaten zindandasınız. Yirmi yıl geçmiş, o bir şey söylüyor, siz bir şey söylüyorsunuz. Halen ortak bir noktaya gelememişsiniz! Bu acı bir durumdur. Daha fazla vakit geçirmeden sorunları çözmeniz gerekir.

Eskiden bir arkadaşım vardı. Telefon açar, sormazdı bile "Müsait misin?" diye. Sonra başlardı sıralamaya:

"O şöyle, bu böyle, şu böyle yaptı. Şu şöyle oldu, bu böyle oldu. Bu bana yapılır mı? Bunu hak ediyor muyum? Bu bunu dedi, şu şunu dedi. Şu şöyle davrandı..."

Benimle konuşmak istemiyor. Sadece "Haklı değil miyim?" demek ve karşılığında "Haklısın..." cevabını almak istiyor.

İyi de sana haklısın demem, öteki tarafa suçlusun demem anlamına gelmez mi? Kul hakkına girer.

Yüz kavganız varsa, doksan tanesinde siz suçlu, on tanesinde haklıysanız ve eşiniz suçluysa, siz eşinize ve herkese haklı olduğunuz on taneyi anlatır durursunuz. Diğer doksanı zaman içinde unutursunuz yada hasır altı edersiniz. Biz hep masumuzdur, hep sütten çıkma ak kaşığız! Hep içimizde bir beddua listesi var. Hep dünyada perişan görmek istediğimiz, öbür tarafta yandığını görmek için beklediğimiz insanlar var. Oysa belki kaç milyon yıl geçecek bunu gerçekten görmek için ama beklemeye devam edeceğiz. Gelin görün ki kıyamet gününde anne evladını tanımayacak. Bu sebeple, bir göz kırpması kadar olan bu dünya hayatında temizleyin hesaplarınızı, öteki tarafa bir şey götürmeyin.

Benim bütün çalışmam şu:

"Allahım o göz kırpmalık süreyi en iyi değerlendirdiğimin hesabını vermek istiyorum. Bedenime iyi baktım. Bana kötülük yapanların benim irademi ve insanlığımı sınadığını farz ettim."

## *Dört Kapı*

Geçmiş zaman içinde çocuğun biri bir medreseye girmiş eğitim için. Belki yüzlerce yıl önce... Hocalardan biri, "Sana gel sınıfları gezdireyim..." demiş.

Birinci sınıfa girmişler. Çocuklar Kuran okuyor. Hoca, "Git, Kuran okuyan çocuklardan birinin ensesine tokat at!" demiş.

"Olur mu hocam?"

"Hani buraya girince sözümüzü kayıtsız şartsız dinleyecektin?..."

Çocuk çaresiz, tam teslimiyet içinde olmak zorunda... Gitmiş ve Kuran okuyan çocuklardan birinin ensesine bir tokat atmış.

Tokadı yiyen çocuk da kalkıp buna vurmuş bir tane.

Hoca:

"İşte bunun adı şeriat. Hak ettiğin neyse, onun karşılığını görürsün."

Almış çocuğu ikinci sınıfa götürmüş. Yine Kuran okuyan çocuklar. Hoca yine bir tokat atmasını söylemiş. Çocuk bir önceki sınıfta dayak yediği içini atmak istememiş ama hoca ısrar etmiş. Bunun üzerine gidip tokat atmış. Kuran okuyan çocuk ayağa kalkmış, vurmak için elini kaldırmış ama durup, "Tövbe estağfurullah!" deyip yeniden oturmuş.

Çocuk şaşırmış.

Hoca, "Bu da tarikat..." demiş.

Üçüncü sınıfta yine aynı görüntü ve yine aynı talep... Bu defa tokat atılan çocuk buna dönmüş ve "Fesuphanallah!" deyip tekrar Kuran okumaya devam etmiş.

Hoca:

"Bu marifet..."

Dördüncü sınıfta yine aynı tören... Bu defa Kuran okuyan, fark etmemiş bile ensesine vurulduğunu. Öyle aşkla okuyor ki farkında değil. Hoca:

"Bu da hakikat..."

Yaşadığınız olayları bu dört kapıdan birinden geçerek karşılıyorsunuz. Şeriat kapısından karşılıyorsanız, sizi üzen, terk eden, hakkınızı yiyen her kimse, onun cezalanması lazım! İlahi adaleti hemen görmen görmemiz lazım! Sizi üzdü ya... Onun da üzülmesi şart. Beddualar ediyor, hemen tutmasını istiyorsunuz.

Tarikat kapısından karşılıyorsanız, artık farkındasınız demektir. Fakat saldırmak ya da saldırmamak sizin elinizde... Kuran, kısas yapmaya izin veriyor ama makbul olanın "bağışlamak, affetmek" olduğunu söylüyor. Kim ne zarar verdiyse, zararı Rabb'imizin karşılayacağı söyleniyor.

Bana zarar verenleri affettim artık. Kimi işe aldırdıysam, ayağımı kaydırdı. Kefil oldum, borcunu bıraktı. Bu taraftan baktım, kapı üstüne kapı açıldı. "Teşekkür ederim Allahım. Cevabımı aldım..." dedim.

Size de bunu anlatmaya çalışıyorum: Farkında olmayı... Sonrasında ne yapacağınız, sizin bileceğiniz iştir.

Beni dolandıran arkadaşımı bir yılda affettim, bana yaptıklarını üç yılda hazmettim. "Arkadaş, seni seven, sana değer veren bir dostuna sen bunu nasıl yaparsın!" duygusunu hazmetmek kolay değildi.

Bir bayram namazında iki sıra önümdeydi. İçimden bir ses, "Kalk, şunun boğazını sık!" dedi. Bu egodur, nefistir. İçinizdeki karanlık taraftır. Egonuz da gerekli elbette. Egonuzu yok ederseniz, yemek yemezsiniz, kendinize değer veremezsiniz. Ego sizin hayatta kalmanızı sağlar ancak egonun ayarları bozuldu.

Eskiden elmayı topluyordu, şimdi parasıyla alıyor. Böylece parası çok olanın egosu da yüksek oluyor. Hz. Âdem'den beri bütün kayıtlar var insanlarda. İnsanlığın ortak belleği var. Ruhun hissetmek ister, aklın bilmek ister. Her ikisinin de olması lazım. Ego da lazım, hissiyat da lazım; ikisi arasında dengede olmak lazım...

İçimdeki bir diğer ses de "Hadi bakalım, onu affettin mi, bakıver..." dedi. Öfkelenme ile dinginleşme arasında bir seçim yaptım. Herkes sorar, "Nasıl sakin olacağız?" diye. "Sakin olmak bir seçimdir. Ya içindeki canavarı seçeceksin ya da içindeki huzur ve dinginliği. Seçim de insanoğlunun en büyük sınavıdır. En büyük sınavımız budur. Biz bugüne kadar şeriatı seçtik. Bağırmayı, kızmayı, hesap sormayı seçtik.

Dünyada mutlak bir adalet olsaydı, yediğiniz yumurtanın parasını tavuğa verirdiniz. Siz de adaletsizsiniz. Hepimiz orta kararız; hepimizin içinde iyi de var, kötü de var. Sadece hangi kapılardan geldiğinin farkındayım. Bam telime basıyor ve kötü beni ele geçiriyor. Aşırı yorgunken beni ele geçiriyor. Beklentili yardım ettiğimde, "Bak, ne yaptı!" diyor. Ya da bir kitap alıyorum, "Yirmi bir gün" diyor. Yirmi bir gün sonra piyangoyu kazanacağımı, mucize olacağını bekliyor nefis. Oysa nasip ne zamansa o zaman olur. Dört günde kitabı bitirmem lazım, bitmedi. Nefis, "Yapma, boş ver. Zaten yetişmez!" diyor. Bu nedenle çalışmalarıma artık gün ve saat koymuyorum. Nasip ne zamansa o zaman düzelir.

İçinizdeki ses sürekli size "Sen güzel değilsin, yeterli değilsin, başarısızsın, annen de seni sevmez, baban da sevmez" diyor.

On yaşına kadar herkes deneyerek öğrenir. Yere düşerseniz diziniz acır, acı biber yerseniz diliniz yanar, sobaya dokunursanız eliniz yanar.

On ile yirmi yaş arası hep biz biliriz! Anneniz uyarı yapar dinlemezsiniz, babanız uyarır dinlemezsiniz. Kafanızın dikine gidersiniz. "Onu istemiyorum, bunu istemiyorum..." Fakat dünyaya egemen, büyük kitleleri sadece tüketici haline getirmek isteyenlerin de öncelikli hedefi aile düzeninin ortadan kalkmasıdır zaten. Çocukların anne babası ile kavga edip birey olmasını ister. Annen baban olmasın ki onların bankasından para al ve ömrübillah borçlu kal, faiz öde. Eskiden anne, baba, hala, dayı yardım ediyordu, faiz ödemiyordun. Şimdi banka var, faiz ödeyeceksin!

Küçük bir öğrenci evim vardı İstanbul'da. Ufak bir odası ve salonu vardı. Küçük bir tuvalet, banyo, mutfak... O eve annemle kardeşim geldiğinde yüz yirmi kilo bavulla gelmişlerdi. Bavuldan haşlanmış yumurta, tuzluk bile çıktı.

"Nereye gideceğimizi bilmiyoruz ki..." dedi annem. "Tedbirli olayım dedim..."

Kardeşim açtı bavulu, bir havlu çıktı.

"Bunu teyzen yolladı."

Bir tencere çıktı.

"Bunu diğer teyzen yolladı."

Sonra devam:

"Bu kuzeninden, bu öteki kuzeninden..."

Kimi zarfta para yollamış... Hayatımın en güzel günlerinden biriydi. Sülalemin birer parça katkıyla bir öğrenciyi okutmaya çalışması çok güzeldi.

Banka sistemi ise sana şunu söylüyor: "Dinleme aileni! Keşfet. Git bilmem ne mağazasından bunları al. Takım olsun. Üzerinde marka görünsün... Ünlüler de öyle yapıyor. Sen neden yapmayasın?"

Fransız yazar ve filozof Diderot'nun borç içinde olduğunu duyan Rus Çariçesi Katerina, kütüphanesini satın alır ve yirmi beş yıllık maaşını da peşin ödeyerek onu zor durumdan kurtarır.

Maddi durumu düzelen Diderot'ya bir arkadaşı da kadife bir sabahlık hediye eder. Yeni sabahlığı içinde Diderot, evdeki eski mobilyaları da beğenmez. Yeni bir çalışma masası alır.

Halı, koltuk vs. değiştirir. Bu değişim devam edince sonunda elindeki tüm para bittiği gibi, yine borçlu duruma düşmüştür.

Sonunda oturur ve pişmanlığını yazar:

*Eski Sabahlığım İçin Pişmanlık.*

Hayatımızdaki en önemli hatalardan biri budur.

Üniversitede hocam her zaman şunu derdi:

"Kullanmayacağın tek düğmeye bile para verme!"

Çamaşır makinenizde kırk program var, siz sadece "hızlı"yı kullanıyorsunuz. Bulaşık makinenizde elli program var, birini kullanıyorsunuz ama tüm programların parasını ödediniz.

Yıllar önce bir videoda, "Satın aldığınız eşyaları parayla satın almadınız. O parayı kazanmak için ömrünüzden verdiğiniz zamanla aldınız..." diyor. Videoyu nefes21.com web sitemizde izleyebilirsiniz.

Mesela bir işe giriyorsunuz ve akşama kadar elli lira kazanıyorsunuz. Sonra o para ile alışveriş yapıyorsunuz. Aslında elli lira değil, ömrünüzün bir gününü harcadınız o alışverişte.

Bundan sonra alışveriş yaparken ömrümden vakit harcadığımı düşünerek hareket etmeye başladım. Markete gider, sepeti ıvır zıvırla doldurursunuz ama sonra fark edersiniz ki diş macunu almaya para kalmamış! Karşılığını ömrünüzle ödüyorsanız, işinizi görecek şeyleri alın, hava atmanıza yarayacak şeyi değil. Bir telefonu işinizi gördüğü için alın, diğerlerinde o telefondan bulunduğu için değil. Aşırı giyim, makyaj, pahalı arabalarla esasen içimizdeki bir şeyi gizliyoruz. "Çok hızlı giden arabayı seviyorum" ile "Bu arabayı alayım da görsünler beni" arasındaki farkı iyi anlamak lazım.

## *Erkekler Değişime Daha Dirençli*

Bir erkeğe eşi "Gel bir aile psikoloğuna gidelim. Bir yol göstersin..." derse, cevabı "Deli değilim!" olacaktır. "İçkim yok, kumarım yok. Daha ne yapmamı istiyorsun?"

Şu anki evlilikler bir önceki nesil annelerin tezgâhlarında hazırlandı. Biz kurbanların kurbanlarıyız. Bundan sonraki nesil de bizim tezgâhımızdan çıkıyor. Biz onları nasıl hazırlayacağız? Benim çabam size yardımcı olmak değil, sizin soyunuza yardımcı olmak.

Dünyayı yöneten sistemler, binlerce yıldır kendi soylarını biliyorlar. Biz ise geçmişe dayalı acaba kaç kuşak atamızı biliyoruz? O zaman ben "No. 1"im bundan bin sene, iki bin sene sonraki soyum için. Uzun vadeli düşüneceksiniz. Çocuğuma mal mülkten önce arınmış bir gen bırakmam lazım. Çok zengin bir Bülent ama çocuğuyla diyalog kurmayı bilmiyorsa, işinde çok başarılı ama eşiyle iki kelime konuşmayı bilmiyorsa bundan ne çıkar?

İnsanların çoğu başarı, şan, şöhret ve parayı doğru bir değer sanıyor. Bunlar size gelen nasiplerdir. Önemli olan sizin arkadaşınızla alınmadan, laf sokmadan diyalog kurabilmenizdir. Filtrelerinizi çalıştırmadan, iç yargılaması yapmadan onları dinleyebilmenizdir.

Bir çocuk annesine bakar, "Senin gibi olmayacağım" der. Babasına bakar, "Hayatımda senin gibi birini istemiyorum" der. Fakat otuz beşine gelmeden annesi gibi olup, babası gibi birini bulmuş olur. Hayatı yargıladığı olaylar içinde tekrara girer.

Erkeklerdeki değişime dirençle ilgili bir olay yaşadım. Bir bayan üçüncü bireysel görüşmeye geldi. Genelde tek görüşmede çözülür sorunlar. Gülüyor... Neden güldüğünü sordum.

"Ben sizi televizyonda gördüm..." dedi. "Sabah ben bu adamla görüşmek istiyorum sen de gel dedim ama o istemedi. Ben deli değilim. Senin de görüşmeni istemiyorum! Bizi el âleme deli mi dedirttireceksin dedi. Buna rağmen geldim. Buraya geldikçe gördüm ki eşimin genel huyları ve davranışları, annem ve babamın sevmediğim, çocukken yargıladığım parçalarından oluşuyor. İçimden samimi bir şekilde onu da bir annenin doğurduğu, onun da bir can olduğu, onun da hiç sevilmediğini, ne yapacağını bilmediğini düşündüm. Kendi kendine düzelmesini ummak yerine benim ona nasıl yardım edebileceğimi anladım. İlk seansımızdan sonra eve mutlu gittim. Eşim direkt beni takibe aldı hayatımda biri var diye. İkinci seansımdan sonra çantamda, anne baba çalışması ile niyet çalışmasının notlarını buldu. Oysa ikinci seanstan itibaren artık eşim benim gözüme batmamaya başlamıştı. Daha önce ondan tiksiniyordum. Çorabı bir kenara atışından, çorba içişinden vs. tiksiniyordum. Oysa artık beni rahatsız etmiyordu eşimin halleri çünkü esasında ondan değil, babamın çorba içmesinden tiksindiğimi fark ettim. Eşim hep bana geçmişin tekrarıydı. Fark ettikten sonra çözmeye başladım. Benim mutlu olmaya başlamamla birlikte, eşimin senin hayatında biri var düşüncesi pekişmeye başladı. Çekmecelerimi didik didik etti. İzin alıp evde kaldı, ben işe gittim o her yeri aradı. İkinci görüşmemizden sonra notları buldu ve sen o adama gidiyorsun deyip sinirlendi. Yıkıp dökmeye başladı eşyaları. Koltukları kırdı."

"Siz ne yaptınız?" dedim.

"Hiç. Oturup sakin bekledim. Şu an bu durumu kabuldeyim."

"Bağırmadın mı?"

"Yok. Zaten kaç zamandır o koltukları değiştirmek istiyordum. Sonunda sakinleşti. Susuyorsun çünkü suçlusun dedi. Bitti mi dedim. Bitmediyse yatak odasına da geçebiliriz. Orayı da kırıp dökebilirsin. Sonra ona oturmasını söyledim. Sakinleşmişti. Evet, ben bu adama gittim. Bu adam bana, kocamla problemim olmadığını, geçmişle helalleşmediğim olayların tekrarını bulduğumu anlattı. Ben de sana haksızlık ettiğimi fark ettim. Bu yüzden on beş gündür bu kırdığın koltukta değil, benim yanımda yatıyorsun. Sabahları kahvaltını hazırlıyorum. Ekmeğini kızartıyorum, yağını sürüyorum. Cinsel hayatımız da bu iki haftadır yolunda değil mi? Mademki bu durumdan memnun kalmadın, eski halime geri dönüyorum dedim."

"Bu defa eşinizin tepkisi ne oldu?"

"Ne olacak? Kabul ederseniz, o da görüşmek istiyor. Aşağıda, arabada bekliyor."

Sizin görüşleriniz ve davranışlarınız düzeldiğinde, karşı taraf da yavaş yavaş düzelir. Fakat beklenti içine girerseniz gelmez. Avucunuzu yalarsınız. Problem yaşıyorsanız, o kişiyle neden eşleştiğinizi bulun. Ağacın en üst dallarını budamaya uğraşmayın, köklere inin ve sorunu orada çözün.

Kız çocuğu babadan alması gereken sevgiyi alamadığında, onu hırpalayan biriyle eşleşir.

Şu an bir olay varsa hayatınızda, siz kendinizi düzeltmeden karşı tarafı düzeltmeyi beklemeyin. Önce hazmedemediğiniz olaydan başlayın. Ne zaman ki siz annenizle babanızla helalleşirsiniz, kontrolcü eşiniz sakinleşmeye, annenizin o özelliklerini kabul ettiğinizde, eşinizde o özellikler kaybolmaya başlar.

İnsanlar ya baba evinden kurtulmak için evleniyor ya da anne babası gibi olmamak için. Fakat evlendiği kişi öyle şeyler yapıyor ki tıpkı anne ve babasının düştüğü duruma düşüyor.

Bir bayan geldi. Kocasından ayrılmak istediğini ancak yapamadığını söyledi. Geçmişte bu konuda kimi yargıladığını sordum.

"Geçmişte, üç çocuğum bile olsa, hovardalık yaparsa ben boşarım diyerek dedemi kınamıştım..." dedi. "Kocam aldattı ve üç çocuğum var. Maddi olarak eşim iyi durumda ama iş yapmadığım için de boşayamıyorum."

Otuz beş yaşında fark ettim ki bütün sorunlarımın kaynağı benim daha önceki yargılarım. Kimi yargıladıysam, kimi hor gördüysem, kimi beğenmediysem, hayatıma öyle insanlar çekmeye devam ettim, kendim de o durumlara düştüm. Kalbinizi temizleyip, tövbe etmedikçe, bu huyları bırakmadıkça da tekrar tekrar karşılaşmaktan kurtulamazsınız.

Dibe çakıldım. Ev gitti, araba gitti, sağlık gitti ama ölmedim. Her şeyini kaybediyor olmak bir nasipti. Eğer anlıyorsanız, elinizdeki mallar yalnızca Allah'tan bir emanettir. Günü gelince gidecektir. Bunu kabullendiğinizde size daha çok emanet gelir. Mala tutunursanız, malınızı alırlar. Evladınızla övünmeyin, yoldan çıkar. Ortalığa çıkıp övünerek, nazar ve sınavlar çekmeye gerek yok.

"Mazlumum, kurbanım" dediğinizde, daha sert bir sınav hayatınıza gelecektir. Geçmişinizde cevaplar var. Annenizin babanızın da geçmişine bakın. Biz onların yaşamlarının ve sınavlarının devamıyız.

## *Aikido Prensibi*

Farkındalığa vardığınızda sınavlar devam eder. Aikido sporunun bir mantığı vardır. Buna göre, karşı taraf size ne kadar hızlı vurursa, siz onu o kadar kolay yere düşürürsünüz. Burada amaç, size güç uygulayan rakibe daha büyük bir güç uygulamak değil, rakibin gücünü onu düşürmek için kullanmaktır. Size yumruk atıyorsa savunmaz, yumruğu kendinize doğru çekersiniz ve dengesi bozulup düşer.

Bir olay size doğru gelmeye başladığı zaman ya savunmaya geçeceksiniz, ya hemen kabul edeceksiniz, ya da bu olaydan ne öğrenmeniz gerektiğini düşüneceksiniz.

Hiçbir şey üretmeyen insan hata yapmaz. Kuran'da, İbrahim Suresi 19. ayette şöyle der:

> *"Allah'ın, gökleri ve yeri hak ve hikmete uygun olarak yarattığını görmedin mi? Dilerse sizi kaldırır ve yeni bir halk getirir."*

Hayatın içinde yaşayan insan, hatalarından olgunlaşır. Önce yüzünüze gözünüze bulaştırırsınız hayatı. Sonra hatanın farkına varır ve düzeltirsiniz. Hiçbir kusuru olmayan birinin Allah'a duasıyla, hatasını fark edenin duası arasında fark vardır.

Daha önceki kuşaklar affetmeden öldüyse, yukarıdan aşağıya bir beddua enerjisi varsa, sevilmeme, değersizlik enerjisi varsa, kavuşulamayan ilişkiler varsa, zoru da seviyorsanız, gelir hepsi sizi bulur. Enkazı siz devralırsınız ve bütün o akış sizin üstünüze kalır. Hayatta ne kadar zoru severseniz, ne kadar sorumluluk alırsanız, o kadar size yüklenirler.

Bunları temizlemesi kolaydır. Zaman alır ancak kolaydır. Alışkanlıklarınızı, "Onlar suçlu, ben haklıyım" demeyi, inatçılığı, dik başlılığı bir yana bırakın. Hiçbir şeyin aşırısı iyi değildir. Denge ve eşitlik iyidir. Hayat bir dengedir. Bu yolda her şeye nötr bakarsanız doğruya ulaşırsınız.

Yargıladığınız insanları ya kendinize çekersiniz ya da en sevdiğiniz insanın hayatına. Bundan da mesajı almıyorsanız, canınız yanacak demektir. Bu bir turdur. Tur, gün sonunda tamamlanacaktır. İyilikler de yerini bulacak, kötülükler de yerini bulacaktır.

Unutmayın ki bu yolda rehbersiz de değilsiniz. En başta, okuyan herkes için rehber olan Kuran var. İslam evrenseldir. Eğer başka bir yerde bir Samanyolu galaksisi daha varsa ve orada birileri varsa onlar için de aynı hükümler geçerlidir. Benim inancım budur.

Gün gelecek, bedenlerinizi terk edeceksiniz ancak başka bir boyutta bilinciniz kalacak. İsterseniz buna ruh deyin. Artık enerji formunda olacaksınız. Bu nedenle, bu bedenden çıkmadan önce, maksimum arınmaya çalışın. Öteki âlemde bir hayat var. Orada bir mahkeme kuracaklar. Oraya bir şey bırakmayın, burada temizleyin.

Takva sahibi olmanın ne olduğunu unutmayın. Takva, bir başka canlıyı incitmemektir. Aynı zamanda da incinmemektir.

İncitme konusunda hassasız ama incinme konusunda dikkatli değiliz. Kırılmak için, acı bedene yatmak için kendi kendimize bile sebep buluruz. İçinde bulunduğumuz durumun sorumluluğunu başkasına yıkmak için bahaneler ararız. Bunları artık geçin. Bahane dönemi bitti. Oturarak bekleme dönemi bitti. İcraat dönemi başladı.

## *Öğrenilmiş Çaresizlik*

Biri bana geliyor, "Gezmek istiyorum..." diyor.
"Girişim yaptın mı?"
"Babam izin vermez..."
"Öğrenilmiş çaresizlik" diye bir kavram var. Büyük bir akvaryumun içine köpekbalığını koyuyorlar. Sonra araya bir cam ve diğer tarafa da köpekbalığının yiyebileceği balıkları... Köpekbalığı acıktıkça diğer balıkları yemek istiyor ve her seferinde cama çarpıyor. Sonra camı kaldırıyorlar ve artık balıklar yanına da gelse yemiyor. İşte buna "öğrenilmiş çaresizlik" deniyor. Aynı şekilde, daha bebekken küçük bir iple bağlanan filin, beş tonluk bir yetişkin olduğunda ipi koparıp gidememesi de bu duruma örnektir. Yapamayacağını kabullenmektir bu...

Bizi de bu şekilde kodladılar. Kırılmış kalpler, tamamlanmamış hayaller, söylenmemiş sözler, birikmemiş hatıralar... Geçmiş kuşaklar bizi bu şekilde kodladı. Kendi içinizdeki savaş ile dışarıdaki savaşı dönüştürmeye başlamanız lazım.

Akış beni alıyor, gitmem gereken yere tatlı tatlı götürüyor. Ama bu akışa teslim olmak üç yıl alıyor. Bunu on dakikada yapabilen de var, on yılda yapamayan da. İçinde bulunduğum hayatı kolaylıkla, sağlıkla, tatlı tatlı dönüştürmeyi niyet ediyorum. Her işinizde kolaylıkla ve sağlıkla niyet edin.

"Trafik var" demeyin, bütün kırmızılar size yanar. İhtiyacınız neyse size o gelir. "Acıyı seviyorum..." derseniz, acılı yemek geliyor. Bir de pul biber atıyorsunuz! Hayatı nasıl yaşamak istiyorsanız, o şekilde size geliyor. Bu nedenle zoru bırakın. Zoru gitsin aptallar başarsın. Kim istiyorsa zor yoldan yapsın. Hayatımı kolaylıkla, sağlıklı, helal yoldan başarmaya niyet ediyorum. Hayatıma bolluğu çağırmaya devam ediyorum.

"Bildiğim ve bilmediğim her türlü helal kaynaktan bana gelen bolluğu kabul ediyorum, gelmesine izin veriyorum."

Hatırlayın, daha önce rahat olursak yoldan çıkacağımız, fakir olanın onurlu olabileceği öğretildi bize!

"Hayatımı helal yoldan kolaylıkla, sağlıkla yaşamaya niyet ediyorum. Bildiğim ve bilmediğim her türlü helal kaynaktan gelen bolluk ve bereketi hayatıma sevgiyle çağırıyor ve kabul ediyorum."

Çalıştığım işyeri dışında bir iş yaparsam, işyerime ihanet etmiş olacağımı sanıyordum. Ek işler geliyor ama reddediyor, sonra da bolluk ve bereketi çağırıyordum hayatıma...

Bu tezadı anladığımda bir telefon geldi. "Bir dergi çıkaracağız. İsmi şudur. Bir logo hazırlayabilir misin?" dediler. "Ama en fazla yüz dolar ödeyebiliriz."

Yarım saatte yaptım. Sonra başka işler geldi. Anladım ki kendim engellemişim hayatımda bolluğu.

Uyandınız, başarmak var aklınızda. Sonuç odaklısınız ama içinizde hâlâ bir eksiklik var. Bunu değiştiremiyorsunuz.

Şimdi bu değişti benim için. Bugün şöyle diyorum:

"Gitmem gereken yer orası. Bu yaşta ona inanıyorum. Allahım, nasipse oraya ulaşmam, kolaylıkla ve sağlıkla olsun. Sonucu da benim yaşamımda olması gereken olsun, işe yarasın."

Sonucu da illa benim istediğim gibi olmak zorunda değil. Geçmişte at gözlüğü takmış gibi sonuca odaklanıp çok fırsat kaçırdım.

## *Dert Konuşmayı Bırakabilsek...*

Avrupa'da yaşayan bir arkadaşım var. En pahalı spor mağazasına gidip en pahalı spor ayakkabı ve eşofmanları aldığını ve pazar günü Avrupalı komşularıyla birlikte spor yapacağını söyledi.

Yani şekil olarak benzemeye çalışıyor ki bizim yazılımımızın "yerli" olduğunu unutuyor! Biz yakaladığımız yerde karşıya bütün suçu atıp, "Haklı değil miyim?" deriz.

Sonra yine karşılaştık. Parkta spor yapmaya çıktığını ancak uzun süre kimseyle spor yapamadığını anlattı. Beraber yürümek, koşmak istedikleri sürekli uzaklaşmış.

"Ne konuştun onlarla?" diye sordum.

"Ne konuşacağım? Eşimin beni aldattığından filan bahsettim. Başıma gelenleri anlattım..."

Bu bizim için neredeyse standart bir konu ancak az buçuk da olsa refah düzeyini belirli bir seviyeye oturtmuş Avrupalıların aklında artık böyle konular yok. Onlar için "mağdur olmak, acı bedende yaşamak" zamanı geçti. Bu yüzden sıkılıyor ve uzaklaşıyorlar.

Bir arkadaşım bazen geliyor ve sürekli senaryo yazıp, ne kadar haksızlığa uğradığını anlatıyor, onaylanmak ve gitmek istiyor. Sonunda ona şöyle dedim:

"Benim için değerlisin. Bu konuşma ister yarım saat sürsün, ister on saat, seni dinlerim. Ama bu konuşma, 'Haklı değil miyim?' diye bitecekse, şimdiden söylüyorum: Haklısın... Ama bu olay senin hayatına bir daha gelecek. Sen de her defasında o an ne hissediyorsan yine onu hissedeceksin. Seni dinlerim, sorun değil ama ister misin, bu durum hayatında neden tekrar ediyor, onu bulalım?"

Bir insan çözüm aramak için beni arıyorsa, uygunum. Ama haklı olduğunu söyletmek için arıyorsa "Meşgulüm, araba kullanıyorum, şu an uygun değilim" diyorum. Bir insanın zamanını çalmak da suçtur.

Bir kişiye, "Senin yerinde olsam şöyle yapardım..." derseniz, onun sınavını kendinize çekersiniz. Bırakın kararı onlar versin. Bana, "Ne yapmalıyım?" diye soranlara cevabım hep aynıdır:

"İçsesine sor."

Birikmiş birçok eleştiri ve yargı var. Hep birlikte sakince temizleyeceğiz. Elimize bir kürek alıp temizlik yapacağız. Akşama, kamyonla yeniden çöp dökmeyeceğiz. Yani gün içinde yeni yargılar üretmeyeceğiz. Bir yandan temizlik yaparken bir yandan yenilerini getirmeyeceğiz.

**Nefes Çalışması**

Gözlerinizi kapatın, yavaşça derin bir nefes alın ve verin.

Tekrar derin bir nefes alın ve verin.

Derin bir nefes daha alın ve yavaşça verirken, bu dünyada en mutlu olduğunuz yerde olduğunuzu düşünün.

Derin bir nefes alın ve yavaşça verin.

En mutlu olduğunuz yerde kendinize şu soruyu sorun:

"Bu hayatta ne yapmam lazım? Ne yapmam lazım?"

Derin bir nefes alın ve yavaşça verin.

→

"Sabahları ne yaparsam yataktan mutlu, enerjik ve neşeli kalkarım?"

Derin bir nefes alın ve verin.

"Yaşam amacımı kolaylıkla ve sağlıkla bulmaya niyet ediyorum.

Benden başlayarak bütüne hizmet etmeye niyet ediyorum.

Hakkımı yiyen, yargımı yapan herkesi, asla affedemem dediklerimi bile Allah rızası için affediyorum, bağışlıyorum, yoluma devam ediyorum. Üretken olmaya niyet ediyorum."

Derin bir nefes daha alın ve yavaşça nefes verin.

Avuçlarınızı ovuşturun ve karnınıza koyun.

"Sevgili bedenim, senden özür dilerim. Senden af diliyorum. Yıllardır, seni köle gibi çalıştırdığım için lütfen beni affet. Hesap günü geldiğinde, senin de bana hesap soracağının farkındayım. Şu andan itibaren sana iyi bakmaya söz veriyorum. Sağlıklı beslemeye söz veriyorum. Bağımlılıklarımı bırakıyorum ve sağlıklı olmaya niyet ediyorum."

Derin bir nefes alın:

"Seni seviyorum.

Bedenim ve ruhum uyum içinde, bedenim ve ruhum uyum içinde, bedenim ve ruhum uyum içinde.

Şükürler olsun.

Bedenimi seviyorum ve ona teşekkür ediyorum. Bana emanet olduğunun farkındayım."

Derin bir nefes alın ve yavaşça verin.

→

Şimdi avuçlarınızı ovuşturun ve bedeninizde şifalanmasını istediğiniz bir yer varsa oraya koyun. "Şifa Allah'tandır..." deyip, nefes alıp vermeye devam edin.

Derin bir nefes alın ve yavaşça verin.

"Sevgili bedenim, senden özür diliyorum. Seni seviyorum ve bundan böyle sana iyi bakacağıma söz veriyorum."

Üç nefes daha alıp verin ve gözlerinizi yavaşça açın.

Bu çalışmayı yaparken avuç içlerinizin ısındığını hissediyorsanız, şifa akıyordur. Hemen ellerinizi ovuşturun ve ağrıyan neresi varsa, "Şifa Allah'tandır..." deyip koyun. "Ya Şafi" ismini de söyleyebilirsiniz. Bu, Allah'ın 99 güzel isminden biridir ve "şifa veren" anlamına gelir.

## *Herkes Yeteneğine Göre Sınanır*

Hepimiz hayatta bir sınavdayız. Bunu fark ettiğimden beri en azından eskiden beri biriktirdiğim o yargı dağına ek yapmıyorum. Kimi işlerde iyiysem, başka işlerde başkasının iyi olduğunu artık biliyorum.

Einstein'ın bir sözü var:

"Aslında herkes bir dâhidir. Ama siz kalkıp bir balığı ağaca çıkma yeteneğine göre yargılarsanız, balık, tüm ömrünü bir aptal olduğuna inanarak geçirecektir."

Üç çocuğunuz varsa bile üçü de aynı özelliklerde olmayacaktır. Biri matematikte iyiyse, diğeri sporda ya da müzikte iyi olabilir. Biz her çocuğa aynı şeyleri sunup aynı sonucu alabileceğimizi sanırız. İnsanların yeteneklerini anlamaya, keşfetmeye çalışın. Ailenizden, çocuklarınızdan başlayarak farklılıkları anlayın.

Neden dijital oyunlar içinde en çok oynananlar, en basit olanlarıdır? Çünkü sizi takdir ediyor. Bir taşı alıyor, başka bir yere koruyorsunuz hemen "Bravo!" diyor. O bilgisayar oyunu dahi, insanların çevresinden, ailesinden, yakınındakilerden takdir görmediğini biliyor ve o boşluktan yakalıyor. Dünyadaki bütün ticaret, insanlardaki bu eksiklikler, zaaflar ve duygular üzerine kuruludur.

"Biz yeni bir telefon ürettik. Dünyadaki en iyi telefon ama almana gerek yok. Elindeki de yeterli..." diyen bir reklam gördünüz mü? "Bunu alırsan kendini daha iyi hissedeceksin!" der.

Sanırsınız ki o telefonu alınca, size daha önce saygı duymayanlar, duymaya başlayacak. Artık haksızlığa uğramayacaksınız, sevileceksiniz...

Bir de şu yönünü düşünün. Son teknoloji, "son kullanıcı" olarak nitelenen sizlere asla verilmez zaten. Elinizdekinin son teknoloji olduğunu sanıyorsanız, bilin ki en az on yıl öncesinin teknolojisidir. Yeni teknolojiler geliştirilir, önce bunu çokuluslu şirketler kullanır sonra devletler, gizlilik gerektiren devlet kurumları filan ve ondan sonra size sıra geldiğinde çoktan eskimiştir o teknoloji. Fakat siz onu son teknoloji sanıp borçlanarak alır ve içinizdeki değersizlik duygusunu yenmeye çalışırsınız.

Şu an özel şirketlerin elinde, en hızlı bildiğimiz uçaklardan minimum üç kat daha hızlı giden ve uzay gemisi gibi sabit duran araçlar mevcut. Oysa biz hâlâ elektrikle çalışan otomobilin yolunu gözlüyoruz.

## *Hobi Edinmek Lazım*

Eğer insanları affederken, enerjinizi bir yere yönlendirmezseniz, eskiden üç ayda gelen bu defa bir saatte gelecektir. Kendinizi arındırma sürecinde, affetme sürecinde, hızlı bir şekilde kendinizi oyalayacak bir hobi edinmelisiniz. Affederken, arınırken, hayatınıza çektiğiniz olayların sebebini ararken, bir de boşa çıkacak enerjiyi harcayacağınız hobi lazım. Yürüme ile başlayabilirsiniz. Yüzme harikadır. Kitap okuma olabilir, keyif alıyorsanız dikiş nakış yapmak da olur. Çiçek bakmak olabilir, yabancı dil öğrenmek olabilir. Müzik aleti çalmayı öğrenmek olabilir. Resim, dans, meditasyon, pilates olabileceği gibi torunlarınızla, sevdiklerinizle vakit geçirmek bile olur.

Bir gün, kasiyer olduğunu söyleyen biri, "Yaşam amacımı nasıl bulacağım?" dedi.

"Yaşam amacının tam ortasındasın zaten..." dedim. "Kasaya gelen insanların çoğunun ne kadar mutsuz olduğunu fark ettin mi? Onlara kredi kartı fişini uzatırken ya da para üstü verirken, 'Güzel günlerde kullanın. Aldıklarınızın hayrını görün. Şifasını görün...' dedin mi? Bunu dediğinde bir anlık bile tebessüm ettirip, hayır, şifa kelimesini aklına sokmak, onlara bir şey hatırlatacaktır."

Hayat amacınız öyle çok yükseklerde, atmosfer tabakasının dışında, uzayda filan değildir. Zaten yaşadığınız hayatı en güzel şekilde yaşamak amacınızdır. İç ve dış huzur böyle gelir.

Bir kâğıt kalem alın ve şu soruların cevaplarını yazın:

Etrafımda kaç tane mutlu arkadaşım var?

Etrafımda kaç tane benden daha başarılı arkadaşım var?

Hangi işe el atsa başarılı olan yakın çevremden bir arkadaşım var mı?

Etrafımda hayatı yaşamayı seven kaç arkadaşım var? Dağa çıkan, seyahate giden, sonra bana yemeğe gelen tipte arkadaşlarım var mı?

Kaç tane sanatçı, ressam, müzisyen, yazar var?

Kaç tane sıkıntıda olduğumda hemen borç verecek arkadaşım var?

Kaç tane arkadaşım "Sana inanıyorum" diyerek hayalimi destekliyor?

Kaç tane arkadaşım, muhabbet ederken kafamdaki bütün saçmalıkları beni kınamadan, nötr olarak ve yargılamadan dinliyor?

Bunları yazın ve tabloyu dikkatle inceleyin. Hayatınız, bu arkadaşlarınızın ortalamasıdır.

Pazarlamada, beş en yakın arkadaşınızın maddi durumu neyse, sizin onun ortalaması olduğunuz söylenir. Biz de buna, "Beş arkadaşınızın psikolojik ortalaması sizsiniz" diyelim. Evine gidip geldiğiniz, görüştüğünüz, sıkı fıkı olduğunuz beş arkadaşınızın psikolojisine bakın. Onların ortalaması aşağı yukarı sizi işaret eder.

Etrafıma sadece dert anlatmak isteyen ve bana hal hatır sormayan insanların doluştuğunu hissettim. Geçmişte mutsuz biriydim, aç da kaldım, hasta da oldum, işimi de kaybettim, malım da gitti. Allah beterinden korudu. Bu nedenle şu an kendimi bir çay içerken dünyanın en güzel yerinde tatil yapar gibi hissediyorum. Hayatın kıymetini fark etmek için daha fazla kaybı beklemeyin.

Artık etrafımıza çekeceğimiz insanlar üretken, keyifli ve nazarcı olmayan insanlar.

Nazar bir enerji, büyü de enerjinin kişiler tarafından yönlendirilmiş halidir. Yaptığınız nazar ve büyü varsa, bir şekilde geri dönüşü vardır size ya da soyunuza. Bu nedenle iki kişinin arasında muhabbet sağlamak hatta "Biri beni sevsin" diye büyü yapmak bile çok tehlikelidir. Büyüden, nazardan, hasetten, bunları yapanlardan uzak durun.

Bazen önemli bir icraatın hemen öncesinde etrafımdaki insanların dengesi bozulur ya da sırtıma ateş bağlanır. Hemen geri adım atarım, dua okurum, güzel bir hobiyle uğraşırım, doğaya çıkarım, dikkatimi hemen başka yere veririm. Dikkatinizi verdiğinizde karanlık enerjiler size bağlanamaz. "Ayet el Kürsi", "Felak", "Nas" okuyun. Banyo suyuna küçük bir parça sirke katabilirsiniz.

Negatif enerji huzurlu ortamda, dua edilen ortamda dayanamaz. Bu yüzden her ortamı fesada çevirir ki kendine barınacak insan veya mekân bulsun. Ortamınızda gül kokusu, nergis kokusu, çam kokusu varsa, mekânınız temizse, titizlik hastası da olmadan havadar ise, ışık alıyorsa, bu ortama negatif enerji gelemez.

## *Ne Anlatmak İstiyor?*

Biri gelip herhangi bir laf söylediğinde, savaşa girmek yerine geri adım atıyor ve "Bana ne anlatmak istedi?" diye düşüyorum. Cevaba odaklanıyorum. Ya, "Senin hiçbir günahın yok, o saçmaladı" cevabı geliyor ya da "Bana bu hareketi daha önce babam yaptı" cevabı geliyor. Babamla helalleşince o kişi düzeliyor.

Bir işe girişeceğim zaman vesvesenin, negatif enerjilerin ve hepsinden önce egonun onu nasıl engellemeye, fırsatı kaçırtmaya çalıştığını defalarca tecrübe ederek gördüm. "İnsanlar için ne yapabilirim?" sorusunun cevaplarından biri de "Kitap yazarak tecrübelerini paylaş..." idi. Bunun üzerine ilk notlarımdan, *Evrenin İlahi Dili* kitabını hazırlamaya giriştim, birçok kişiyle aramda sorunlar çıktı ama sabırla çözdüm. *2 Tam Bir Tek* kitabını hazırlarken, hemen eşimle tartışmalı bir döneme girdik. Kitap bitti, tartışma bitti.

*Kadın Olmayı Hatırlamak* kitabını hazırlarken bir baktık ki Avrupa dönüşü girmişim mutfakta bulaşık yıkıyorum, eşim ise klozet için aldığımız kapağı takıyor. Geldi ve şöyle dedi:

"Şu an hangi kitabı yazıyorsun?"

"*Kadın Olmayı Hatırlamak*..." dedim.

"O kitabı bir an önce bitir. Sen adam olmayı hatırla, ben de kadın olmayı."

O kitap tamamlanınca, eşimle dengeye geldik.

Bir ortamda keyifli ve neşeliyseniz, zamanın nasıl geçtiğini bilmezsiniz. Bir ortamda keyifsiz ve neşesizseniz, zaman geçmek bilmez.

Kendinize bir ajanda alın ve üç gün, beş gün, on gün sonra yapacağınız işleri yazın. Çocuğunuzun, eşinizin, arkadaşlarınızın doğum gününü yazın. Bunu yaptığımda sabahları kalkıyor ve kendimi rahat hissediyorum. Günlük işlerim planlı ve belirgin.

Hayal ve niyetleriniz için ise başka bir ajandanız olmalı. Örneğin kuzey ışıklarını, "Aurora Borealis"i izlemek istiyorum. Onun belli tarihleri var. O tarihlerde, o ülkelerde seminer olsun istiyorum. Niyeti koydum. İnanıyorum ki zamanı gelince arayacaklar ve davet edecekler.

Evdekilerin seni ciddiye alması, dışarıdaki insanların sana teşekkür etmesiyle birlikte oluyor. Benim bir arkadaşım geldi, "Bülent sen eskiden sinirleniyordun, şimdi sakinsin. Nasıl oldu, anlat?" dedi.

Sizi tanıyan insanlar, dönüşümü görmeye başladıkça size soru sormaya başlayacaklar. Hatta hiç olmadık yerlerde sistem size insanları getirecek ve aniden otobüs durağında, metroda, banka kuyruğunda, dönercide sorularla karşılaşacaksınız. Durduk yerde biri muhabbet açacak. Kendinizde ne fark ettiyseniz o konuda konuştuğunu göreceksiniz. Eğer o hafta parasızlığı düşünüyorsanız ve cevap arıyorsanız, size hep parasızlıkla ilgili insanlar gelecek. Başarıyı düşünüyorsanız, size hep başarısızlıkla ilgili soru soran insanlar gelecek.

Kendi eksikliklerini bulmak için on bin kişi benimle seans yaptı. Sonunda seansları bıraktım çünkü "Kendi kusurlarımı görmek için neden on bin kişiye ihtiyacım var?" diye düşündüm.

## İçsesini Dinleme Çalışması

Başınızı hafifçe sağa doğru çevirin. Sağ tarafınızda yaşlı bir bilge olduğunu düşünün. Doğduğunuzdan beri yanınızda olan bir bilge... Hep oradaydı da...

Yaşlı bilgeye sorun bakalım, ne yapmalısınız?

Kulak verin ve dinleyin.

Kalbinizde bir şey hissettiniz mi?

Size bir şey söyledi mi?

O yaşlı bilge sizsiniz. Doğduğunuzdan beri içinizde olan sakin, tatlı bir ses var. Onu dinleyin. Onun sesi yumuşak ve konuşması kısadır. "Onu affet..." der.

Hemen arkasından nefsiniz gelir ve gürültü yapar.

## *Sabah Yapılacak İş*

Sabah gözünüzü açtığınızda zihniniz üç beş saniyeliğine bomboştur. Sonra oraya vesvese dosya aktarmaya başlar. Yarım kalan hayalleriniz, çocukluğunuz, düş kırıklıklarınız...

O üç saniye içinde, "Şükürler olsun, bereket ve bolluk içindeyim..." demeyi ihmal etmeyin. Ardından vesvese sizin dikkatinizi dağıtmak için kafanızda senaryolar oluşturacaktır. Eğer bedeninizle ilgili bir takıntınız varsa, sizi bütün gün buradan rahatsız edecek. Zayıf noktanız eşinizse, gün boyunca eşinizin sadece zayıf taraflarını hatırlatacak. İyi tarafları olsa bile onları gizleyecek. İşyerinde biriyle gerginliğiniz varsa, vesvese gün boyunca size o kişiyi hatırlatacak. Çocukluğunuzdan kalan bir şey varsa, mesela "Beni niye buraya getirdiler? Beni neden okutmadılar?" gibi düşünceleriniz varsa, sürekli onlara takılı kalmanıza neden olacak ya da gelecekle ilgili kaygılarınız varsa, "Nasıl edeceğim? Neyle yapacağım?" gibi düşünceleri sürekli hatırlatacak.

Hepsinden varsa, sırayla ortaya karışık, bütün gün kafanızı karıştıracaktır. Emin olun, akşam eve geldiğinizde yorgun bir kafanız, yorgun bir bedeniniz olacak. Gün içinde kafanızdan geçen bu düşünceleri yazmanız istense, hatırlayıp yazamayacaksınız bile. Öyleyse hatırlamayacağınız bu düşünceleri niye taşıyorsunuz?

Nefes çalışmaları yapın ve zihninizi rahatlatın.

Sabah, ilk söz, "Şükürler olsun, bolluk ve bereket içindeyim..." derim. Ya da: "Güzel bir gün..." Dikkat edin, "Güzel bir gün olsun!" değil. Çünkü "olsun" diyorsanız, şu an kötüdür. "Güzel bir gün içindeyim..." deyin.

Zihnime, bedenimle ilgili, eşim, akrabalar, geçmiş, gelecekle ilgili herhangi bir şey damladığında, ilk yaptığım, o günün yapılacak işler listesinde yer alıp almadığına bakmak oluyor. Listede yoksa zaten düşünce ve vesvesedir. Düşünce ve vesveseyi kovmak için de beş saniyeniz var. Beş saniye içinde yakalayamazsanız, ikinci toparlanmanız, üç beş dakika içinde olacak. Yine yakalayamazsanız, gününüz gitti!

Bir düşünce geliyor kafanıza, üç beş dakika kafanız bulanıyor. "Ne saçmalıyorum?" deyip devam ediyorsunuz. Anında ötekisi geliyor. İçeride bir ekip çalışıyor. Tıkır tıkır yazıyor.

Ego ve vesvese de siz doğduğunuzdan beri sizinle ve bu nedenle bütün açıklarınızı, arızalarınızı biliyor.

İlk adım olarak gözümüzü açacağız, "Şükürler olsun bolluk ve bereket içindeyim..." diyeceğiz. Sonra vesveseden kurtulacağız. "Allahım bu düşünceden sana sığınırım!" diyeceğiz.

Kuran'da, Araf Suresi 201. ayette şöyle der:

> *"Şüphe yok ki Allah'a karşı gelmekten sakınanlar, kendilerine şeytandan bir vesvese dokunduğu zaman iyice düşünürler (derhal Allah'ı hatırlar da) sonra hemen gözlerini açarlar."*[4]

Şeytan gelir, ona vesvese verir ve o bunu fark eder. Tövbe edip hemen Allah'a yönelir. Son dakikaya kadar bir şey gelip kafanızı karıştıracaktır. Golü yerseniz o gün gitti! Bu yüzden herhangi bir tartışmada haklı çıkmak benim için önemli değil.

4. Diyanet İşleri Başkanlığı meali.

Eskiden bir yemekteysek hep ben konuşayım isterdim. Şimdi dinliyorum. Hep dinlemek de doğru değil, hep konuşmak da... Giyinmeyi severim ama lükse gerek yok. Uyumlu olması yeter.

Yorgunsanız, özellikle uykusuzsanız, vesvese sizi daha çabuk işgal eder. Bilinçaltınızla temastadır ve sizin hatırlayamadığınız olayları o hatırlar. Bu durumda onları hatırlamayı fırsata dönüştürün. Oturup vesveseyi dinlemek yerine, geçmişle helalleşerek temizleyin.

Vesvese ilk başlarda sizi yoracak ama o ejderhayı ehlileştirdiğinizde faydasını bile göreceksiniz. "Teşekkür ederim. Bunu bulamamışım, şimdi temizleyebilirim..." diyeceksiniz. O kirli çamaşırları bulup çıkardıkça siz temizleyecek ve gardıroba tertemiz yerleştireceksiniz. Bu yüzden vesveseden korkmayın. Ona engel olmanın, olmuyorsa da faydalanmanın yollarına bakın.

Bir önceki günden yazdığınız iş planına, kolay olandan başlayın. Üç tane kolay bir zor varsa, kolaylar çabuk biteceği için, zoru yaparken de motive olacaksınız.

Gün içinde kendinize vakit ayırma hakkınızı koruyun. İç-dünyanızda mutlu olmayı hak ettiğinize inanın.

Kişisel gelişimle ilgili ilk seminerlere katıldığımda sadece akıl ve mantıktım ben de. Benim başıma gelen, karşımdaki adamın da başına gelmiş. Hem de farklı versiyonlarıyla anlatıyor... En sonunda sinirlendim ve tepki gösterdim:

"Ne demek sevgi gönder, kredi kartı borcun kapansın? Çok çalışmam lazım benim!"

Ne söylemek istediğini beş altı sene sonra anlayabildim.

O bana "Çok çalışma!" dememişti. "Borçlarını sevgiyle öde. Öfkeyle ödediğinde yeniden borçların artıyor..." demişti.

Nitekim bir öfkeyle ekonomik sorunlarımı çözmeye çalıştığımda düştüğüm durumu fark ettim. Bir ay bir kenara beş yüz lira koymak, tasarruf etmek istersem, mutlaka onu götürecek bir sebep ortaya çıkıyordu.

Bugün artık aynaya baktığımda teşekkür ediyorum kendime ve gülümsüyorum.

Vesvese sürekli gelecek bana da size de. "Baban izin vermez! Etrafındaki insanlar izin vermez! İmkânın yok" diyecek. "Yapamazsın, edemezsin!" diyecek. Eğer nasibinizde varsa, dağ yerinden oynar.

**Bağ Kesme Çalışması**

Derin bir nefes alın ve verin.

Yeniden bir derin nefes alın ve yavaşça verin.

Şimdi çok güzel bir konser salonunda, piyanonun önünde resital vermeye hazırlandığınızı hissedin. Çalan parçayı sizin çaldığınızı hissedin.

Parmaklarınızın tuşların üstünde gezindiğini hissedin.

Derin bir nefes alın ve yavaşça verin.

Derin bir nefes alın ve yavaşça verin.

Siz piyanonun tuşlarına basarken, yanınıza küçük, afacan bir çocuk geldi. Bu sizin çocukluğunuz.

Şimdi onunla birlikte çalıyorsunuz.

Sizi takdir ediyor, sizinle birlikte piyano çalıyor.

Sahnede o küçük çocukla birlikte piyano çalarken, başınızı hafifçe sola doğru çevirin. Orada oturan ninelerinizin, babanızın, dedelerinizin, atalarınızın büyük bir gururla sizi izlediğini görün. Onlara teşekkür edin.

"Sizin sayenizde hayattayım."

Derin bir nefes alın ve yavaşça verin.

→

Çocuk ve sizin bir bütün olduğunuzu hissedin. Piyano çalmaya devam ederken, "Size teşekkür ediyorum..." deyin. "Bana hakkınızı helal edin. Sizi seviyorum."

Derin bir nefes alın ve verin.

"Sevgili atalarım, sizden özür diliyorum, af diliyorum. Sizi seviyorum ve teşekkür ediyorum. Bana hakkınızı helal edin. Varsa ben de hakkımı size helal ediyorum."

Derin bir nefes alın ve yavaşça verin.

"Allahım, atalarımdan akıp gelen, benim ve soyumun hayrına olmayan tüm hastalıklardan, tüm deneyimlerden, tüm acılardan sana sığınırım.

Allahım, atalarımdan akıp gelen tüm güzellikler, yetenekler, iyi olan meziyetler, ben ve soyumun hayrına ise bizde aktif olsun ve açılsın."

Derin bir nefes alın.

"Sağlıklı olmayı seviyorum!"

Derin bir nefes alın.

"Üretici olmayı seviyorum."

Derin bir nefes alın.

"Yenilikçi olmayı seviyorum.

Kendimi affettim, herkesi affettim.

Şükürler olsun...

Doğal halimle güzelim, başarılıyım, yeterliyim.

Neşeliyim ve huzurluyum.

Şükürler olsun...

Allahım, yaşam amacımı kolaylık ve sağlıkla bulabilmeye niyet ediyorum."

Üç nefes daha alıp verin ve gözlerinizi açın.

# *Kimden İstiyorsunuz?*

Hayrın ve şerrin nerede olduğunu sadece Allah bilir. Kendi hayat tecrübemde tabii ki dikkatliyim. Güzel ve helal yoldan yaşayan insanlarla dostluk etmeye özen gösteririm.

Bu hayatta kime "düzgün" dediysem, bana çoğunlukla yanlış yaptı. Kime "kötü" dediysem genelde iyi çıktı! İnsanlardan beklememeyi öğrendim.

Benim hayatımda Yusuf Suresi çok önemlidir. Surenin 42. ayetinde şöyle denir:

> *"Yusuf, onlardan kurtulacağını düşündüğü kişiye, 'Efendinin yanında beni an' dedi. Fakat Şeytan onu efendisine hatırlatmayı unutturdu da bu yüzden o, birkaç yıl daha zindanda kaldı."*[5]

Bizim için bu çok güzel bir örnek olarak verilmiştir. Bir şey istenecekse, Allah'tan istenecek, insandan değil. Bunu anladığımdan beri insanlardan bir şey istemeyi bıraktım. O da en doğru kullarını seferber etti ve gönderdi. Bir şey isteyeceksem, artık kimseye işittirmiyorum. Allah'tan istiyorum. Hayırlısı ise oluyor, değilse olmuyor.

Artık evrenden de istemiyorum. Samanyolu galaksisi içindeyiz. 26 milyon yılda bir tur atıyoruz galaksi içinde. Galaksimiz de diğerleri ile birlikte kendi turunu atıyor. Oluşan diğer

5. Diyanet İşleri Başkanlığı tefsiri.

bütün gaz bulutları, sönmüş yıldızlar, kara delikler vs. dönüyor. Ama gün gelecek, bu genişleme duracak veya bir başka galaksi ile iç içe geçip, belki bir başka güneş sisteminin içine girip sarsılacağız ve kıyamet kopacak. Yani evrenin de sonu gelecek. O halde ölümlü olan evrenden istemenin de bir faydası yok çünkü onun da kendine hayrı yok.

Pek çok kişisel gelişim eğitimine gittim. Bu eğitimlerin hepsi bana nasıl para kazanacağımı anlattı, nasıl insanların düşüncelerini okuyacağımı filan anlattı. Ancak günün sonunda şunu fark ettim: Hiçbir gelişim seminerinde huzur yok. Başarı var, şu var, bu var ama huzur yok. Dedim ki:

"Bülent, eğer bu dünya günün birinde yok olacaksa, ışığın bile kaçamadığı bir kara deliğe girecekse, insanın ruhu olan nur da bir ışık ve senin de kaçışın yok. Bu gezegende sıkışıp kalmamak için, bir başka deyimle sonsuza kadar cehennemde kalmamak için, bir şeyler yapmalısın. Tekâmül etmeli, ilerlemeli, iyi insan olmalısın. Çünkü Rabb'in sana bunu emrediyor."

Rabb'imizin, iyi kullarını kurtaracağına, ödüllendireceğine ilişkin bir vaadi vardır. Bu vaat nasıl olsa gerçekleşecek.

Öte yandan şunu düşünün ki dünyanın Big Bang'den beri tahmin edilen yaşı altı milyar yıl civarında. Oysa bizim tespit edebildiğimiz en eski medeniyet, on dört bin yıllık olan Göbeklitepe. Yaratılışa değil, Evrim Teorisi'ne inananların gösterebildiği en eski insan fosili ise Afrika'da ve 80 bin yıllık. Yani tüm insanlığın varlığı bile dünya üzerinde bir göz kırpması kadar süre...

Peki, bu noktada önemli olan ne?

Âşık Veysel'in dediği gibi: "İki kapılı bir han" burası... Bir kapıdan girip diğerinden çıkmak bir anlık iş... Ama biz hâlâ çabalıyoruz, şuranın CEO'su olacağız, şuranın bilmem nesi olacağız, bunu da alacağız, buna da sahip olacağız diye.

Güzel bir söz vardır: Ecelden kaçan ile ecele koşanı, ecel aynı vakitte yakalarmış.

Demek ki bizim için önemli olan bu dünyada geçirdiğimiz süreyi, nasıl geçirdiğimiz. Çünkü sonuçtan kaçış yok.

Trafikte dikkatinizi çekmiştir. Yanınızdan deli gibi sürerek geçen, trafik kurallarına uymayan sürücüler olur. Onca hızlı gitmelerine rağmen yine de ilerleyemez ve en geç üç trafik lambası sonra kırmızı ışıkta her ikiniz de yine yan yanasınızdır.

Allah'ı Fenafillah'ta mı arıyorsunuz, Bekabillah'ta mı? Bu çok önemlidir. Herkesin Allah'ı aradığı yer, kendi ailesinden, toplumundan aldığı bilgi, örf, âdetlere göre belirleniyor. Yokluktan geldiyseniz, acı bedenindeyseniz, Fenafillah'ta arıyorsunuz.

Eğer mutlu, keyifli, yaşamayı bilen bir aileden geldiyseniz, doğada gezerken, spor yaparken, güzel bir aktivitenin içindeyken bile Bekabillah'ta arıyorsunuz.

Kuran, bize Allah'ı zikretmemizi emreder. Dua etmemizi, ondan istememizi önerir. Oysa biz, sadece sıkıştığımızda dua etmeyi, adını zikretmeyi hatırlarız. Her şey yolunda giderken, "Allah bereket versin" demekten öteye pek geçmez zikrimiz. Fakat mutfak boşsa, çocuk para istiyorsa, işyerinde ya da sağlıkta sorunlar varsa, "Allahım kurtar beni!" diye başlayan ve uzun uzadıya devam edip, sık tekrarlanan dualar ederiz.

Kuran'da, Bakara Suresi 152. ayette, "Öyleyse yalnız beni anın ki ben de sizi anayım. Bana şükredin, sakın nankörlük etmeyin..."[6] der. Başka bazı ayetlerde de insanoğlunun "nankör" olduğu vurgulanır. Bunları fark ettiğimde, "Rabb'ini gönülden zikretmen, ısrarlı dua etmen için dert mi lazım?" diye sordum kendime.

Kişisel gelişim güzel bir çabadır. Ancak sevgiliniz terk etti, sağlık sorununuz var ya da borcunuz var diye kişisel gelişimci olmayın. Bunlarla başa çıkmak için yardım almanız da iyidir ama "Biz bu dünyaya neden geldik?" sorusunun yanıtını da arayın.

---

6. Diyanet İşleri Başkanlığı meali.

## *Komplekse Kapılmadan...*

Her yıl milyonlarca insan, yaşıtlarından bir adım öne geçebilmek, ayrışabilmek için üniversite kapılarına yığılıyor. Veliler ve öğrenciler sürekli üniversite araştırıyor, hangi okulun daha iyi olacağını düşünüp tartışıyorlar. Buna kodlandık. Hâlâ rekabetin içindeyiz. "Oku, diploma al, garanti iş bul, evlilik yap..." Oysa dünya çok farklı bir noktaya doğru gidiyor.

Biz küçük dünyamızda rekabete kendimizi kaptırmışken, her yıl "dünyanın en iyi üniversiteleri" listesi yapılır ve bir de bakarsınız ki listeyi hazırlayanların ülkesindeki okullar hep en iyiler arasında! Tamamen kendi ülkelerinden olmasın diye de dünyadan birkaç üniversite ismi ekleyip listeyi kapatırlar. Bu listelerin amacı dünyanın en iyi üniversitelerini göstermek değildir. Kendi üniversitelerinin kendi eğitim sistemlerinin reklam ve halkla ilişkilerini yapmaktır. Bizim ise bu sırada tüm amacımız, bir okula kapağı atıp garanti iş bulmak, evlenip çoluk çocuk yapmaktır.

Onlar, sosyal güvenlik olayını bir yüzyıl kadar önce çözüp bitirdiler. Böylece bir refah düzeyi yakalandı ve ayakta durmanın yolunu buldular.

Peki yüzlerce yıl önce, dünyanın en eski üniversiteleri bizdeyken, ahilik sistemi gayet güzel çalışırken, yardım vakıfları hizmetteyken, medeniyette önde giderken, nasıl bu duruma düştük? Çin, İran, Kızılderili, Mısır, Yunan gibi Türk medeniyeti de gerilerde kalırken, bugün neden hâlâ layık olduğumuz yere ulaşamıyoruz?

Bunun pek çok nedeni var ama bir nedeni kişisel: Herkesin derdi kendi derdini çözmek oldu. Artık toplum olarak ortak bir derde odaklanamıyoruz.

Oysa bütünsel derdimiz var. Toplumun derdini çözmeliyiz. Herkes kendi derdine düşerse, ortak derdi göremeyiz. Biz ortak derde odaklanmalıyız.

Bizde karıkoca birbirini yer ya da karıkoca birlikte birine kafayı takarlar. Bundan seksen bin yıl önce mağarada bizon resmi çizen adamdan başlayın, bugüne kadar devam eden bir süreçtir bu. Kimin nerede başladığının bir anlamı artık yok, önemli olan nasıl çözeceğimizdir.

Resmin bütününe bakan insan, sadece kendi derdine odaklanmaz. Biraz daha geniş bakan, başkasının derdini de görüyor. Daha geniş bakan, bizim derdimizi görüyor. Daha da geniş bakan insanlığın derdini görüyor.

Bugün dünyanın geldiği noktaya bakın: Büyük firmalar dünyayı parsellemiştir. Bunlar devletlerin üstünde, ötesinde yapılar. Şirketler, bankalar, şirketlerin ve bankaların sahibi olan daha büyük şirketler ve daha büyük bankalar ve en üstte sokaktaki adamın aklının alamayacağı kadar büyük çaplı para aileleri. Dünyanın sekiz milyardan üç milyara inmesinin daha iyi olacağına inanan bir anlayış var bugün. Dünyadaki bütün organik tarım ürünlerini bunlar tüketiyor. Geri kalan nüfus, "Genetiği Değiştirilmiş Organizmalı" (GDO) gıdalar yiyor. Siz bir avuç GDO'lu mısıra yarım dolar vermek için saatlerce çalışırken, o gerçekten organik olanını beş dolardan alabiliyor çünkü zaten parayı kendi basıyor. Parayı veren şirketler onun. Sizin sabahtan akşama kadar köle gibi yarım dolar için çalıştığınız işyeri de onun.

Siz hormonlu gıdalarla hayatta kalmaya çalışırken, onlar on yıl sonraki, yirmi yıl sonraki ailelerini, hayatlarını, işlerini planlıyorlar. Bir düşünün bakalım, şu anda sizin ailenizde veya çevrenizde, "On yıl sonra şunu yapacağım, yirmi yıl sonra şu yapılacak, yüz yıl sonra ben dünyada olmasam bile torunumun torunu da şunu yapacak" diye planlayan kimse var mı? Bu sadece tarım için değil, her alanda böyle.

Dünyayı yöneten bu insanlar, bin sene önceki bir adamın verdiği görevi hâlâ yapıyorlar. Siz evde çocuğunuza yatağını toplatamazken, onlar bin yıl önce verilen görevleri yapıyor.

Ya bu sistemin içinde piyon olacağız ya da organize olup sisteme müdahale edebileceğiz. Ancak organize olmamız zor çünkü kalbimiz kırgın, duygularımız perişan, ilişkimiz tam değil, çocuklarla iletişimimiz tam değil. Kendimizi eksik görüyoruz. Kendimizi yetersiz görüyoruz. Kafamızda hâlâ el âlem ne der korkusu var. Hâlâ geçmişte beddua ettiğimiz insanları sahte hesaplarla sosyal medyadan takip ediyoruz belasını buldu mu diye.

Biz hâlâ daha bedel ödeyerek bir yere ulaşma derdindeyiz. "Varsın evlatlarım mutlu olsun da ben önemli değilim. Varsın eşim mutlu olsun, ben önemli değilim. Varsın torunlarım büyüsün, ben önemli değilim..." Oysa böyle söylediğinizde, sisteme şu sinyali gönderiyorsunuz: "Ben yok olmaya hazırım."

Sizin ağzınızdan çıkan her söz sistem için de bir istektir.

Annelerinizin, dedelerinizin, babalarınızın hayatı ortada... Şatolarda yaşayarak, sömürgecilik yapıp keyif çatmadılar. Emek sarf ederek ayakta kaldılar. Çaba gösterdiler ve kendi hayallerinden, zamanlarından, sağlıklarından vererek sizi ayakta tuttular. Siz de aynı şekilde çocuğunuza aynısını yaparak onu ayakta tutmaya çalışıyorsunuz.

Bu dönem aile yapılarına baktığımızda, birçok yuvanın yıkılmış olduğunu, yıkılmak üzere olduğunu ya da içlerinde iletişim sorunlarının çokça yaşandığını fark edeceksiniz. Çok az insan doğru eşleşiyor çünkü biz evliliği tam da doğru bir şekilde acaba anladık mı? Hepimizin kendi kendine sorması gereken bir soru.

Eşinizle ne kadar uyumlusunuz? Ne kadar takım olarak aynı niyetleri koyup ilerleyebiliyorsunuz? Evlenmeden önce hangi özelliklerine dikkat ettiniz?

Kaç kişi eşiyle bir kitap konuşuyor, sanat konuşuyor? Ortak konuları var? Ya ayrı odalarda televizyon dizisi seyrediyoruz ya da eltiyi, görümceyi konuşuyoruz. Eğer evde bir ortak yaşam bulamayıp, dışarıdan bir şahsı konuşuyorsanız, o evlilik bitiyor olabilir. Sizin muhabbet edebilmeniz için belki de dışarıdan birini bulmanız gerekiyor.

"Ne yaptın şununla?"

"Şöyle yaptım, böyle yaptım, şöyle dersini verdim. O bana şunu yaptı, ben ona şöyle yaptım..."

Hayatınızdaki kişi ile eşleşmenize bir bakın. Siz endişeli, garantici, kontrolcü biriyseniz, onun da tam tersi, rahat, dışadönük biri olma olasılığı yüksektir. Genelde evliliklerde birçok kişi zıddı ile evleniyor. Siz denizi, yüzmeyi seviyorsanız, ayağını suya bile sokmaktan çekinen biriyle evlenebilirsiniz. Siz dağlara tırmanmayı seviyorsanız, doğaya çıkmayı, evden dışarı çıkmayı bile istemeyen biriyle yaşıyor olabilirsiniz. Üretken, neşeli, kolay mutlu olan ve şükretmeyi seven biriyseniz, üretmeyen, mutsuzluktan beslenen, zor mutlu olan biriyle yaşıyor olabilirsiniz.

Bunu ülkeler de yapıyorlar. Yan yana iki ülke var ve kültürleri birbirine çok benziyor. Aynı çatı altında bile rahatça yaşayabilirler ancak mutlaka aralarında bir düşmanlık oluşturuluyor. İki toplum da kendini tehdit altında hissediyor, stres yaşıyor ve bir yandan yöneticiler koltuklarını garantiye alırken diğer yandan silah tüccarları büyük satışlar yapıyor. Rahat olan, dünyayı bilen, kendine güvenen bir toplumda ne vergilerini kafasına göre harcayabilir yöneticiler ne de kolayca silahlanma yarışına girebilir.

## *Küresel "Düşmanlık" Tezgâhı*

Her on beş yirmi yılda bir biri bir şey atar ortaya, bir diğeri başka bir şey. Sonuçta silah tüccarları kazanır. Bunun farkında olmamanız için düşmanlıkları bahane ederler. Ekonomik kriz yaşatır, suni sıkıntılarla sizi sersemletirler. Size iki bin lira maaş verirler ama alım gücünün düştüğünü hissetmezsiniz bile. Sürekli "zam yapar gibi" yapar ve sizin o maaşa bağımlı yaşamanızı sağlamaya devam ederler.

Olayın bütününü görmeniz lazım. Benim gözümde Alman, Kürt, Çerkez, Yunan, Arap, Hollandalı ya da başka bir milletten bir halk insanı düşman değildir. Onlar da oyunun içindeler. En solundan en sağına kadar herkes bir kazanın içinde ve biri karıştırıyor kazanı. Eğer insanoğlu takım olursa, Deccal'ın yönettiği sistem kaybedecek. Rahmani olan akıl kazanacak.

Yuvanızda aşk var mı? Saygı sevgi var mı? Araştırma geliştirme var mı?

"Ay başını çıkaralım, cebimizde para kalsın, şunu alalım, bunu alalım..." Eğer böyle yaşıyorsanız, gün gelir hepsi başınıza yıkılır. Benim yıkıldı. Öyle bir dibe vurdum ki ne var ne yoksa hepsi gitti elimden. Çünkü ben garanticiydim, kontrolcüydüm.

Öyle arkadaşlarım var ki çocukluğundan beri rahat. Hiçbir şey yapmadan benden iyi durumdalar. Biz ise olduğumuz yerde tepiniyoruz çünkü üstümüzde on tane ip bağlı. İlerlemeye çalışıyorum, gidemiyorum. Yana çekilmeye de çalışsam olmuyor, geri de dönmeye fırsat vermiyor.

Peki, nedir o ipler? Geçmişte çözemediğim olaylar, kınadığım olaylar, para varken "Ben bilirim" havaları ve şirk enerjisi... Özgüvenin farklıdır, yere basışın farklıdır. Sonra Rabb'in bir tokat atıyor, gerçek mülk ve nimet sahibinin kim olduğunu hatırlatıyor. "Benim sayemde..." dediğin anda tokadı yiyorsun.

Bizim toplumumuzda açken biz çok iyiyiz. Fakat o gariban mahallesinden biri hayatını zenginliğe çevirsin, iyi bir hayata başlasın, arkasından yapmadığımızı bırakmayız. En çok takıldığımız nokta, hak etme duygusu. Hak etmediğimize inandığımız için başaranı da kınıyoruz.

"Çok para bizi bozar."

"Para elinin kiridir."

"Çok para haramsız çok laf yalansız olmaz..."

Herkeste kilit nokta bu...

Ben hayatıma kendim gibi insanlar çekiyorum. "Hacı hacıyı Mekke'de, deli deli dakikada bulur" diye bir atasözümüz vardır. Neden bu durumda olduğunuzu anlayıp, güzergâhı yeniden çizmeniz lazım.

Bana her gün yüzlerce mesaj geliyor. "Hocam bir olumlama söyle de hayatımız düzelsin." Hayatının düzelmesini istemiyor aslında. Önündeki sorunu çözüp, uykusuna dönmek istiyor.

Nerede inat ettiysem kaybettim. Nerede birine zarar vermek istediysem, ben zarar gördüm. Şimdi de şunu diyorum: "Allah nasip etti ki geçmişteki hataların farkına vardım."

Hataların farkına varmamak da ayrı bir bahtsızlıktır.

Düşünün, elinizde bir bisküvi var. İki kişiden birine vereceksiniz. Çaba gösterene mi verirsiniz, umarsız olana mı?

Ziyan edecek olana değil, faydasını bilecek olana verirsiniz elbette. İlmi de kıymetini bilecek olana veriyorlar. Biz bu cahil kafamızla kimin kıymetini bileceğini, kimin ziyan edeceğini bilebiliyorsak, evreni yaratan haydi haydi biliyordur.

Olması gerekenin üstünde kilodaysanız, bu gezegene haksızlık etmişsinizdir. Demek ki birinin rızkını yediniz. Eğer bu dünyada aç olan çocuklar varsa, biz iyiler güvence kalelerimizden çıkmadığımız içindir. Kötünün el âlem ne der korkusu yoktur. Sizde ise bu korku vardır ve "Aman karışmayın konu komşuya çocuklar! Önünüze bakın..." dersiniz. Böyle bir yapı ile Yemen'de açlıktan ölen çocukları kim düşünebilir?

Hak etme duygusunu içimize yerleştirmemiz şart. İyi olmayı, güzel hayatı hak ettiğimizi düşünmediğimiz sürece, iyi şeylere de ulaşamıyoruz.

**Zihin Boşaltma Çalışması**

Gözlerinizi kapatın ve burnunuzdan yavaşça derin bir nefes alın ve yavaşça verin.

Derin bir nefes daha alın ve yavaşça verin.

Dinlendirici bir müzik açın ve beş dakika boyunca sadece müziğe odaklanın.

Zihninizin içine gelen düşünceleri takip edin.

Hiçbir şeye yormayın, düşünceler gelsin ve gitsin. Siz sadece takip edin ve bakın, sizi nereye yönlendiriyor.

Zihninize gelen düşünceleri bir kâğıda yazın. Yazdığınız düşüncelerin size bir faydası var mı? Yoksa sadece zihninizde dolaşan boş düşünceler mi?

Bunları bir gözlemleyin. Bir hafta boyunca güzel müzik eşliğinde nefes çalışması yapın. Zihninizi takip edin. İyiye doğru gittiğini, birçok düşüncenin saçma olduğunu fark ettiğinizde, daha güzellerini düşünmeye başladığınızı göreceksiniz.

## *"Hayır" Diyebilme Çizgisi*

Kendi hayatımda şunu fark ettim: Alışkanlıklarımız var, bağımlılıklarımız var. İnsanlar akıllandıkça yalnızlaşırlar. Kabuğuna çekilirler. Öğrendikçe ise yalnızlaşır, seçici olmaya başlarlar. Başka insanlarla muhabbet edemez, tahammül edemez olurlar. Bizim derdimizi anlatırken güzeldi, arkadaşımızın derdini dinlerken de güzeldi ama dert taştı!

Sonunda biz derdimizin neden hayatımıza girdiğini çözmeye başlayınca, biraz yüzümüz gülmeye başlayınca, eski moddan çıkıp, kafa değişince zaten eski halimizi istememeye başladık.

Çocukken problemlerinizi çözen anneniz babanız vardı. Biz farkında değildik ama onlar hava yastığı gibiydi. Bizleri bir şekilde az ya da çok, hep korudular. Anne babadan ayrılıp, hayata atılınca, sorumluluk almanız gerekti. Bir şeyleri sizin de çözmeniz gerekti. Eskiden gak deyince süt, guk deyince mama verirlerdi. Bir de baktınız ki sizlerin artık mama vermesi gereken çocuklar var!

"Hayır" deme çizgisinde ben çok sıkıntı yaşadım. Bütün arkadaş, eş, dost, mahalle sizin çizginizin içindedir. Herkese karşı borçlusunuz. Herkese yardım etme zorunluluğunda hissediyorsunuz kendinizi. Diyelim ki bir bardak suyunuz var. Bunun tamamını başkasına verirseniz, siz susadığınızda ne içeceksiniz? Başkasına yapmanız gerekenden fazla iyilik yaptığınızda, yüklenmeniz gerekenden fazla sorumluluklarını aldığınızda, bu insanları pasifize edersiniz. Onlara zarar verirsiniz.

Oysa doğru olan, sorumluluğu paylaştırmaktır.

Dönüp kendinize kızarsınız ve bu defa daha fazla ters gitmeye başlar işler. Döngüye girer. Kızgınlık enerjisi ile daha da kötü olur.

Her zaman, elimden geldiği kadar etrafımdaki herkesi taşımaya çalıştım. Bir noktaya geldim, tükendim. "Hayır" diyemediğim için tükendim. "Bülent yapar. Bülent halleder. Bülent dinler. Bülent verir..." Her seferinde kabak başıma patladı. Yükümlülük bana kaldı. Ben onlara bir şey anlatabiliyor muyum? Çözüm bulabiliyor muyum onlardan? Hayır... Başkasına yardıma koşarken yardıma ihtiyaç duyacak duruma geldiğinizde ise yalnızsınız. Rabb'inizle baş başasınız...

Önümde iki seçeneğim vardı: Ya bu duyguda devam edeceğim, hastalanacağım, üzüleceğim ya da acı da olsa "hayır" demeyi belli yerlerde öğreneceğim...

Elimde iki lira var, ekmek alacağım ama biri borç istiyor ve hemen veriyorum. Sonra ekmek alacak para bulamıyorum. Daha sonra öğreniyorum ki benden ekmek paramı alan, tatile çıkıyor. Ben tatil yapmazken, başkası tatil yapıyorsa, buraya bir soru işareti koyarım. İkimiz de tatil yapıyorsak ama o benden iyi tatil yapıyorsa, rahatsız etmez. Ama benim kaynaklarımla yapıyorsa karşı çıkarım. Bir kere yardım isterse dert etmem ama bunu alışkanlık haline getirirse artık "hayır" diyebilme çizgisini çekebiliyorum.

Burada bir başka sorun karşıma çıktı. İnsanlar benden bir şey ister de varken "yok" deyip vermezsem, bir başka şey başıma geliyor ve yine gidiyordu neyim var neyim yoksa... Hatta bazen davetlerine gitmemek için "Çocuk hasta, gelemem..." desem, çocuk hasta oluyordu.

Bir iyiliği yapabildiğiniz kadarıyla ve içinizden geldiği kadar yapacaksınız. Ben yapabileceğimden fazlasını yapmaya çalıştım. İnsanlar bu tarzınıza alıştılar mı, musluğu kesmeyip kıssanız bile kötü adam haline gelirsiniz. Oysa yıllardır veriyorum. Kendisi artık kazanmayı düşünüyor mu? Hayır. Demek ki ona yardım etmemişim, zarar vermişim. Evladınız da dahil, bir insanı kendinize bağımlı hale getiriyorsanız, iyilik yapmıyor, zarar veriyorsunuz demektir.

## *Çocuğunuzu Size Bağımlı Yapmayın*

Çocuğunuz çalışmıyor, her işini siz yapıyorsunuz. Belki bundan mutlu da oluyorsunuz ama siz yanında olmadığınızda ne yapacak? Evlenip yuva kurduğunda ne yapacak? Onu kendinize bağımlı hale getirmeyin. Bırakın gelişsin.

Çocuğunuz tembel, çalışmak istemiyorsa huyu suyu kime benziyor ona bir bakın. Annenize mi, babanıza mı, dedenize mi? Bazı huylar genetiktir. Nesillerde tekrar eder.

Ya da bir düşünün bakalım, çocuklarına karşı aşırı korumacı olan, çocuklarının her işini yapan birilerini küçümsediniz mi, yargıladınız mı?

Çocuklar bazen öyle noktaya gelebilir ki artık iş yapmaktan, yapamayacağından korkar durumda olurlar. Şunu da unutmayın: Aşırı mükemmeliyetçi anne babanız olsaydı, her şeyi bilen, çok akıllı anne babanız olsaydı, her hareketinizdeki kusuru anında görüp, yüzünüze vuran bir anne babanız olsaydı, ne kadar rahat olabilirdiniz?

"Biz yorulduk. Çocuğumuz için elimizden geleni yaptık..." diye düşünmek yerine farklı bir şey yapmayı deneyin. Binlerce farklı bakış açısı vardır. Einstein'ın ne dediğini hatırlayın:

> *"Delilik, aynı şeyleri tekrar tekrar yapıp farklı sonuçlar beklemektir."*

Empati kurmayı deneyin. Siz mükemmeliyetçi biriyseniz, her şeyi anında algılayan, yapan biriyseniz, çocuk ister istemez "Ben ne yaparsam yapayım sen zaten daha iyisini yapmışsın!" diyecek ve "Yapmak için hiç uğraşmayayım bari..." kararını alacaktır. Sonra elinde telefonla saatler geçiren çocukları anlamıyor, onlardan şikâyet ediyoruz. Odadan çıkmak istemiyorlar çünkü en azından orada zihinleri özgür.

Çocuklar, televizyonda, tablette veya telefonunda rahat hayatı görüyor. Böyle bir hayat var ve bizim anlattığımız mücadeleci bir hayat onlara çekici gelmiyor.

İki sene önce, "Her şeyi ben bilirim. Ben iyisini bilirim..." düşüncesini bir kenara koydum. Mükemmeliyetçi, her şeyi ben bilirim modundan çıkmaya başlayınca, çocuğumun da bir şeyler yapmaya ve başarmaya başladığını fark ettim.

Düşünün, piyanoda zar zor bir çocuk şarkısı çalabiliyorsunuz. Gidip konservatuvar mezunu bir ustanın yanında çalar mısınız? Çekinirsiniz... Evladınızı da bu duruma düşürdünüz. Mozart oldunuz, onları acemi yerine koydunuz. Onlar da kendilerini acemi, sakar gördüler ve geri çekildiler. Yapmayı deneyip başaramayıp küçük düşmektense, yapmamak daha güvenli geldi. Bunu yaptığımı fark ettikten sonra süper kahraman olmaktan vazgeçtim. Kontrolcü, akıl verici değil, eğlenceli olmaya çalıştım. Eğlenceli ve neşeli oldukça, aile içi iletişimin daha verimli olduğunu gözlemledim.

Benim annem babam benden daha mükemmeliyetçiydiler. Annemin babamın yanında benim yetersizlik duygum patlama yaptı. Babam da anlatırdı, silahlı nöbete gidip, sonra okula gittiğini, sonra çalıştığını, yokluk içinde yaşadığını... Onlara göre benim hayatım çok lüks. Benim evladım ise bana göre lüks yaşıyor. Olayı üç yüz altmış derece hissetmeyi deneyin. Mükemmeliyetçi anne baba yanında pasif olursunuz. Dengeli bir aileden dengeli nesiller daha kolay yetişebilir. Hep birlikte dengeye gelmemiz lazım.

Ne zaman ki ben bilirim modundan çıkmaya ve etrafıma "Bunu nasıl yapacağız? Bunu nasıl takacağız? Nasıl çözeceğiz?" diye akıl sormaya, "Bunu çözemedim, bir baksana!" demeye başladım, etrafımdaki kişiler de daha fazla sorumluluk almaya başladılar.

Eskiden maskem olduğunu fark ettim. Mükemmeliyetçilik maskem vardı. Kontrolcülüğümü ve bunun aileme zarar verdiğini fark ettim. İçdünyamdaki dengelerimi tekrar gözden geçirip, kendimi dengeye almaya çalıştım. Dengeye geldikçe etrafımdakiler daha dengede olmaya başladılar.

## *Suyu Bölüşmeyi Bilmek!*

Elinize birkaç tane su dolu pet şişe alın ve her şişe üzerine bir tane gelmek üzere üzerlerine "sorumluluk", "üretkenlik", "hayal gücü", "yardımlaşma", "sosyal sorumluluk", "tembellik" gibi hayatınızda var olan kavramları yazın.

Diyelim ki evinizde dört kişi yaşıyorsunuz. Anne, baba ve iki çocuk... Bu şişelerdeki suları bölüşmeniz lazım. Eğer bir kişi "sorumluluğun" tümünü tüketir, diğerlerine bırakmazsa ya da bir başkası "tembelliğin" tüm şişesini kendisine ayırırsa denge bozulacaktır. Oysa herkes o sulardan eşit miktarda içerse, evde bir denge olacaktır. Herkes biraz sorumluluk alacak, herkes biraz tembellik yapacak, herkesin biraz hayal gücü çalışacak, herkes biraz üretken olacak, herkes biraz dinlenecek... Evinizde denge ancak bu şekilde sağlanabilir.

Çocukların yapmaları gereken tüm işleri siz yapar, kendinizi paralarsanız, onlara da yalnızca tembellik yapmak kalacaktır.

Yeri gelince dinlenmeyi bilmek önemlidir. Oysa bizim toplumumuzda dinlenmek dendiğinde, sanki bir suç işlemiş gibi düşünebiliyoruz!

Çocuklar konusunda dikkat edilmesi gereken bir nokta da annenin fazlaca erkek enerjisi ile davranması konusudur. Bu çok tehlikelidir. Anne kontrolcü, güç odaklı çalışırsa, kız çocuğu sosyal olur, erkek çocuğu ise pasifize. Kadın kadın enerjisini vermeli, erkek ise erkek enerjisini... Kadın, erkek enerjisi kullanmakta ısrar ederse, denge yine bozulur.

Çocuklarınıza sorumluluk verin. Yapmıyorlarsa, içinizden delirseniz bile kızmayın. Belki siz onun yaşındayken bunları yapabiliyordunuz ama onlar henüz aynı beceriye sahip değiller. Yeni bir sorumluluk verin, pes etmeyin. Sorumlulukları paylaştırın. Biz, bir kez sorumluluk veriyor, istediğimiz kalitede bir iş yapmadığı zaman hemen hatalarını düzeltmeye ya da eleştirmeye başlıyoruz. Bunu yapmak yerine, yeniden sorumluluk verin. Deneyip yanılarak öğrensinler. Sakın "yapamıyorlar" diye düşünerek, tüm "sorumluluk" şişesini kendiniz içmeyin. Onlara "tembellik" şişesini bırakırsınız.

Dinlenme konusunda benim de sorunlarım vardı. Dinlenmenin, tatil yapmanın haram olduğunu düşünerek otuz beş yıl yaşadım. Sonra kendime vakit ayırmam gerektiğini fark ettim ama yine vakit ayırmadım ve bu defa hasta olarak kendime vakit ayırmak zorunda kaldım. Bir beş altı yıl da kendimi hasta ettiğim dönemlerde ancak dinlenebildim.

Şimdi kendime sağlıklı tatiller oluşturuyorum. Hem dinlenmek hem de ailemle güzel vakit geçirmek için tatil yapıyorum. Bu dönemlerde telefonum bir kenarda duruyor.

## *İçinizden Kızmak Gelse de*

Mademki toplumun temeli aile, onun temeli de birey, sağlıklı bir toplum için işe çocuktan başlamak şart. Ancak sadece sorumluluk vermek, eğitmeye çalışmak da yetmiyor. Onlara "sevdiğinizi ve güvendiğinizi" söyleyin.

Genelde çocukları, iletişimde tepki vererek, yasaklar koyarak ya da ceza ile kontrol altında tutmaya çalışırız. Bu durumda çocuk kendi imkânlarını sağladığı anda ya da sağlayacak arkadaş çevresi bulduğunda, anne babaya sırtını döner ve gider.

Bir avuç kum olduğunu düşünün avucunuzda. Ona şekil vermeye çalışıyorsunuz aslında. Çok sıkarsanız dökülür, çok açarsanız avucunuzu, kum yine dökülür. Dengeyi bulmanız lazım. İşe, eğer evde anne baba tartışması varsa, bunu ortadan kaldırarak başlayın. Sonra da çocuklarla vakit geçirin.

## *Kendinizden Bıktığınız Oldu mu?*

Doğduğunuz günden bugüne insanlardan bıkmış olabilirsiniz. Ekonomiden, şundan bundan bıkmış olabilirsiniz. Peki, hiç kendinizden bıktığımız oldu mu?

"Artık yapmayacağım!" diyorsunuz, yapıyorsunuz. "Gitmeyeceğim!" diyorsunuz, gidiyorsunuz. "Hakkımı arayacağım!" diyorsunuz, ağzınızı açmıyorsunuz. "Duygularımı anlatacağım!" diyorsunuz, anlatamıyorsunuz. "Bu sefer borç vermeyeceğim!" diyorsunuz, veriyorsunuz. "Kendimi ertelemeyeceğim!" diyorsunuz, erteliyorsunuz. "Güzel bir tatil yapacağım!" diyorsunuz, yapamıyorsunuz.

Bizim bir önemli sorunumuz da kendimizden bıkmaktır. Kendimizden bıktığımız için de etrafımızdakilerin her hareketi bize batar. Eskiden daha tahammüllü, sabırlıydık. Şimdi hemen sesimiz yükseliyor. Hayatı da sorgulamaya başlıyoruz. Geçmişte kaçırdığınız imkânlar, yaşınızın ilerlemiş olması, hep yük, sorumluluk taşıyor olmak, hep sizin çalışıyor olmanız... Bu sırada başka sorunlar başlıyor. Genelde ise dört sağlam sınavımız var: Sağlık, cesaret, bolluk ve ilişkiler.

Eşinizle arayı düzelttiniz, çocuklarla sorunlar başlıyor. Onlarla ilişkileri toparladığınızda korkularınız sizi rahat bırakmıyor. El âlem ne der korkusu, "yalnız kalma" korkusu, "başarısız olma" korkusu, "terk edilme" korkusu vs. vs.

Bazı insanlarla konuşuyorum. Çocuğunu iyi bir eğitim alsın diye iyi bir okula gönderdiğini söylüyor ama biraz daha konuşunca şunu fark ediyorum: El âlem "Çocuğunu iyi bir okula gönderemedi" demesin diye göndermiş. Ama korku bu olunca çocuğunuz zaten iyi bir yere gidemiyor ki korkunuzla yüzleşesiniz ve temizleyesiniz.

Korktuklarınız başınıza gelir. "Çocuğumun baş ağrısı olursa ne yapacağım?" derseniz, çocuğunuzun baş ağrısı olur. Çünkü soruyu sordunuz, cevabını öğreneceksiniz.

Kızım bana geldi ve spor yapmak için futbol ve voleybol branşlarından birini tercih etmesi gerektiğini söyledi. İçimden "İnşallah futbola gitmez!" dedim. Bir hafta sonra geldi, "Voleybola yazılacaktım ama son dakikada içimden bir his, futbola yazılmamı söyledi..." dedi. "İnşallah vazgeçer!" dedim, çok sevdi ve uzattı. "İnşallah abartmaz!" dedim, yurtdışına gidecek takıma seçildiğini söyledi.

Korku, karşı tarafa enerji salar. Karşı tarafı siz beslersiniz. Büyük konuşmanızın karşılığını aynı duruma düşerek görürsünüz.

Allah'ın kurduğu sistem içinde tek kontrol O'nundur. O'nun size verdiği küçük bir bahçe içinde seçme hakkınız var. Ancak O'nun yarattığı hiç kimseyi küçümseme, yargılama hakkınız yok.

Nefsimizi beslemek için iyilik yapıyoruz. Kendimizi değerli, başarılı hissetmek için, takdir görmek için... Böyle yaptığımız için de bütün enerjiyi bu dünya kumbarasında kullanıyoruz. Ahiret tarafına gitmiyor. Oysa atalarımız ne güzel söylemiş: Sağ elin verdiğini sol el bilmeyecek... Oysa biz sıkıştığımızda hemen saymaya başlarız: "Ben sana şunu yaptım, ben senin için bunu yaptım..." Böyle yapınca da iyilik yapmış olduğunuz insan bile size içsel olarak kinleniyor.

## *Farklı Etkenler, Ortak Etkiler*

İnsanların birbirleriyle telepatik olarak da haberleştiğini biliyorsunuz. Sizde olan değişimler, bu telepatik iletişim nedeniyle yakınlarınıza da etki eder. Uykusuz kaldığım bir gece, geç vakitte internette gezinirken, kötü bir haber gördüm ve duygusal bir tepki verdim. O duygusal tepkiden sonra anında bebeğimiz çığlık atarak uyandı. Ben yan odadaydım ve tepkimi içimden verdim.

Ne zaman içsel öfkelensem, gerilsem, bir şey yargılasam, çocuklarımın hareketleri sakin, huzurludan uzaklaşıp, dengesiz, gergin, sinirliye dönüşüyor. Ya da benden uzaklaşıp, odasına kapanıp, bilgisayarla, telefonla vakit geçiriyorlar.

İçdünyamda ne zaman kendimle ilgili olumsuz bir şey düşünsem, etrafımdaki insanlardan aynı şeyi duyuyorum. Ne zaman kendime teşekkür etsem, insanlar da bana teşekkür ediyor. Ne zaman kendimden bıksam insanlar da benden bıkıyor.

İşe aşırı odaklandığımda evdeki denge bozuluyor. Aşırı tembelleştiğimde evdeki denge yine bozuluyor. Eskiden tatil yapmayı, dinlenmeyi hak etmediğime inanırdım. Benim eşim de dinlenmenin lüks olduğunu düşünen bir insandı. Benden daha işkolikti. Kendisine dedim ki:

"Ben de böyleydim. Ben de dinlenmek bilmezdim. Ama bu böyle devam edemez. Zaman ilerledikçe sanma ki bu fiziksel dinçliğin sittin sene gidecek. Bu yaşlılıkla beraber seni daha da yorgunluğa götürecek bu durum. Bu yüzden enerjini şimdiden düzenli kullanman lazım... Dinlenmeyi de ihmal etmeyelim."

Yapsanız da yapmasanız da her zaman evde işler olacaktır. Ev işlerini bahane ederek on dakika eşinizle, çocuklarınızla muhabbet etmeyi ihmal etmeyin. Belki ilk başlarda sohbetiniz sıkıcı gelecek, katılmak istemeyecekler ama zamanla epeyce yol alabildiğinizi göreceksiniz.

Çocuklarınızla evde seksek değil ama tavla oynayın, satranç oynayın. Maçı da hep kazanmayın! Esprili olun ama "stand up" komedi yapmaya çalışmayın. Bir maket alın mesela ve bir süre onunla uğraşın. Elinin telefona gitmediğini göreceksiniz. Telefonu da kullansın ama hiç sizinle vakit geçirmeyip hep telefonda ise sorun var. Ya da hep anne babayla ise ve dışarıda hiç arkadaşı yoksa yine sorun vardır. Önemli olan dengedir.

Bu nedenle karar verdim ve kendimi yeniden programladım. Daha neşeli, kendine vakit ayıran, hobileri olan, sevdiği şeyleri yapan, ailesiyle bunu paylaşabilen biri olmaya çalışıyorum.

Unutmayın! Çocuklarınız ilk öğrenmeye başladığı anda sizi kopyalamaya başlarlar.

Evin içindeyken kesinlikle dışarıdan bir olay düşünmüyorum. Fiziken olduğu gibi ruhen de evdeyim. Bedenimizi park ediyor, ruhen gezip gezip geliyoruz. Bunu yapmamalısınız.

Hep doğrular, yanlışlar var kafamızda. Oysa çocuklar önce eğlenmek ister.

Evde herkesin gönlünü hoş etmeye çalışırsanız yine başarısız olursunuz. Biri karabiber sevmez, diğeri hamur yemek istemez. Oysa aileniz için hazırladığınız yemeği aslında kendi hoşunuza gidecek şekilde hazırlarsanız, siz o yemeği yaparken haz alırsanız, diğerlerinin de haz alarak yediklerini göreceksiniz.

Evin içinde kimseye bir şey sormadan yemek yapın. Sorarsanız o bir şey söyleyecek, bu başka bir şey söyleyecek, sinirleneceksiniz ve sinirli bir şekilde yemek yapacaksınız. O da lezzetli olmayacak. Siz iştahla, keyifle yapın, herkes de iştahla, keyifle yiyecektir.

Evde oynamaktan da çekinmeyin. Oyun, terapi gibidir. Anadolu kültürünün her noktasında oynama vardır.

Evdeki fazla eşyalardan kurtulun. Az eşya hem evi ferahlatır, hem gözü az yorar, hem de yapacağınız ev işini azaltır. Çöpe atmak zorunda değilsiniz. İhtiyacı olanlara gönderin. Öylece bir depoda duracağına ya da çöpe gideceğine, ihtiyacı olan birilerine gitsin ve kullanılsın. Kullanmadığınız şişi, yünü bile verin. Bir köşede durmasın. Evinizi biblolarla donatıp gözü yormayın. Bir yerden kestiğiniz çiçeği koymayın. İnanın o çiçeğin feryatlarını duyuyorsunuz. Evinizde çiçek bulunsun ama canlı çiçek yetiştirin. Gerekirse fasulye tohumunu filizlendirin ve bu aşamayı çocuklarınızla birlikte takip edin. Çocukların da hoşuna gidecektir.

Garip şekilde, eşimle, çocuğumla aram iyi olduğunda, işlerim de iyi gidiyor. Eşimle aram kötü olursa kitap satışlarım düşüyor, programlar iptal ediliyor... Hizmet niyetinde olursam yine işler iyi giderken, para kazanma amacında olursam, yine düşüş başlıyor. Çünkü telepatik olarak biz insanlar birbirimize bir şekilde bağlıyız. Zihninizdeki düşünceleriniz, niyetleriniz bir şekilde diğer kişiler tarafından hissediliyor. Siz de diğer kişilerin ürettikleri enerjiyi bir şekilde hissediyorsunuz. Hayatınızın birçok noktasında telepatik bağlantı içerisinde oldunuz.

İlginç bir örnek vereyim: Evin kapısının önüne araba park eden birine kızarsam (bırakın sözlü, içimden söylensem dahi) bir başkası da bana kızıp sosyal medya hesaplarıma duvara şikâyet yazıyor. İçimden söylediğim cümle, başka kanaldan bana dönüyor. Birçok kişi bunun farkında. Aklı olan, dış dünyadan önce, içdünyasını temizler ve arındırmaya başlar.

**Empati Çalışması**

Rahat bir koltuğa geçin.

Ellerinizi dizlerinize koyun ama kapatmayın.

Şimdi kiminle sorun yaşıyorsanız onu düşünün.

Siz aslında o kişi olsanız, o da siz olsa, ondan ne isterdiniz?

Nasıl bir iletişim kurmasını isterdiniz ki mesela size vakit ayırsın ya da telefonuyla değil, sizinle ilgilensin?

Kendinizi evladınızla sorun yaşıyorsanız onun, patronunuzla sorun yaşıyorsanız onun, sevgilinizle yaşıyorsanız onun yerine koyun. Sakince düşünün.

Önünüzde kâğıt kaleminiz hazır olsun.

Şimdi ne istediğinizi yazın.

O kişinin yerindesiniz. Onun gibi düşünerek nasıl bir anne baba, nasıl bir çalışan, nasıl bir sevgili isterdiniz?

## *Meslek Seçimi*

Kızımla konuşurken, "Seçeceğin meslek, benim ya da başkasının istediği meslek olmasın. Kırk yaşına geldiğinde hâlâ severek yapacağın bir meslek olsun. Benim gözümde başarılı olmak zorunda değilsin" dedim.

Ona okul tercihinde de benzer şeyler söyledim:

"Bir yıl kaybedebilirsin. Yatay geçiş yapabilirsin. Sadece neyi istiyorsan onu severek yap ki ileride başta kendin olmak üzere kimseyi suçlamayasın."

Ne zaman onunla konuşurken "Seni seviyorum ve sana güveniyorum..." desem, kendi yolunda, kendi akışında gidiyor.

Sizin bir işte iyi olmanız, çocuğunuzun da aynı işte iyi olacağı anlamına gelmez. Ben voleybolda iyiyim, kızımın ilgisini pek çekmiyor. Annem yıllarca muhasebe öğretmenliği yaparak binlerce kişiye muhasebe öğretmesine rağmen, muhasebem pek de iyi değildir. Biz, nerede iyiysek, çocuğumuzu da orada görmek isteriz. "On kuşak, ailece cirit atmakta iyiyiz..." demek hoşumuza gider ama bakalım çocuğunuz bunu istiyor mu?

Evin içinde her şeye siz müdahale etmeyin. Herkese mümkün mertebe sorumluluklarını bırakın. Bunu yapmayı başardıkça evinizin içindeki bireylerin dengeye gelmeye başladığını fark edeceksiniz. Evin içinde evladınızdan mantıklı bir yardım istemeyi deneyin. Yardım ettiği zaman "aferin" demeyin. Aferin bir ödüldür. Çocuk o aferini almak için uğraşır. Birkaç kez dener ama alamadıysa da bir daha uğraşmayabilir, belki de pes eder. Mükemmeliyetçi bir anne babanın çocuğu olarak bizi yarış atı gibi yetiştirdikleri için çocuklar o mükemmeliyeti yakalayamayacaklarını anladıklarında, birçok konuda pes edip iyi bir şey yapmayı bırakabiliyorlar.

Eve geldiğinizde mümkün mertebe, işinizi ne fiziksel ne de zihinsel olarak evinize getirmeyin. Bunu yaparken de içinizden "Dışarıda dünya kadar iş var. Onlarla uğraşsaydım..." da demeyin. Ahmet'in Mehmet'in işi bitmez. Ertesi gün Allah kerim siz işinize devam edin. Evinizde en azından dinlenmiş olursunuz.

## *Aile ile Birlikte Anda Kalmak*

Peki, ailemizle vakit geçirirken, anda kalmayı nasıl başaracağız? Dışarıda yapacağımız işleri düşünmemeyi nasıl becerebileceğiz?

Küçük kızım, oyun oynamayı sever. Aynı zamanda ara sıra tabletten video da izler. "Tabletini kapat!" dediğinizde kapatmaz ama "Hadi tableti kapat, oyun oynayalım!" dediğimde kapatır ve anında hazırdır oyun oynamaya. Teknoloji de bir öğretmenlik yapıyor. Belli şeyleri öğreniyorlar. Çocukları teknolojiden soyutlamak da tehlikeli... Ama elindeki tableti bırakıp, anında oyuna gelebiliyorsa, bu iyi bir şey...

Kendi çocukluğumuzda, anne babamızın bizimle geçirdiği vakitleri ise, şimdiki yoğunluk ve telaşe içerisinde kendi ailemle geçiremediğimin farkındayım. Eskiden adada annemin diktiği çadırla kamp yapardık. Üç kardeş bütün gün denize girerdik. İnternet yok, telefon yok, bakıp bakıp özeneceğiniz bir hayat da yok. Fakat bugünün çocukları yarım saat internette gezinse yüz kişinin hayatı hakkında haberdar oluyor, onların neler yaptıklarını, neler yaşadıklarını görüyor. Medya da sürekli "varlıklı hayatlar, süper anne babaların" servisini yapıp, çocukların dengesini bozuyor.

## *Çocukları Bekleyen Tehlike*

Çocuklarımız tehlikede çünkü doğduklarından beri izledikleri filmlerde, çizgi filmlerde, gezindikleri sitelerde, takip ettikleri vlogger hesaplarında, sosyal medyada vs. hangi marka giyecekleri, saçlarını nasıl yapacakları hatta nasıl konuşacakları bile kodlanıyor.

Gerçek İslamiyet'te mütevazı bir yaşam şekli var. İslamiyet görüş değildir. Siyasi bir görüş gibi düşünülmemeli. İnanç evrenseldir ve düzgün insan olabilmektir.

Gerçek mütevazı bir evlada, bir anne babaya marka satamazsınız. Elindeki telefondan daha iyisini gördüğü için onu almak istemez çünkü mevcuttaki yeterli geliyordur. Dünyayı yöneten uluslararası şirketler, para kazanabilmek için başta semavi dinler olan Musevilik, Hıristiyanlık ve Müslümanlık olmak üzere, inanç sistemlerine adeta savaş açmış durumda. Gerçekten inancını yerine getiren Musevi ya da Hıristiyan da mütevazıdır çünkü. Hiçbir inanç sistemi, "Daha çok tüket. Lüks yaşa! Çılgınlar gibi alışveriş yap!" demiyor. İslamiyet de dahil, inanç sistemleri, "Hırslı olma, elindekiyle yetin, iyi insan ol, imkânlarını başka insanlara yardımcı olmak için kullan" gibi emirler veriyor. Dedikodu yapmamak, harama el uzatmamak, düzgün insan olmak, ticarette hile yapmamak ve pek çok önemli, faydalı kural...

Mutfağınızdaki gıdaları bir düşünün. Mısırı, soyayı kaybettik. Buğday belki ilk giden ürün oldu. Birçok ürün GDO'lu.

Birçok gıda var ve kullanıyoruz. Bizim gibi eski kuşakların avantajı hazır gıdanın, paketlenmiş veya hızlı gıdanın daha az olmasıydı. Gıdayı organik yiyorduk. Bugün neredeyse tümüyle endüstriyel bir ürün haline geldi. Şimdi tavuğu paketinden çıkarıp yıkarken pişiyor neredeyse. Oysa ninemin yetiştirdiği tavuk düdüklü tencerede üç saatte pişiyordu!

Onlar sizin üstünüzden para kazansın diye, hayatınızı lüks ve rahat yaşayın, üretmeden yaşayın isteniyor. Oysa üretimini kaybeden, inanç yapısını kaybeden toplum köleleşmeye başlar.

Bin avroya telefon alınıyor. Oysa bin avroyla Yemen'de onlarca çocuk süt içebilir, açlıktan ölmeyebilir. Bir kilo domates bir lira... Bir kamyon domates veriyor, bir telefon alabiliyorsunuz. Durum böyleyken bu telefon nasıl satılacak size?

Özendirerek...

Kendi içimizdeki eksik duygularımızı ya alışveriş yaparak ya da ihtiyacımızdan fazla gıda tüketerek kapatmaya çalışıyoruz.

Anne ve babanın enerjisi çocukları da etkiler. Bir anne kendi bedenini beğenmiyorsa, çocuğu da beğenmiyor. Bir baba kendi içinde mutlu değilse, evladı da mutlu değil. Sonuçta her çocuk bir dönem annesi, bir dönem babası, bir dönem kendisi gibi olur. Bir dönem de yargıladığı insanlar gibi.

Ne zaman yargılarınız biter, siz, siz olmaya başlarsınız. Siz, siz olmaya başladıktan sonra insanlar sizi yargılamaz, dinlerler. Soracağınız soru da şu olacak: "Taklit mi olacağım, orijinal mi?" Taklit olduğunuzda diğerleriyle yarış edeceksiniz, orijinal olduğunuzda hep yeni fikirler üreteceksiniz.

Bir anne baba düşünün, tembel, ağırkanlı. Bir de sörften yeni gelmiş, kayak yapmayı planlayan anne baba... Acaba çocuğa hangisi daha cazip gelir? Evde sürekli oturup mutsuz ve yemek yapan bir anne hiç dikkat çekmez. Herkes, hayatını yaşayan, gününü gün edeni örnek alır. Çocuklarınız sosyal medyadan bile evde oturup "Kader böyleymiş" diyenleri değil, dağ tırmanıcılarını, tüplü dalış yapanları, macera yaşayanları takip ediyor. Eve gittiğinizde beş saat temizlik yapacağınıza bir saat temizlik yapın ama çocukla sağlıklı muhabbet kurun. Süpermen modundan çıkın, "Bunu yapamıyorum... Nasıl yapacağız?" deyin. Bugüne kadar hep akıl verdiniz, o da kızdı buna. Onun dostluğunu kazanmak istiyorsanız, size iyilik yapıp emek harcamasına izin verin. "Sadece ben ona vereyim, o bana bir şey yapmasın..." derseniz kullanır ve gider.

## *Herkesin Dünyası Başka*

Çocukken, karşı komşuya gitmek dünyanın en uzak yoluydu benim için... Belki beş saniyede geçtim yolun karşısına ama nereye geldim? Aman Allahım! Baktım ki karşı komşunun yaşam tarzı, aile içi-dışı iletişimi, bizim evdekinden biraz farklı. Ben o yaşta şunu biliyorum: Annem ve babam her şey. Her şey onlarda. Hepsini onlar biliyor ve başka insan yaşamıyor bu gezegende. Sadece annem, babam ve ben varım...

Bu gezegende "karşı komşu" diye bir canlı olduğunu, başka bir mobilya, başka bir hayat olduğunu öğrenince çok şaşırdım.

Otuz yedi ekran, aküyle de çalışabilen ve pikniğe filan götürülebilen bir televizyonumuz vardı. Komşunun evinde farklı mobilyalar, televizyon olduğunu gördüm.

Sonra hayat biraz daha genişledi. Yan sokaktaki komşuya gittim. Sonra bisiklet sürmeye başladım. Annem, babam arkadan tuttular, uzak sokaklara gittik, geldik. Bir türlü öğrenemedim bisiklet sürmeyi. Sonra bir gün komşunun bisikletine bindim. Şaka yaparken baktım ki sürüyorum. İnanılmaz bir heyecanla eve gittim. Heyecanıma bütün mahalle şahit olmuştu.

Şimdi bu heyecanlar nereye gitti? Yeni bir heyecan var mı hayatımızda? Yeni bir hobi, yeni öğrenilmiş bir şey... İş, ev, akşam ne yiyeceğiz? Sabah kalkacağız, işe gideceğiz.

Atletizm takımına girdim. Branşım uzun atlamaydı. Bir gün hocamız geldi, "110 metre engelli koşacak biri lazım!" dedi. Ben de saklandım herkes gibi. On üç yaşındaydım. Her engeli eşit adımlarla koşmanız lazım. Bu sporu yapmak sağlam kondisyon istiyor. Yanlış adım atarsanız iki engel sonra takılır ve düşersiniz.

Antrenmanlardan sonra, yarış günü yanımda diğer yarışçılar vardı. Herkes dizildi sıraya, tabanca patlayınca yarış başladı. Herkes önde, ben arkadayım.

"Yarışı kaybettin!" dedim daha başlar başlamaz. Ama içimde bir heyecan var. "Ne yapacağım, ne edeceğim?"

Birinci engeli atladım, herkes önde, ikinci engeli atladım, herkes yan yana, üçüncü engelde öndeyim! Bu defa kimse yok. Tırsmaya başladım. Altıncı engele doğru babamın sesini duydum tribünlerden. "Bülent koş!" diye bağırıyor. Tansiyonum yükseldi. Üstümdeki strese bak. Zihnimdeki konuşma aynen şöyle: "Bir ay bile olmadı bu branşa başlayalı, ben ne bilirim ki, bir de babam tribünlerde, ya başaramazsam, ya kaybedersem, el âlem ne der?" Bunun gibi bir sürü düşünce zihnimden yarış esnasında aktı gitti. Ve yarış bitti. On-on beş saniyelik bir süre ve sanki bir yıl gibi gelmişti.

Yaşadığım o heyecan hâlâ aklımdadır. En önemlisi de yüzlerce kişinin arasındaki babamın yüksek sesle motivasyon için bağırması, bu yaşa geldim, halen daha kulağımda. Acaba ben hiç kızım için tribünlerden böyle bir motivasyon yapabildim mi? Aileme böyle vakit ayırabildim mi?

Şimdi hayatımızda kaç tane böyle heyecan var? Kaç tane monotonluktan çıkaran duygu var? Oysa çocukluk anıları ne kadar önemlidir...

Ortaokulda, bir aile dostumuzun büfesinde tatillerde çalışıyorum. Fastfood pişirirdim. Bu aile bildim bileli hep yemek yapardı. Anne baba sürekli çalıştığı için çocuklar kendi başlarına büyüdüler. Bugün bakıyorum bir çocuk başka yerde, bir başkası başka yerde, biri diğeriyle küs... Karşılaştığımızda soruyorum:

"Ne yaptınız hayatınızda?"

"Hiç... Hep hamburger yaptık..."

"Başka ne yaptınız?"

"Yemek yaptık."

"Pikniğe gittiniz mi, doğaya gittiniz mi?"

"Tabii gittik. Annem hamburger yaptı piknikte, yedik."

Çocuklarınıza bırakacağınız hatıralar, onlar için hayat boyu motivasyon kaynağı olacaktır. Onlara güzel hatıralar bırakın. Anne ve babamın bana bisiklet sürmeyi öğretirken dolaştığımız yerler ve çiçek kokuları hâlâ hafızamdadır. Babamın "Bülent koş!" diye bağıran sesi hâlâ hafızamdadır.

Dedemden ve babamdan öğrendim caminin ne olduğunu. Onun kucağında teravihleri cami cami gezerdik. Yeni insanlar tanımak için, kaynaşmak için gezerdi. Dedemle, keçilerini kıra götürürdük. Dedem hayatı anlatırdı. Bugün bakıyorum ki ben çocuğuma bu kadar vakit ayırmamışım. Birlikte vakit geçirme anlamında düşünürsek, annemin babamın bize yaptığının onda birini biz çocuklarımıza yapamamışız!

Ailece 15 Haziran'da denizin kenarına çadırı kurar, eylül ayına kadar orada kalır, saatlerce denize girerdik. Yanana kadar güneşlenir, şnorkel ve paletler üstümüzde, balıkları inceler, maket gemiler yapar, yüzdürürdük. Bir yaşlı amca uçurtma yapardı gazete kâğıdından. Yapıştırıcı değil, un kaynatıp kullanırdı. Gereken kamışları sazlıktan keserdik. Benim boyum bir metre yirmi santim, uçurtmanın boyu yüz seksen santim... Üç çocuk zor zapt ederdik uçurtmayı.

Çocukların böyle anıları olmalı.

## *Kahvenin Tadını Almakla Başlıyor*

Hayatı yaşarken bakmakla görmek arasındaki farkı her gün kendinize mutlaka hatırlatın. Bugün yolda gelirken kaç şey gözlemleyebildiniz? Çay içerken keyif alıyor musunuz? Ailenizle zaman geçirebiliyor musunuz?" Bir arkadaşımla kahve içerken muhabbet mi ediyorum, bir şey mi katıyor o bana? Yoksa sadece dert mi anlatıyor?

Size sürekli dert anlatan, arkadaşınız değildir. Kahvenin tadını alıyorsanız bir adım attınız demektir.

Çoğu insanın egosu hemen çalışmaya başlar. "Ben kaçıncı boyuttayım, nereye yükseldim?" vs. der. Oysa hiçbir yere yükselmediniz. Önünüzdeki kahvenin tadını alıyorsanız, yükselmişsinizdir. Yok üçüncü göz, yok hipofiz bezi, yok dalağım... Buradayken keyfin yerindeyse andasındır. Her ne yapıyorsan ondan keyif almaktır anda kalmak. Kendin burada, aklın başka bir yerdeyse bir yere ulaşmamışsındır. Elmayı ısırdığınızda "Kütürt!" diye sesini duyup tadını aldığınızda andasınızdır.

Bütün eğitimlerin, öğretilerin amacı bu: Anda olmayı öğretmek... Çünkü insanlar anda değil. Hatıralar başlıyor, ödemeler, ana baba, çocukların derdi, işyerindeki arkadaşların iletişimi... Her taraftan delik deşik. Saldırılar içindesin. Önce bir dengeye gelin.

Kendi hayatımda dengeye geldikçe, ben bir şey yapmasam bile sistemin birçok şeyi düzelttiğini fark ettim. Yani benim dünyayı düzeltmem gerekmiyordu. Ben düzgün insan olmaya çalışırsam, dünya zaten kendiliğinden düzeliyordu.

Size masal anlatmak istemiyorum. Size tasavvufi sözler, acıklı öyküler yazsam, belki çok daha ilgiyle okuyacaksınız. Çok severiz toplum olarak biz acıklı şeyleri ama masalcılar uyutuyor toplumu. Pek çok masal, hikâye yazabilirim ama faydası var mı?

İcraatın içinde olmak lazım... Şükretmeyen daha iyisini bulamaz. Fakat "şükür" deyip bütün gün oturmak da doğru değil. Üretmek, ortaya bir şey koymak gerekiyor. Sadece dert anlatmak, sadece yakınmak değil, aktif olmak, üretimin içinde olmak şart. Çocukluk hayallerinizi hatırlayın. Neler neler yapmayı kuruyordunuz. Ne oldu o hayaller?

Yaş ilerledikçe metabolizmanız yavaşlamaya başlar. Kırk yaşınızda, yirmi yaşın yeme alışkanlığıyla devam ederseniz sorun yaşarsınız. Her beş on yılda bir kendinizi bir gözden geçirmeniz, yeme, çalışma, dinlenme alışkanlıklarınızı revize etmeniz, yeni döneme göre değişiklikler yapmanız gerekir. Belki bir zamanlar annenizin önünüze koyduğu koca bir tabağı bitiriyordunuz ama artık o tabağı yerseniz, tansiyonunuz çıkacak. Dozu azaltmayı da bir eğitim gibi görüp öğrenmenizin vakti gelmiştir.

Bedenimizi hiç dinlemiyoruz. Sağlığımızı dinlemiyoruz. Sigara gibi zararlı maddelere maruz bırakıyoruz. Sizi bir yere bağlayıp, sürekli kötü kokulu bir duman verseler ne hissederdiniz? Peki, aynı durumda olan akciğerleriniz ne hissediyor?

Oysa bağımlılık beyninizde, ciğerinizin hiç suçu yok.

## *İnsan, Dünyaya Karşı!*

Biz insanoğlu olarak doğayı düşünmeden kullandık. Hayvanları kesip eve istifledik. Bütün zamanımızı aldı. Sonra sıkışıp kaldık, kişisel gelişim peşinde koşmaya başladık.

Eğer çocukken aşağılanmış, değer görmemiş biriyseniz, "master", "usta", "guru" gibi unvanlar peşinde koşturmak fayda etmez. Çocukken anne babanızdan görmediğiniz sevgiyi arıyorsunuz. Övgü almak için dolaşıyorsanız, bunun para almak için dolaşmaktan bir farkı kalmıyor.

Evde yemek yapıyorum, çocuğum beğenmiyor, depresyona giriyorum. Bir hediye alıyorum, üç gün sonra kimse yüzüne bakmıyor. Depresyona giriyorum çünkü sevgi almak için bunları yapıyorum. Sürekli sevgi alma peşindeyim.

Hediye de alacaksınız. Hediyeleşeceksiniz. Bu başka bir şeydir. Hediye beklemek, bu başka bir şeydir. Hediye alacağınız birileri olsun hayatınızda. Ama "Bana bir şey almadı! Doğum günüm geldi geçti, hatırlayan yok, hediye alan yok..." diye düşünmeyin. Bu sizi depresyona götürüyorsa, yanlıştır. İnsanların sizi sevmesine, onaylamasına ihtiyacınız var mı? takdir etmesine, bir numara olmaya ihtiyacınız var mı? Alkışlanmaya, pohpohlanmaya, para biriktirip kendinizi güvende hissetmeye ihtiyacınız var mı? Bu bir korkudur.

Şuna inanmanız lazım: Severek yaptığınız bir işiniz varsa, size bolluk her kapıdan gelir. Sakın zor gün için para biriktirmeyin, zor gün gelir, parayı alır ve gider. "Bu, benim ve eşimin tatil parası. Bu, çocukların eğitim parası..." diyerek bir para koyun kenara. Fakat "Bunu biriktirmem lazım. Yaşlılığımda ne yapacağım?" diye biriktirmek yanlış. "Yaşlılığımda gezeceğim yerlerin parası..." deyin. "İlaç parası" demeyin çünkü hastalanır ve o parayı ilaçlara verirsiniz.

Kefen parası biriktirmenize gerek yok. İki dakikada sizi yıkayıp sarıp gömüyorlar. Helvanızı da yiyorlar, sonra "Bademi de iyi kavrulmamış" diye konuşuyorlar.

Zor günler için ayırırsanız, zor günler olacak ve birikiminiz onun için kullanılacaktır. Niyetinizi doğru şekilde yazın.

Yıllar önce üniversitede öğrenciyken, komşu çocukları bayram kutlamaya geldiler. "Harçlık vermeyecek misin?" dediler. Öğrenciyim ama cebimdeki bütün parayı verdim. Yarım saat sonra bir ordu geldi. Mahallenin tüm çocukları toplanmış.

Evde şeker var. Onlara birer şeker ikram edince, üzüldüler. O gün çocuklara bayramlık verememek dokundu bana. Yirmili yaşların başındaydım.

Sonraki tüm bayramlarda bir şekilde parasız kaldım. Tam da bayram arifesi, bir aksilik oluyor ve cebimdeki tüm nakit oraya gidiyordu. Bayramda üzerimde nakit olmadığı için, köşe bucak kaçıyordum ki bir çocuk gelirse, bayramlık veremeyeceğim için mahcup olmayayım. Ta ki beş altı yıl öncesine kadar.

Kendime soru sordum. Neden bayram arifelerinde cepte bir kuruş olmuyor? Paylaşmayı mı sevmiyorum? Yoksa bununla ilgili geçmiş yıllarda yaşadığım ve temizlemem gereken bir olay mı var? Bazen geçmişte yaşadığınız bir olay, şifalanma vakti geldiyse, bir şekilde kendini tekrara sokarak hatırlatmaya çalışır.

Benim yaşadığım olay şuydu: Çocuklara karşı bayramlık veremediğim için mahcup olmuştum. Mahcup kaldığınız bir konu varsa, kendinizi kötü hissetmeniz ve geçmişteki olayı hatırlamanız için mahcup kalmaya devam edeceğiniz olayları hayatınıza çekmeye devam edersiniz. O duygu bir şekilde hayatımıza yine gelir.

Geçmişteki yaşadığım o bayramlık veremeyip mahcup olduğum anı şifalandırmak için bir çalışma örneği: Sakin bir ortama geçtim ve nefes çalışması yaptım, o günkü Bülent'e gittim ve "Bülent, sen öğrencisin, bunu içine atma. İleride bol bol harçlık vereceksin çocuklara..." dedim. *(Bunu yaparken siz o kişi olmayın. Sizin o kişinin yanına giden bir büyüğü olmanız gerek. O kişi olursanız, yaşadığınız olayın içine girer ve tekrar yaşarsınız. Bu da iyi olmaz. Bu çalışmayı başka olaylar için de yapabilirsiniz. Tek dikkat etmeniz gereken, geçmişteki o güne gittiğinizde, sizin kesinlikle o kişi değil, o kişiye dışarıdan yardıma gelen bir başka kişi olarak adım atmanız gerekiyor. Bu çalışmayı yaparken baktınız ki duygunun içine girmeye başladınız, devam etmeyi bırakın ve gidip başka bir iş yapın. Evi temizleyin, bulaşık yıkayın, alakasız bir şey yapıp dikkatinizi başka yere verin.)*

Bir sonraki bayram için önceden niyet edip bir köşeye bayramlık adı altında para biriktirdim. On beş yılın acısını çıkarmak için sokaktan geçene bile verdim. Bol bol dağıttım. Her bayram öncesi şunu kabullendim: Rabbim gönderiyor, dağıtayım.

Geçmişte kendimi kötü hissettiğim bir olaydan dolayı on beş sene sıkışıklık yaşadım. Evladınız para istedi ve o an veremediniz. Kendinizi mahcup hissettiyseniz, kötü hissettiyseniz, bu durum tekrar ediyor. Ya da sizinle konuşmak istedi karşılık veremediniz. Bu sizde kalıcı olur. Hayatınızda dengeye gelin çünkü yarım kalan şeyler nötrlenmek ister.

## *Beynin Keyfi İçin Karaciğeri Yormak*

Çocuğunuza pahalı bir oyuncak aldınız ve verdiniz. On dakika sonra kırdı. Sonra yenisini aldınız. Onu da kırdı. Ne hissederseniz?

Muhtemelen bir öfke çıkacaktır ortaya.

Beyninizi bir çocuk, bedeninizi de oyuncak olarak düşünün. Bir buçuk kiloluk beyin, bütün bedendeki organlara zarar veya fayda veriyor. Siz streslisiniz, gece on birde yemek yediniz. Bunun sağlıklı olmadığının farkındasınız. Zararlı olduğunun farkındasınız. Ya da çikolata yediniz, düzenli uyumuyorsunuz, sigara içiyorsunuz. Karaciğerin suçu ne? Onlar gece dinlenmek istiyor. Yemek yiyip yattığınızda ise sabaha kadar çalışmak zorunda kalıyorlar.

Bedenine saygı duymayan, başkalarına nasıl saygı duysun? Sevmek ayrı bir konudur. Önce kendi hayatını toparlamadan, kendi çocuklarıyla iletişim kuramadan, kendi sağlığını korumadan, bir insan başka birine nasıl faydalı olabilir?

Binlerce insana seminer yaptım. Anlattıklarım, insanlara iyi geliyordu. Belli bir süre insanlara fayda sağlamaktan keyif aldım. Para da kazandım fakat baktım ki nefsimi besliyorum. Nefsini besliyorsan, arınmamışsındır. Ha para almışsınız ha alkış... Geri çekildim.

Bu çocuğumla iletişimimde de geçerli. Çocuğunuzu mutlu ettiğinizde mutlu oluyorsanız, besleniyorsunuz. Çocuğunuza hediye aldınız, yüzü düştü, beğenmedi ya da eşinize yemek yaptınız, beğenmedi ama siz yemeği beğendiniz, evdeki insanların duygu ve düşünceleri size alkış şeklinde geliyorsa, beğenilmediğinizde de eleştiri gibi gelecek ve muhtemelen ilk eleştiride yıkılacaksınız.

Yemek masasında dert konuşmayın. Dert konuşanla bulunmayın. Telefon getirmeyin çocuklarınızla güzel şeyler konuşun. Bu hayatı yaşıyoruz ama yaptığımız şeyin içinde değiliz.

Çektiğiniz çile, bir lütuftur. Bir hediyedir. Sadece anlamanız lazım: Ben, şu an bunu neden çekiyorum?

Her sabah uyandığımda kendi enerjimi kontrol ederim. Gün içinde düzenli olarak enerjimi denetlerim. Sakin, dingin, huzurlu ve üretken bir zihin aşamasındaysam, dengedeyim. Endişeli, gergin, "Nasıl yapacağım, nasıl ödeyeceğim?" modundaysam her şey ters gitmeye başlıyor.

Bu modun daha kötüsü var: Daha endişeli, daha gergin, daha sabırsız, daha aceleci, abur cubur yiyen, geçiştiren.

Daha kötü de var: Kendimi insanları içimden yargılarken buluyorum. "O niye öyle yaptı, bu niye böyle söyledi?"

Daha da kötüsü var: Kendimi insanlara beddua ederken buluyorum.

Daha da kötüsü var: Her şeye beddua ediyorum.

Daha da kötüsü var: Artık ölmeyi diliyorum.

Bu artık sınırda olduğunuzu gösterir. Beddua edilen evlerde negatif enerjiler gelir ve musallat olur.

Kötü ses düzeni olan bir konsere gittiniz. Artık müzik değil sadece gürültü geliyor. Kaç dakika o gürültüye dayanabilirsiniz? Negatif enerjiler de huzurlu bir evde dayanamaz, kaçarlar. Evinizde bir huzursuzluk varsa, bir negatif enerji hissediyorsanız, tam tersine artıracaksınız şükrünüzü, duanızı. Takıntısız temizlik yapacaksınız. Perdenin kenarı eğri diye gece kalkıp düzeltiyorsanız bu takıntıdır. Evi ameliyat odası gibi hijyenik yapmaya çalışıyorsanız bu takıntıdır. Ama eviniz temiz, güzel kokuyorsa bu iyidir. Evinizi sık sık havalandırın. Evinizde güzel sözler söyleyin. Negatif enerjiler sıkılır ve gider. İçinde yaşam olan, neşe olan, sevgi olan evler onlara göre değildir. Bu nedenle terk edilmiş, mutsuz evleri tercih ederler.

Her zaman hayırdua ile yaşayacaksınız. Her zaman iyi niyetlerde bulunacaksınız.

İstediğiniz kişisel gelişim tekniğini kullanabilirsiniz. Aura temizliği yapın, enerji gönderin veya bırakın... Evin içinde şükürdeyseniz, bulunduğunuz yer kapsama alanındadır. Gidip odaya enerji göndererek kendinizi avutursunuz. Hacılar, hocalar sizi kurtaramaz. Sizin kendi kendinizi kurtarmayı öğrenmeniz lazım.

İnsan tutup evi temizlettiniz. Ama dağınık biriyseniz, üç gün sonra yine dağılacak. Siz negatifseniz, hacı hoca üflese de üç gün sonra yine pislenecek. Yani tarzınızı ve yaşamınızı iyiye doğru değiştirmediğiniz takdirde, başka insanların size fazla faydası olamaz. Anahtar sizsiniz.

Etrafımdaki kişilerden almamam gereken sorumlulukları alırsam, etrafımdaki insanlar arıza çıkarıyor. Yani fazla sorumluluk alırsam, paylaşmam gereken hayattan fazlasını almaya çalışırsam, herkesin dengesi bozuluyor. Sorumluluk herkesin alması gereken bir şeydir.

Kimsenin fikirlerini doğrudan alıp kendi hayatınıza uygulamayın. Herkesi dinleyin ve siz kendi bilginizi oluşturun. Bazısı kafanızı karıştıracak, bazısı cuk diye oturacaktır. Eğer inançlı bir insansanız, ne kadar saçma sapan bilgiler de alsanız, günün sonunda yine merkezinize döneceksiniz. Eğer inançlı değilseniz, saçma sapan bilgiler sizi alıp götürecektir.

Batıla kayarsanız batılda kalırsınız. Şükürler olsun bir dönem batıla girdim ve batılın içindeki çalışmaları da Allah nasip etti gördüm, tanıdım. Kuran'da Hz. Davut'un ve Hz. Süleyman'ın hak ile batılı ayırmalarına ilişkin anlatılan hikâye beni çok etkiledi. Şükürler olsun, bir dönem batıla girdim, hak ile farkını gördüm.

Namaza durmadan önce bir dakika boyunca nefes çalışması yapıyorum. Zihnimi susturuyorum ve namaza başlıyorum. Nefes çalışması aksesuvardır, namaz ibadettir. Nefes çalışması, meditasyon dünya ile bağlantı için bir dengedir. Namaz, Rabb'inizle sizin aranızdaki iletişim protokolüdür. Amacınız Rabb'inizle iletişim ise namazı kılacaksınız, doğa ile iletişim kurmak ise meditasyon yapacaksınız. Aradaki farkı iyi anlayın.

Bir nefes çalışması yapıp, zihninizi boşaltmak ve secdede iken hesap kitap yapmaktan kurtulacaksanız faydalı olabilir. Ama zaten bunu yapıyorsanız, namaz da kılmıyorsunuzdur. Ha alnınızı secdeye koymuşsunuz ha yere vurmuşsunuz. Orada hissetmeniz gereken karşınızdaki Yaradan ve O'nun karşısındaki âcizliğiniz olmalı.

Kul olmak kolaydır. Yargılamayacaksın, dedikodu yapmayacaksın, haddin olmayan işi yapmayacaksın, bir yetimin hakkını yemeyeceksin, bir kadına iftira atmayacaksın...

Sabahtan akşama kadar kendimizi akıllı zannedip kimleri kimleri yargıladık ya da birini maniple ettik. "Ben senin yerinde olsam şunu yapardım!" dedik. Ben artık kimseyi maniple etmiyorum, çocuğum da dahil. Ben nasıl hata yapa yapa öğrendiysem onların da kendi doğrularını bulmaya hakları var.

# *Önkoşulsuz Sevgi*

Yurtdışında bir ülkede bir atölye çalışması yaptım. Salonda yüzlerce insan vardı. En önde iki kadın oturuyor. Biri tepeden tırnağa simsiyah çarşaflı, gözleri de tülle kapalı. Yanında da dekolte giymiş bir kadın. Seminer boyunca birbirlerine kötü gözle baktıklarını görmemek mümkün değil. En büyük hatamız, şeklen beğenmediğimiz bir şeyin içine bakmadan yargılamak.

Oysa Allah herkese son nefeslerine kadar düzelme şansı tanımış. Bugün belki iyi görünmese, iyi şeyler yapmasa bile yarın ne olacağını bilme şansımız yok. Ama siz, daha o şansı devam ederken onu yargılıyor, "münafık" filan diyorsunuz. Rabbimiz ona son nefesine kadar şans vermiş, siz beş dakikada hüküm veriyorsunuz. Belki de hiç sandığınız gibi biri değil. Nereden bileceksiniz? Yargılamayı Allah yapar, o da vaat ettiği gibi hesap günü geldiğinde...

Siz de bunu unutup ona buna kafanızdan puan verip yargılıyorsanız, mutlaka tövbe edin. "Allahım hepimizin sana düzgün kul olmasına niyet ediyorum..." deyin.

Atölye çalışması bitti, iki kadın birbirine sarıldılar ve hüngür hüngür ağladılar. Örtülü olan kadın, "Ben, sen oturduğundan beri kötü kadın olduğunu düşündüm..." dedi. "Cehennemde yanacağını düşündüm. Benim bu kadınla ne işim var diye düşündüm. Ama koşulsuz sevginin ne olduğunu anladım. Lütfen beni affet."

Diğer kadın:

"Ben de seni örümcek kafalı, yobaz, kafası çalışmayan, kuş beyinli biri olduğunu düşünerek yargıladım. Sen de beni affet. Buna hakkım yoktu."

Bu toplumda herkes kendi bakış açısı, örf, âdeti ile kendine göre haklıdır. Hiç empati kurmayız. "Bu da bunlardandır!" deyip devam ederiz. İslam'da ise bu konuda uyarılar vardır. Özellikle Karanlık Boyut'un vesveseyi, önyargıları beslediği; varsaymaya, insanları maniple etmeye çalıştığı konusunda uyarılar vardır. Böyle varsayımlarınız, yargılamalarınız varsa, tövbe etmeniz en güzeli olacaktır. Biri ile ilgili hiçbir zaman varsayımda bulunmayın!

## *Genetik Bir Tehlike*

Çocuklarınızın belli huyları anneden, belli huyları babadan gelir. Genetik potansiyel vardır. Komplesi alıngan olan aileler, komplesi girişken olan, kavgacı olan, acı beden, hata bulma derdinde olan aileler vardır. Geniş yapıda genetik yapınız olsun ki farklı huylar da ailenize katılabilsin. Bu nedenle "Akraba evliliği yapmayın" diye uyarır bilim insanları, doktorlar... Oysa biz, bir an evvel evlendirmeyi deneriz ki *kurtulsun gitsin.*

Evlenirken akılcı düşünmeyiz. "Âşık oldum..." demek yeterlidir. Oysa annesinden babasından sevgi görememiş biri için biraz ilgi, hemen bu yanılgıyı oluşturmaya yetecektir. Sonra aslında bunun aşk olmadığı, bu evliliğin yanlış olduğu fark edilir ama iş işten geçmiştir.

Unutmayın! Biz, kurbanların kurbanlarıyız.

Çocuklarımızla olan diyalog ve iletişimimizde, çocukları da bilinçlendirmemiz lazım.

Oysa kimi zaman mal, servet, miras bölünmesin diye kimi zaman aileye yabancı biri girmesin diye hâlâ akraba evlilikleri yapılıyor. Evlilik yürümüyor, mutsuz oluyorlar ama boşanamıyorlar da çünkü bütün sülale birbirine giriyor. "Sus! Sesini çıkarma, sık dişini, idare et..." denilerek sürdürülüyor böyle mutsuz evlilikler.

Bizden sonraki kuşaklar için doğru adım atalım. Çocuğunuzun huyunu, karakterini iyi öğrenin. Benim çocuğumun sabah işe gidip, akşam evden çıkmayan bir adamla evlenmesi zulümdür. Çocuğuma ilk sorduğum şudur:

"Evde durmayı mı seversin, dünyayı gezip hayatı tanımayı mı?"

"Hayatı tanımayı."

"O zaman senin evde oturan, hiçbir hobisi ve aktivitesi olmayan, hayali, hedefi bulunmayan, neşeli olmayan biriyle evlenmen züldür."

Bazen de tam tersi olur. Kadın evcimen ama adam dünyayı tanımak isteyen biri olabilir.

Kadınların bazılarında da farklı bir korku vardır. Kocası parayı bulursa kendisini terk edecek sanır. Bu yüzden parayı gıdım gıdım kazanması için elinden geleni yapar. Olmadı sürekli eşine önemli bir toplantı öncesi anlamsız sorunlar çıkarır ki, eşi işine konsantre olamasın ve işini büyütemesin. Oysa sonunda bu davranışları ile kendi bindiği dalı kesmiş olur.

Her erkeğin içinde bir dişi her dişinin içinde bir erkek enerji vardır. Erkek enerji güç, kontrol, mantık yani sol beyindir. Dişi enerji üretkenlik, neşe, empati, şefkat yani sağ beyin lobudur. Kadınlar bu dönem erkek enerjiye asıldılar. Güç ve kontrol istiyorlar. Güç onda olacak, herkes onun dediğini yapacak...

Bu defa kocası da onun gibi sertse, evde çarpışma başlıyor. Eğer değişmezlerse, erkek dışarıda dişi enerji buluyor. Kadınlar da kimi küçümseseler, kocalarını oraya gönderiyorlar.

Sakın bir canlıyı küçümsemeyin, bereketinizi ona kaptırırsınız. Herkesin ortaya koyduğu ameller farklıdır. Siz iyi üretmek, iyi yapmak için çalışacaksınız. Etrafınızda sizden iyi insanlar varsa, şanslısınız. Onlardan bir şeyler öğreneceksiniz. Ben arkadaşlarımı adaletli, hakkaniyetli, üretken olan insanlardan seçiyorum. Diğer türlü iki saat patronunu anlatacak, başka meselesini anlatacak. Konuşmanın sonunda şunu diyecek: "Ben haklı değil miyim?"

Değilsin! Sen bir sınavın içindesin. Lütfen yüzleş sınavınla!

Artık kadınların erkek gibi davranma modundan çıkması lazım. Süslü püslü olacak, eşine nazlanacak. Bir kadın eşine nazlanmıyorsa, adam kimi mutlu edecek evin içinde? Kadın,

kadın gibi davranır, güzel giyinir, güzel kokar, esprilidir, güzeldir. Bir kadın aşırı ciddiyse zaten erkek enerjiye kaymış demektir. Anne demek sevgi, şefkat demektir. Güç, kontrol erkek enerjidir. Eğer güç ve kontrol hoşunuza gidiyorsa, cebimde param var filan diye düşünüyorsa bir anne, evlat ve torunlarının rol atladığını zaman içinde fark edecektir.

Kadın tarihe girdiği andan itibaren her zaman süsü vardır. On bin senelik mezar da açılıyor, erkeğin yanında balta, mızrak varken, kadının yanında ziynet eşyaları var. Eşime de anneme de kızıma da bakımlı olmalarını söylüyorum her zaman. Kadın yaşadığı sürece bir çiçek olacak. Biz erkeklere düşen de o çiçeği soldurmamak.

**Planlama Çalışması**

Şimdi elinize bir kâğıt kalem alın ve şu an hayatınızda hızlı bir şekilde düzenlemeniz gereken üç konuyu yazın.

Sağlık, çocuğun sağlığı, iş hayatı, bilgi toplama vs.

Şu an sizin için öncelikli olan üç konu ne ise onu yazın.

Dinlenmek mi, hobiler edinmek mi?

Sizin için öncelikli hedef olan üç konu nedir?

Sonra en mutlu olduğunuz anı yazın. "Çocuğumu kucağıma ilk aldığım an" gibi klasik bir cevap yazmayın. Sizi en mutlu eden anı yazın. Tabii ki çocuğunuz sizi mutlu eder. Şu an hatırladıkça halen daha mutlu olduğunuz bir anı yazın.

Yuvanızda en mutlu olduğunuz anı yazın.

Benim için bu çocuklarla oyun oynadığım andır. Sizin için nedir?

# *Nesilleri Bekleyen Tehlike*

Bir evde insanlığa hayırlı evlatlar yetişecekse, metafizik varlıklar, o evdeki dengeyi bozmak için çabalar ki o çocuk yirmi yılda dengeye gelecekse, kırk yılda gelebilsin... Atalarınızın içinde bir yerde hayırlı bir ata, dede, hayırdua alan bir nine mutlaka vardır.

Eğer atalarınızın içinde bir tane bile faydalı insan varsa, o soyu metafizik varlıklar dağıtmaya çalışıyorlar. O ailede hep kaos oluşturmaya çalışıyorlar ki yeni faydalı birileri çıkmasın. Özellikle şifacı bir nine, dede varsa, o aileyi rahat bırakmıyorlar.

Bu anne karnında başlayan bir mücadeledir. Şuna dikkat edin: Hangi çocuğunuza hamileliğiniz başladığında, eşinizde arızalar başladı? Mesela eve gelmemeye başladı, durduk yerde tartışmalar çıktı vs. Sizin de eşinizin de açığını bilirler ve gidip sürekli vesvese vermeye çalışırlar. Nefsiniz, Karanlık Boyut'la işbirliği yapmayı sever. Eşinize mesela üflüyor:

"Eşin dağınık kadın..."

O da geliyor, bütün gün yorulmuşsunuz, üstüne şöyle diyor:

"Sen ne dağınık bir insansın!"

Böylece siz de ona kırılıyorsunuz. Zaten hassassınız. Başlıyorsunuz siz de onun açığını aramaya. Böylece sevgi dolu ortamda büyüyecek bir çocuk, stresli bir ortamda büyümüş oluyor.

Her konuda siz haklıysanız, bir yerde bir yanlış vardır. Ben eşime söylüyorum bazen:

"Şu an bize vesvese geldi. Biz çarpışacağız, tartışacağız. Çocuk olumsuz etkilenecek ve açılması gereken bir çiçek, budanmış olacak."

Sakın, "Tamam oldum bittim. Biz mükemmel aileyiz..." demeyin. Sınav gelir.

Vesvese, yoldan çıkmış, azıtmış bir aile ile uğraşmaz. Zaten yoldan çıktıysanız, sizinle niye zaman kaybetsin?

İçdünyanıza bakın. Çocuklarınız ve eşinizde sizi rahatsız eden şey ne? Bunu tespit ettikten sonra, geçmişte atanızla sizin aranızda çözülmemiş bir mesele olup olmadığını bulun. Eşinizin aceleciliğini sevmiyorsanız, muhtemelen babanız da aceleciydi. Babanızla helalleşin ve hem eşinizin aceleciliği gitsin hem de dengeye gelsin. Bizim inancımızda helalleşmek önemlidir. Ebedi hayata geçmiş atalarınızla da gıyabında helalleşebilirsiniz.

Bir ilişkide kendinizi aşağı çekerseniz, karşı taraf kendi seviyesinde birini bulur. Ya da olması gerekenden çok yukarı koyarsanız, sizi unutur. Bu yüzden ilişkilerde aşağıda ya da yukarıda olmaya çalışmayın, dengede olmaya çalışın. Allah nasip ederse, belki eşinizle elli yıl beraber olacaksınız. Bu kadar yıl ne yapmak, ne paylaşmak, nereleri görmek istiyorsunuz? Bunlar üzerine kafa yorun. Çocuklar zaten büyüyecek. Bu doğal sonuçtur. Bu arada siz ne yapacaksınız?

Bizde genel olarak karıkoca pek muhabbet etmez. Bunun yerine, yıllar önceki konuları sürekli ısıtıp getirirler:

"Senin ablan bana böyle dediydi. Senin annen şöyle dediydi..."

Evde diyalog kesilip, rutin işler onun yerini alınca, erkek, iyi hizmet nedeniyle bir süre sonra kadını, annesi gibi görmeye başlar. Evde gömleğini ütületip, çamaşırlarını yıkatırken, sevgiliyi de dışarıda arar.

Alıp karşınıza, diyeceksiniz ki: "Benimle sohbet et..." Çünkü öğrenmemiş. Annesi ona, "Evine ekmek götür..." demiş. Kurbanların kurbanlarıyız.

Bu kayığı birlikte götürdüğümüzü fark edip, evdeki işleri olduğu gibi keyifleri de bölüşmeliyiz. Kadın da eve ekmek getirebilir, erkek de ev işlerini yapabilir. Yardımlaşmayı içselleştirmeliyiz.

Altı yaşımdayken annem hastalandı ve yanında ben vardım. O tarif etti ve ilk yemeğimi yaptım. Yedi yaşında kardeşimin altını değiştirmeyi öğrendim. Babam priz değiştirmeyi öğretti hepimize. Tabakları kaldırmayı, sofrayı toplamayı öğrettiler.

Çocuklara görev olarak verirseniz hiçbir işi yapmak istemezler. Eğlenceli bir oyuna dönüştürürseniz her işi öğrenebilirler. Biz genelde emretmeyi tercih ederiz. Sonunda da yaptıkları işi beğenmemeyi...

Çocukların iyi yaptıkları bir iş olduğunda onu onurlandırın, takdir edin ve yardım isteyin. Eve kapanan çocuğa "Dışarı çık" demeyin, yardım isteyin. Eleştirmeyin, dokunmayın. Olduğu kadarına kanaatkâr olun.

Özgüven böyle kazanılır. Çocuk geliyor yirmi yaşına, özgüveni yok! Her şeyini siz yaparsanız özgüveni yetersiz olur.

Geleneksel aile yapımız güzel. Bağlar kuvvetli. Yapmamız gereken bu aile yapısını bugünün şartlarına göre güncellemektir. Önceki bölümlerde de değindiğim gibi, eskiden çocuğun karnını doyurmak, giydirmek öncelikli amaçtı. Bugün belirli bir konfor düzeyi var ama bu defa da onlar içlerine kapanıyor. Önlem olarak çocuklarımızı biraz oyuna katmamız lazım. Yemek yaparken, temizlik yaparken işlere eğlendirerek ortak etmemiz gerekiyor. Fakat, eleştirmeden, özgüvenlerini zedelemeden.

Çocuğa "Senin paranı ben veriyorum. Benim sayemde okuyorsun!" derseniz ilk fırsatta kaçacaktır. Anlamsız biriyle gidecek, anlamsız bir evlilik yapacaktır... Bir baba hiçbir zaman "Benim paramla yaşıyorsunuz!" dememeli. "Eve ekmeği mutlulukla getiriyorum!" demesi lazım. "Şu an bayrak bende. İmkânım yettiği kadarıyla ben bakacağım. Bu çadırı beraber götürebilirsek başarabiliriz..." demesi daha faydalı olacaktır.

## *Sevilen İnsan Çeşidi*

Sevilen, sayılan insanların özellikleri aşağı yukarı bellidir: Eleştirmeyen, üretken, yargılamayan, olumlu konuşan, motive eden, sevecen, enerjik, canlı, özgüvenli, dürüst, gözü gönlü açık, hayırdua eden, bilgili, teşekkür etmeyi bilen, kıymet bilen, katı olmayan, anlayışlı, üretken, sanat yeteneği olan, cesur, bütünün hayrına hareket eden, yaptığı işi severek yapan, empati kurabilen, yaşam amacını bulmuş, dengede iletişim kurabilen, pratik zekâlı...

Demek ki BİZ bunları kendimizde aktif edebilirsek, eşimizle, çocuklarımızla daha iyi iletişim kurabileceğiz.

Ortak konuları, ilgi alanlarını bulun ve konuşun insanlarla. Belki eski teknoloji belki köyünüz... Hayatınızda nasıl sizi mutlu eden insanlar varsa, evin içinde de çocuğa bu şekilde ulaşın. Onun sevdiği bir oyun varsa, siz de onu konuşun.

İnsanların ruhu ve bedeni, beraber üniversite okuyan arkadaş gibidir. Ruhunuz iyiliğe teşvik eder. Sabahları erken kalkmanızı, yardımsever olmanızı, iyilik yapmanızı, bir şeyler üretmenizi vs. önerir. Egonuz ise hırs yapmaya, tembellik yapmaya, ötekilerden daha iyi olmaya teşvik eder... Herkes, aslında ikisinin de farkındadır. Hangisi ağır basarsa o yönde gidersiniz.

Hep en önde bensem, bu çok kötü bir şeydir. O zaman hep vermek zorundayım. Annem, "Ne en önde ol, ne en arkada ol!" der.

Her hareketinizi bir yere çekmelerine izin verirseniz, nefes alamazsınız. Helal yoldan yaşamayı dileyin ve yola çıkın.

Herkes bir yere çekiyorsa yaptıklarınızı, çeksin. Aldırmayın. Ben etrafımda bir yere çeken insanlardan da yoruldum ve artık onlara aldırmıyorum.

Bugün dünyada başta İslam olmak üzere semavi dinleri kötü göstermek isteyen bir yapı var. İnsanları önce deizme sonra da ateizme çekmek isteyen bir sistem... Müslümanları terörist gösteren, iyi, güzel işler yapan Müslümanları hiç göstermeyen küresel medya kuruluşları var. Her dine mensup iyi de kötü de insan çıkabileceğini görmezden gelen, olumsuz propaganda yapan ünlüler hatta devlet başkanları, başbakanlar var...

Onlara bu fırsatı vermemek için iyi insan olacağız. İslam üzere yaşıyorsak, önce hoşgörülü olacağız, dedikodu yapmayacağız, fevri davranmayacağız, hayvanlara şefkatli olacağız... Namazınız da niyazınız da kendiniz içindir. İbadetleriniz sizin daha iyi bir insan olmanız için gereklidir.

Eskiden dua ederken, "Onu yapmayayım" duası yapardım, şimdi "Herkes için hayırlı olan" diye dua ediyorum. Eskiden "rekabet" duası yapardım, şimdi "Herkes kendi konusunda başarılı olsun" duası yapıyorum. Eskiden "intikam" duası yapardım, şimdi herkese "hayırdua" ediyorum. Bu da benim yolculuğum, benim doğrum. Dışından iyi insan ama içinde herkesi yargılayan bir insansan, kimi kandırıyorsun? Bir insan görünce düzgün ve dürüst olmaya çalışırsın ama Allah senin yirmi dört saat yaptığından haberdar. Neden başkalarına karşı düzgün olmaya gayret gösterirken, her anımızdan haberdar bizi yaradan Rabb'imize karşı düzgün olmuyoruz?

Belki de kula yaranmaya, nasibimizi kullardan beklemeye çalışıyoruz.

> *"Allahım beni ve bu satırları okuyan herkesi hiçbir kuluna muhtaç etme. Biz bir tek senden yardım dileriz."*

Eğer geçmişte veya bugün var olan birileriyle helalleşmek istiyorsanız, aşağıdaki çalışmayı yapın. Eğer çocuğunuzla bir probleminiz varsa, çocuğunuzla yapın. Eşinizle sorununuz varsa, eşinizle helalleşin. Daha fazla ise sırayla onlara da geçebilirsiniz.

**Helalleşme Çalışması**

Derin bir nefes alın ve verin.

Derin bir nefes daha alın ve yavaşça verin.

Tekrar derin bir nefes alın ve verin.

Derin bir nefes daha alın ve güven içinde olduğunuzu hissedin.

Ellerinizi birbirine sürtün, avuçlarınızın ısındığını hissedin ve sağ elinizi sol omzunuza, sol elinizi sağ omzunuza koyun. Helalleşmek istediğiniz kişiyi kucakladığınızı hissedin.

Derin bir nefes alın ve yavaşça verin.

"Hakkını bana helal et.

Bilerek ya da bilmeyerek seni kırdıysam, beni affet."

Ona sarıldığınızı hissedin.

"Seni seviyorum.

Sana gurur yaptıysam, inat ettiysem, huzursuzluk çıkardıysam özür dilerim.

Dik başlılık yaptıysam özür dilerim.

Sen de bir cansın. Seni de bir ana doğurdu. Sen de sevilmeyi hak ediyorsun.

Ben sana hakkımı helal ediyorum. Lütfen sen de bana hakkını helal et."

→

Derin bir nefes alın ve yavaşça verin.

Derin bir nefes daha alın ve yavaşça verin.

Derin bir nefes daha alın ve söyleyin:

"Sana hakkımı helal ediyorum.

Her neredeysen mutlu ol. Ben sana hakkımı helal ediyorum.

Lütfen iyi ol.

Benim için değerlisin.

Seni seviyorum ve sana teşekkür ediyorum."

Derin bir nefes alın.

"Seni seviyorum ve sana teşekkür ediyorum.

Her neredeysen mutlu ol.

Her neredeysen huzurlu ol.

Ben hakkımı helal ettim, lütfen sen de hakkını helal et."

Derin bir nefes alın ve yavaşça verin.

Derin bir nefes alın.

"Seni affediyorum. Kendimi de affediyorum.

Sana hakkımı helal ediyorum, kendime de hakkımı helal ediyorum.

İyi ki varsın."

Derin bir nefes alın ve yavaşça nefes verin.

Derin bir nefes daha alın ve yavaşça verin.

"Seni özgür bırakıyorum."

Ellerinizi bir daha ovuşturun ve yine sol avucunuzu sağ omzunuza, sağ avucunuzu sol omzunuza koyun ve istediğiniz bir başka kişiyle helalleşin.

"Sana hakkımı helal ediyorum. Sen de bana hakkını helal et.

Her neredeysen mutlu ol.

→

Her neredeysen mutlu ol.

Seni seviyorum ve sana teşekkür ediyorum."

O kişiye kalbinizde geçenleri, yanınızdaymış gibi söyleyin.

Ve sonra devam edin.

"Seni özgür bırakıyorum. Artık mutlu ol. Ben de mutlu olmaya çalışıyorum."

Derin bir nefes alın ve yavaşça verin.

"Seni seviyorum ve özgür bırakıyorum."

Yeniden avuçlarınızı ovuşturun ve bedeninizde şifalanmasını istediğiniz bir bölge varsa oraya koyun.

"Şifa Allah'tandır..."

Ve kalbinizden Rabb'inize seslenin.

"Allahım bana emanet ettiğin bedene bundan böyle iyi bakacağım.

Derin bir nefes alın ve verin.

Üç nefes daha alıp verin.

Çalışma biter bitmez kendinize sorun: Üretken olmak, faydalı olmak, yapmak için ne yapmanız gerekiyor?

Gelen cevapları unutmamak için not alın.

## *Orijinal Olmak İyidir*

Kimsenin taklidi olmayın. Kafanıza bilgi doldurun. Sonra geri besleme yapın. Yakınlarınızın sizi dışarıdan bir gözle eleştirmesini ama tarafsız olmalarını isteyin. Duyduklarınız üzerine de "Ha, demek sen beni beğenmiyorsun!" demeyin. Böyle yaparsanız kırılacağınızı düşünerek bir daha size dürüst olmakta zorlanırlar.

Biz hep "Allah kaldıramayacağımız yük vermesin..." diye dua ederiz ama kaldıramayacağımız mutluluğu da vermiyor şükür ki...

İlginçtir, insanlar her şeyleri olduğu zaman sorun yaşarlar. Bazı insanlar yorulmak, alınteri dökmek, mücadele etmek için yaşar. Böyle bir insana her şeyi verirseniz, ne yapacağını şaşırır. Hatta insanlar yapacak bir iş bulamadıkları için hem kendilerini hem çevrelerindeki insanları hasta ederler.

Eğer herhangi bir şey ters gidiyorsa, bir yerlerde bir açık kapı bırakmışsınız demektir. Kasıtlı ödenmemiş bir borç, kurban adayıp kesmemek, beddua etmek, zina yapmak, hırsızlık yapmak, iftira atmak gibi pek çok sebebi olabilir. Bir garibin bir yetimin hakkını yemek, hileli yoldan kazanç elde etmek açık kapı bırakır. Eğer bunları yaptıysanız size farklı bir boyuttan rahatsızlık gelebilir. Kurtulmanın yolu basittir: Tövbe edeceksiniz, bedduayı bırakacak, yenmiş hakkı sahiplerine iade edecek, helalleşeceksiniz. Birilerini içinizden yargıladıysanız, içinizden özür dileyecek, helalleşeceksiniz.

## Helalleşme Çalışması

Gözlerinizi kapatın ve derin bir nefes alıp verin.

Tekrar derin bir nefes alın ve yavaşça verin.

Her kimi yargıladıysanız, onunla şu an aynı masada sohbet ettiğinizi, konuştuğunuzu hissedin.

"Senden özür diliyorum. Senden af diliyorum.

Seni yargıladığım için lütfen beni affet.

Senden özür diliyorum. Bu senin sınavındı. Karıştığım için özür diliyorum.

Lütfen beni affet.

Hakkına girdiysem, lütfen bana hakkını helal et."

Derin bir nefes alın ve verin.

Derin bir nefes alın ve yavaşça verin.

"Sana hakkımı helal ediyorum. Lütfen sen de bana et.

Ben bu olaydan dersimi aldım. Seni seviyorum ve sana teşekkür ediyorum.

Allahım ben dersimi aldım.

İnsanları kınamaktan, yargılamaktan, doğrucu başı olmaktan vazgeçiyorum. Kalbimi sevgiyi yeniden açıyorum.

Ben güvendeyim, sevdiklerim güvende.

Şükürler olsun."

Üç nefes daha alıp verin.

"Bilerek veya bilmeyerek her kimin hakkına girdiysem, özür diliyorum.

Bilerek veya bilmeyerek her kimi ayıpladıysam ya da kınadıysam, özür dilerim.

→

Bilerek veya bilmeyerek her kimin hakkını yediysem, özür dilerim.

Bilerek veya bilmeyerek her kimi kınadıysam, ayıpladıysam, kendimi doğru, onları yanlış gördüysem, özür ve af dilerim.

Kendimden de özür ve af diliyorum. Kendimi de affediyorum."

Yüksek sesle söyleyin:

"Ben bugün yeni bir kontrat imzalıyorum.

Mutlu olmayı seçiyorum.

Huzurlu olmayı seçiyorum.

Neşeli olmayı seçiyorum.

Allah'ın bana verdiği nefesi, bedeni, sağlığı, zamanı en güzel şekilde, en faydalı şekilde kendime ve herkese faydalı bir şekilde yaşamaya niyet ediyorum.

Söylenmeyi bırakıyorum. Artık farkındayım: Ümitsizlik Allah'tan değil. Ümit etmek Allah'tan...

Mucizelere inanmak Allah'tan...

Yardımlaşmak, farkında olmak Allah'tan...

Bundan böyle kalbim ümit dolu, sevgi dolu. Üretkenim, neşeliyim ve faydalıyım.

Kendimi affettim, herkesi affettim. Bir zerre dahi kalbimde, içimde ümitsizlik oluşmaya başlarsa, tövbe ederim ve yönümü Allah'a dönerim.

Allahım bolluk senden, bereket senden, iyilikler senden."

Üç nefes daha alıp verin ve gözlerinizi açın.

## *Dört Sınavın İlki: Bolluk-Bereket*

Her fırsatta vurguladığım gibi, anlattıklarım ve anlatacaklarım kendi hayatımdan tecrübelerdir. Kendi hayatımda dönüştürebildiğim şeyleri bu satırlara yazarak paylaşmaya çalışıyorum.

Yaptığım sohbetlerde gördüğüm şu: Herkes bir şekilde iş yapmayı seviyor. Çoğu insan da belirli konularda uzman ve elini nereye atsa, başarılı olabilir. Para da kazanabilir ama kimisine geldiği gibi gider.

Bolluk-bereket denildiğinde genelde ilk akla gelen paradır. "Para gelecek ve o parayla ben rahat yaşayacağım. Lüks yaşayacağım, dilediğimi satın alacağım, dilediğimi yapabileceğim..." diye umulur. Fakat bizim toplumumuzda bir arızalı durum var: Orta gelir ve altındaysanız, sizin aile kodunuzda zenginlik olmayabilir... Bu konuyu araştırmanız lazım. Sizin evinizdeki muhabbet, "Amcan öyle yaptı, dayın böyle yaptı" gibi genelde başkaları üzerine kurulan muhabbetler mi? Yoksa ailece ortak kararlar alıp güzel niyetlerde bulunup adım atmak üzerine mi?... İcraat yoktur ama hep birilerinin çekiştirildiği, fakirliğin bir erdem gibi anlatıldığı, zengin olmanın suç ve kötü gösterildiği, çok paranın insanı bozduğu, para ile insanın satın alınamayacağı, paranın ağaçtan toplanan bir şey olmadığı, insanın elinin kiri olduğunun öğretildiği bir yapının içinde mi büyüdünüz?

"Çalışarak zengin olunmaz!" gibi çok tehlikeli bir çekirdek inanç da vardır. "İstediğin kadar çalış, yapamayacaksın!" derken bir yandan da başaranların "yanlış yoldan" başarabildiğini söylemek ister.

Aileniz, anneniz, babanız zenginlikten bir korku elde etmişler. Onlar zengin olursak başımıza bir şey gelir korkusu hissediyorlarsa, siz de zengin olmakta zorluk çeker ve kendinizi güvende hissedebilmek için yokluk limanına demirlersiniz.

Hepsinin çözümü var ancak çözüm için kendinizi ikna etmeniz şarttır. Zor olanı da zaten budur. "Çok mal haramsız, çok laf yalansız olmaz" derler. "Dünya malı dünyada kalır" derler. "Mal da yalan mülk de yalan" derler. Bu tür kodlamalar sizi bir kalıba sokan düşüncelerdir.

Evlatlarının "fakir ve rahat" olacağını düşünen aileler vardır. Hem kuru ekmek yemeye övgü düzer hem de rahat olunmasını isterler! Bizde güzel sözler söyleyen, manevi öğütler veren biri varsa, illa fakir olacak, illa gariban olacak! Zengin bir dede gelip öğüt veremez! Zengin bir misafirin hayırdua ettiği görülmüş şey değildir! İlla bir lokma bir hırka yaşayan bir ihtiyar dede, yatacak yeri bile olmayan bir Tanrı misafiri hayırlı ve iyi olabilir! Bizim öğretimizin içinde en temel problem şudur: Para kötüdür.

Böyle yetiştirilince parayı hiç umursamadık. Ben de dahil hepimizde bu anlayış vardır.

"Para bize gelmez ki" ya da "Para bize uymaz" derler.

Kimi aileler, "çocuğa para, miras bırakmak yerine, ahlak, sağlam kişilik bırakmanın daha iyi olduğunu" savunur. Bu da yanlış değil. Ancak bir Müslüman bu gezegene faydalı olmak için, yere sağlam basmak için, bir fakir gördüğünde yardım edebilmesi için varlıklı olmalı. Dilediği anda dilediği aileye yardım götürebilmeli. Gerçekten bir yardıma ihtiyacı olanla karşılaşırsa, yapacak bir şeyleri olmalı.

Benim ailemde annem, "Allah çok verip azdırmasın, az verip aratmasın..." derdi. İkinci olarak da, "Ne en önde ol, ne de en arkada. Önde olursan ezerler, arkada kalırsan taşlarlar..." diye öğüt verirdi.

Bu nedenle gelir skalasının ortalarında bir yeri bilinçaltımda hep hedefledim. Bu bölümde kendimi güvende hissediyorum ama bu haklı ve doğru olmaktan çok, annem bana bu anlayışı ektiği için böyle. Zirve yapmam gereken noktalarda kendimi frenleyip geriye aldığım çok oldu ailem endişelenmesin, güvende olduğumu düşünsün diye.

Çekirdek inancımızdaki en büyük problemlerden biri, zenginliğin ve bolluğun kötü insanlarda olduğu, fakir insanların da erdemli olduğuna inanmamızdır. Biz atalarımızdan gelen öğrenilmiş çaresizlikle yetiştiriliyoruz.

Toplum olarak sıkıntı ve darlığın içinden yeni yeni çıkmaya başladık ama kıtlık bilincimiz halen var. Eskiden tüp gaz, margarin, çay, kahve kuyruğu vardı. Daha gerilere gidildiğinde, ekmeğin karne ile dağıtıldığını görürsünüz. Sizin anneniz babanız bu eski darlığı, kuyrukları bildiği için kıtlık bilinci var. Annem ve babam doğduğundan beri pek tatil yapmamış. Onun anne babası da darlık, savaş görmüş. Fotoğrafı çekerken adil olmamız lazım. Atalarımız en az beş on kuşaktan beridir rahat yüzü görmedi. Göçebelikten bugüne gelene kadar hep çalıştı. Nefes almadı.

Fakat sorun şu: Çalışkanlar, maddi olarak hakkını istemeyi bilmediği için, hep karşı tarafın değerini görmesini bekler. Ben de aynı süreçten geçtim ve bu da yaklaşık yirmi yılımı aldı. Sonunda baktınız ki çırpınıyorsunuz çırpınıyorsunuz kimse görmüyor.

Çalıştığım şirkete ilk ben girer, en son ben çıkardım. Klimaları, ışıkları bile ben kapatır, evime öyle giderdim. Patron, "Bu ay biraz dardayım..." dediğinde, "Önce arkadaşlarımın maaşını verin. Benim acelem yok..." derdim. Bütün çalışma hayatım bu şekilde oldu.

İki temel sorunum vardı: Birincisi cesaret, ikincisi bolluğun güvenli olduğunu kabullenememek...

Gözünüzü kapatın ve düşünün: Bolluk sizin için güvenli mi?

Hayatınızda bolluk olursa, paranız, malınız, mülkünüz, gayrimenkulleriniz, yüklü banka hesaplarınız, hisseleriniz olursa kendinizi nasıl hissedersiniz?

İçinizde bir "Bu kadar şeyi nasıl kontrol ederim?" korkusu başlıyor mu?

El âlem ne der korkusu, güçlü olmaktan kaynaklı bir korku oluştu mu?

İlişkilerinizin bozulacağını, çevrenize sizin paranız için gelen insanlar toplanacağı ya da hedef olacağınızı düşündünüz mü?

Genelde insanlar böyle şeyler düşünür. Kimisi de kendini o zenginliğe layık görmez.

Kısacası bizim ailede para kötü bir şeydi; namuslu yaşamak istiyorsak orta halli ya da fakir olmalıydık; zenginler hep bozulmuştu ve zengin olursak biz de bozulabilirdik. Hatta bizi bozmasınlar diye ailesi varlıklı olan çocuklarla konuşamıyor, arkadaşlık da etmiyorduk. Oysa çoğunun hiçbir zararı yoktu. Uzun yıllar boyunca, maddi durumu iyi olanlarla muhabbet edemediğimi fark ettim.

Tam bir kıtlık bilinci...

Biz ailemizde kıtlık programı ile yetiştirildik. Öne bunu kabule geçmemiz gerekir. Bunun için suçlu aramaya gerek yok. Onların anne babaları da bunu söyledi. Onlar da önceki kuşaklar yüzünden bu halde.

## *Dozu Aşmamak*

Ata yazgısı önemlidir. Varlıktan yokluğa, savaş, işgal gibi nedenlerle düşenler de var. Bir arkadaşım, İzmit depreminde bir dakikada her şeyi kaybetti. Tüm moral ve motivasyonu kayboldu.

Bazen bolluğunuza bir darbe geliyor dışarıdan ve her şey bozuluyor bazen sağlık oluyor. Bazen de işle ilgili olabiliyor. Milyonluk servet sahibi iken bir anda beyninde bir tümör ortaya çıkıyor ve son otuz günü kime, ne dağıtacağınızı düşünerek geçiriyorsunuz.

Hayatta her şeyin bir dozu vardır. Bir ölçüsü... Biz bazen dozu kaçırıyoruz. "Para benim için önemli değil" anlayışının da dozunu kaçırıyoruz. Sonra maddi sıkıntıya düşüp, borç kapıya gelince, bu defa da "Para çok önemli" zihniyetine geçiş yapıyoruz. Her ikisinde de içimizde tepki ve korkular olduğu için sorunlar yaşıyoruz ve hayatımıza bolluğu çekemiyoruz.

Tüplü televizyonu akıllı televizyon haline getirecek tasarımı 1993 yılında yaptım ama peşinden gitmeye, icadımın patentini alıp, pazarlamasını yapmaya ya da bununla ilgili gelen davete uyacak cesareti gösteremedim. Çünkü vizyonumuz yok... Para olsa da nasıl yöneteceğimizi bilmiyoruz. Yokluk bilincimiz var.

Yokluk bilinciniz olduğu için fırsat kapınıza geldiğinde korkuyor, reddetmek için bahaneler arıyorsunuz. Allah bize bolluğunu gönderdi. Biz bunu elimizin tersiyle ittik. "Bu bolluk bizi bozmasın, çocukları bozmasın..." dedik. "Madem kısmet geldi, buyursun gelsin. Gönderene şükürler olsun... Sağlık ve afiyet için kullanılsın..." diyemedik.

Bir gün bir bayan geldi ve "Fakir ama onurluyuz..." dedi.

"Yani zenginler onursuz mu?" dedim.

"Evet!"

Bu kadar kesin inanıyor. Sordum:

"Şu an maddi sorun yaşıyor musun?"

"Evet, banka haciz gönderecek."

"Gönderecek çünkü sen açlığı, âciz kalmayı seçtin! Yoksul olursan güvende olursun zannettin. Para olursa çevrene kötü insanlar toplanacak, para olursa kendini kaybedeceksin sandın."

Yağmur yağıyor, şemsiyeniz yok. Az önce geçen araba sizi ıslattı. Önünüzden bir cip geçiyor ve içinde fıstık gibi iki kişi var. Hemen onları suçlarsınız:

"Allah bilir bunu neyle aldılar?"

Atadan gelen bir düşünce yapımız ve atanın yazgısı var. Anneniz, babanız, nineniz, dedeniz hayallerini gerçekleştirebildi mi? Hanginizin nine ya da dedesi yelkenliyle dünya turu yaptı, Houston'da roketin fırlatılmasını izledi, palmiye ağacına asılı bir hamakta tatil yaptı, ralli izledi, bir ressam ya da ünlü bir müzisyen ya da sanatçı olmayı başardı? Bu soruların çoğuna bir cevabımız yoktur. Sülalece kıtlık içindeyiz!

Filmlerde bile sürekli fakir olanın onurlu olacağını öğretmeye çalışırlar. Zengin olan muhakkak kötüdür, kötü işler yapar, fakir olan ise filmdeki en iyi karakterdir! Topluma şunu söylüyorlar:

"Fakir kal, asgari ücretle çalış, katlan, sesini çıkarma!"

Hindistan'da bunu geçmiş yaşam, reenkarnasyon gibi tesellilerle çözüyorlar. Kast sistemi var. Kimi insanlar çok rahat yaşarken, kimileri evsiz ve aç yaşıyor ama şöyle düşünüyorlar:

"İçinde bulunduğum şartlara ses çıkarmayıp kabullenirsem, gelecek hayatımda belki bir kral bile olabilirim..."

Böyle böyle milyonlarca insan ölmek için sırasını bekliyor.

Dünyayı, Sümerlerden beri yöneten aileler var bunlar şatolarda, saraylarda zenginlik içindeler. Onların izin verdikleri ölçüde diğer insanlar bir şey yapabiliyor ve kitleler bunun farkında değil. Bankalar, şirketler onlara çalışıyor.

Büyük büyük büyük dedeniz Rumeli Beylerbeyi olsaydı ve sağlam, otoriter bir sistem kursaydı, İstanbul'u o günden bugüne size miras bıraksaydı nasıl bir yazgınız olurdu?

Atalarınızdan size gelen bir hatıranız var mı? Bırakın malı mülkü, bir yüzük, bir toka var mı? Çoğumuzda bir hatıra bile yok.

Bir seminerde bu soruyu sordum ve bir kişi, "iki yüz yıllık bir mektup" olduğunu söyledi. "Kendini bin yıldır bu dünyadaymış gibi hissettiğini" anlattı.

Genelde çoğumuzun ataları göçmendir. En azından Türklerin ataları bin yıldır bir şekilde hareket halinde. Uzak Asya ile Avrupa'nın kuzeyinden Afrika'nın kuzeyine kadar sürekli bir göç durumu söz konusu. Daha önceki sayfalarda kendi atalarımdan bahsettim. Onlar da hep göçmüşler ve ben de bugün halen göçüyorum. İngiltere'de ortalama bir İngiliz, dedesinin oturduğu evde oturup, onun yediği restoranda yemek yiyebiliyor. Oysa bizim bir önceki kuşak bile hâlâ mobil, hâlâ tam yerleşememiş durumda.

Ortak ata yazgınızı bulmanız gerekir. Kavuşulamamış sevdalar, sevdiğine varamamak, felaket, iflaslar, sağlık problemleri... Ne varsa tespit etmeniz ve ortak ata yazgınızı çözmeniz gerekiyor. Sakın kendinizi ayrı bir birey gibi düşünmeyin. Bir bakıyorsunuz anneniz gibi olmuşsunuz, bir bakıyorsunuz babanız gibi olmuşsunuz. Hayatınız döngüye giriyor.

## *Hak Ettiğinize İkna Olun*

Bolluk ve bereket konusunda üçüncü bir zorluk da "hak etme" duygusudur. Bilinçli zihin "Hak ediyorum" diyor ama bilinçaltında bolluğu, mutluluğu, huzuru, üretebilmeyi hak ettiğine inanma sorunu var.

Gözlerinizi kapatın ve kendinize dürüstçe şu soruyu sorun:

"Gerçekten mutlu ve rahat bir hayatın, bolluğun içinde kendimi güvende hisseder miyim?"

Ben iyi bir şey yaşamayı hak etmediğime inandım yıllarca. İnsanları yargıladım. Zengin, ünlü insanları yargıladım. Ailemden fakirliğin iyi olduğunu duydum. Projeler ürettim ama kendime güvenip bunları satamadım. 2002-2003 yıllarında internetten mesajlaşma programı yazdık Türkiye'de. Sosyal medya yazılımını 1999 yılında hazırladık ancak insanlara anlatamadık. Çünkü işimi iyi yapıyordum, aşkla yapıyordum ve yenilikçiydim. Üretim konusunda bir sıkıntı yoktu ama gelin görün ki bunu bolluk ve berekete çevirme aşamasına gelince frene basıyordum. Parayı elimde tutamıyordum ve cesaretim yoktu. Bolluk bilincim yoktu. Sonunda beni iyi tanıyan bir hocam şöyle dedi:

"Bülent, şu parayı affetsene..."

"Benim parayla bir derdim yok ki?"

"İçinde paraya karşı öfke var. Bu nedenle paralı insanlara da öfkelisin. Bu yüzden çevrende zengin arkadaşın olmuyor. Yaklaştırmıyorsun."

Bir taraftan kabul ediyordum söylediğini, bir yandan da yine başkalarını suçlamaya devam ediyordum. "Hep onun yüzünden! Hep bunun yüzünden..."

Bunu değiştirdim ama bu defa da suçluluk duygusu başladı "On yıl önce bunu niye yapmadım? Niye daha önce akıl edemedim?" diye.

Bir şeyi satabilmek çok önemlidir. Başkası için, patron için çok iyi satış yapabildiğimi ama kendim için satış yapamadığımı fark ettim. Çünkü lüks arabada gezeni, marka giyineni yargıladım da yargıladım! Günün sonunda sıra para kazanmama geldi ve kendi kendime şu soruyu sordum:

"Bülent, kötü adam olmaya hazır mısın?"

Bir proje hazırladım ve milyon dolarlık iş yaptı.

"Benim için hayalimi gerçekleştirmek yeterli..." diye gurur yaptım ve yine parasını isteyemedim.

Anneme babama egomu ispatlamakla yetindim. Başarılıyım ve parayı elimin tersiyle itiyorum.

"Görün işte oğlunuz ne kadar dürüst, ne kadar başarılı!"

Toplumun genelinde böyle bir sorun var. Hem para kazanmak için yaşıyor hem de böyle düşünüyor.

Bu konuda en çok zorlandığım nokta işkolik olmamdı. Çok çalışmayı severim. Boş kalırsam huzursuz olurum. Ancak işkoliklerin şöyle bir evrensel eşleşmesi vardır: Ne zaman kısa bir mola vermek isteseler, tembellik yapanlara yakalanırlar. Onlar iş yapar gibi görünür, işkolik tembellik yapıyormuş gibi...

Paraya, bolluğa, rahatlığa öfkeniz varsa, bu tür olumsuzluklarla da eşleşiyorsunuz. Direkt sizi buluyor.

İşyerinde bir problem daha yaşadım. İşyerine sadık olduğum için ek iş almadım. Ne zaman kötü adam oldum, bankalar haciz göndermeye başladı, o zaman bir arkadaşım, "Şu kıtlık bilincini bir çalış!" dedi.

"Ne kıtlığı? Ben bolluk seviyorum..."

"Arkadaş, bilinçaltının neye kilitlendiği önemli..."

Sonunda yapabildim ve şuna niyet ettim:

"Bildiğim ve bilmediğim her türlü helal kaynaktan, bana gelen bolluk ve bereketi sevgiyle kabul ediyorum, hayatıma gelmesine izin veriyorum. Gelmesine niyet ediyorum. Hayatıma girmesine izin veriyorum, bolluk ve bereketi hak ediyorum."

# *Korkular, Öfkeler*

Bir başka büyük engel de korkularımızdır. Benim beynimdeki programımda başarısız olmamın sebebi hep "dışarıdan" biriydi. Ben hep "kurban" modundaydım. "Saçımı süpürge ettim, kimse kıymetimi bilmedi" ya da "Onlar benim için bir şey yapmadı" modundaydım. Bir diğeri de sürekli onaylanma ve sevilme takdir görme ihtiyacıydı.

Nerede üzüldüyseniz, çapadır, döner sizi bulur, oraya takılmaya devam edersiniz.

Marmara Üniversitesi Güzel Sanatlar Fakültesi'nde okuyordum. Malzemeleri pahalı. Kalitesiz malzeme ise hemen belli oluyor. Cebimdeki para ile malzeme mi alacağım, yemek mi yiyeceğim bilemediğim bir gün ateşlendim. Ateşim kırk dereceye kadar çıktı. Kolumda iz bırakan bir çıban çıktı. Cebimde kalan az para ile okulun sağlık birimi olan Mediko Sosyal'e gittim. Bir yandan sınavlara girip çıkıyordum. Bir siyah merhem sürüp, gönderdiler.

Ertesi gün daha da kötü oldum. Özel doktora gidecek param yok. Üstelik sınavım var. Arkadaşlarım iyi görünmediğimi söylüyor ama diyemiyorum onlara parasız, aç ve hasta olduğumu... Konuşamıyorum. Aklımda sadece ailemin "Bu okul dört yılda bitecek..." demesi var. Bazı çocuklar annesi babası ne söylerse dinlemez, bazıları ise askeri bir disiplin içinde, emir sayar. Ben evlat olarak olmaya çalışıyorum.

Artık dayanamayacak hale gelince okulun yanındaki kliniğe gittim.

"Ben galiba ölüyorum. Param yok, bana bakar mısınız?" dedim.

İki tane hemşire, "Gel!" dediler.

Yaşları benden büyük... Kolumu açtılar. Görüntü kötüydü. Kolum morarmıştı.

İltihabı boşalttılar, müdahale edip, "Akşama tekrar gel..." dediler.

Bir kuruş da para almadılar.

Cebimde birkaç tane metal para vardı. "Onunla ne alsam?" derken paraya öfkelendim. Diğer arkadaşlarım karşımda döner yerken, kebap yerken ben "Bugün mü yiyeyim, yarın mı yiyeyim?" diye düşünüyordum. Paradan nefret ettim.

"Niye onlarda var, bende yok? Niye böyle?"

Bazen bir nimete böyle öfkelenir, hınçla dolarsınız. İşte burası kilit noktadır. "Parayı affet!" diyen hocamı bu nedenle çok sonraları anlayabildim.

O yıldan sonra ne zaman markete gitsem, bana bozuk para verseler, elim yanıyordu. Ya bağış kumbarasına atıyordum ya "Sizde kalsın..." deyip bırakıyordum. Kâğıt parayı alırken, demir parayı alamadığımı fark ettim. Çünkü en dar günde cebimde demir para vardı. Bazen bir yemeğin tadı bazen duyduğunuz bir laf, bir küfür de çapa olur. Benim için de bozuk para çapaydı.

Dışımda parayı kovalarken, içimde paraya bir öfke ve nefret vardı. Bir yandan kazanmaya çalıştım bir yandan da ailemin gözünde kötü insan olurum diye bilinçaltımda korku besledim.

Ne zaman ki paraya öfkemi kabul ettim, evdeki bozuklukları buldum. Üzerimde bozuk para taşımak istemediğim için mutfağın dip köşesinde bir kavanozu gözüme kestirmiş, üzerimde varsa ona atıyordum. Kavanozu alıp yere oturdum. Karşıma koydum ve konuştum:

"Yıllarca ben size küfür ettim. Ben parasızken sizin bir günahınız yoktu ki... Ben sizi yargıladığım için özür dilerim, kınadığım için özür dilerim."

Parayla helalleştim. İçdünyamdan teşekkür ettim. Bolluk içinde olmaya niyet ettim.

Para ile helalleşmek ve parayla ilgili kötü hatıraları şifalandırmak da bir dönüm noktasıydı. Bundan sonra hayatıma küçük küçük işler gelmeye başladı. Azdı ama akıyordu. Bir şeyin akarı da iyidir. Şelale iyidir ama musluk az akıyorsa bile sürekli akıyorsa, onun da bir güzelliği, tartışılmaz faydası vardır.

Küçük öfkeleri, içimdeki birikmişleri temizledim ve bir iş geldi hayatıma, zirve yaptım. Tam zirvedeyken dibe çakıldım. Sonra daha büyük bir iş yaptım ve yine dibe çakıldım. Sonra yine araştırmaya başladım:

"Niçin ben zirve yapıp yapıp dibe vuruyorum?"

Para geliyor, vın diye gidiyor. Cebime beş on bin lira atıyorum, tam da o kadarlık bir arıza çıkıyor. Hep, "Ne kadar şanslıyım. Rabbim bolluğunu gönderdi ve yeri hazır..." diyorum sonra gidiyor. Anladım ki paranın bende durmasından korktuğum için gideceği yerin siparişini veriyorum.

Ondan sonra kötü gün için para biriktirmemeye başladım. Çünkü kötü gün için para ayırınca kötü gün geliyor ve birikeni alıp gidiyor.

Sigara kullanmıyorum. Arabanın kül tablasında da bozukluklar olurdu. Üzerimde para olmazsa bir su, soda filan alırım diye oraya atıyordum. Ayın içinde öyle bir gün oluyordu ki parasızlıktan eve gidip arabadaki parayı sayıyordum.

Sonra dedim ki:

"Bülent, ne yaptın? Kendini kıtlığa programladın ve kül tablasına attığın paraya bile muhtaç oldun."

Yokluk parasıydı bu da... Şu duayı etmeyi öğrendim:

"Her yerde her zaman her şartta para vardır cebimde. Dilediğimi de dilediğim zaman hayırlısıyla, sağlıkla alabilirim."

Şimdi markete giderken bozuk para kumbaramı da yanıma alıyorum. Markete gidiyor, ödemenin bir kısmını kâğıt, bir kısmını bozuk para ile yapıyorum. Çünkü bozuk para artık benim için sadece bozuk para. Kıtlık parası olmaktan çıktı. Eskiden zor gün parasıydı ve zor gün sürekli geliyordu.

Altı yıl önce, yaz başlarında biraz para biriktirmeye niyetlendim. Yazları rahat geçirebilmek için bir bütçe oluşturmaya çalıştım. Bu "kıtlık bilinci" idi. Önümü görmediğim ve alternatif gelir kanallarına güvenemediğim için birikim yapmaya çalıştım. Bir arkadaşım geldi, tam da o kadar ihtiyacı varmış, alıp gitti. Üç yıl boyunca deneyip de bir türlü biriktiremediğimi, her defasında bir başkasının ihtiyacı olduğunu görünce durumu anladım. Garip olanı şuydu ki benim yaz için hazırladığım bütçe elimden uçup giderken, yardım isteyen insanlar gidiyor, güzel tatiller yapıyor, yazın tadını çıkarıyorlar. Ben ise parasızlık nedeniyle evde oturuyordum.

Biri arayıp da üzerimde para varken, sırf ona vermemek için "yok" dersem yine bir başka sebep ortaya çıkıyor ve o para gidiyordu. "Yok" dememeyi de öyle öğrendim.

Üç yıl önce ise güzel bir şey yaptım. Kendim için bir şey almayı öğrendim. Beni arıyorlar. Sanki hissediyorlar o an para olduğunu.

"Bülent, para ver."

"Taksitlerimi ödüyorum..." diyorum.

Uydurma bir bahane söylemeye gerek kalmadı. Bir şey alıyorum, taksitlerim devam ediyor.

Paranız olursa, çevrenize bunun için gelecek insanların olacağına ilişkin korku, bende de var. Gerçekten de bazı insanlar bu amaçla yaklaşırlar size. Bazıları sadece bilginiz var diye bazıları sosyal çevrenizden faydalanmak için. Acaba gerçekte sadece size, siz olduğunuz için gelen kaç kişi var? Mesela sizinle bir kahve içip muhabbet etmekten hoşlanan kaç kişi sayabilirsiniz?

Eskiden bir şey istediğimde derdime derman olacağını düşündüğüm birini gözüme kestirip, onun yanına gidiyordum, onlar da bana öyle geliyordu. Şimdi kendi işimi kendim yapıyorum.

Kıtlık parası diye bir kenara ne koyduysam, bir ihtiyaç geldi ve onu alıp gitti. Eşime ne zaman, "Bu ay tasarruf yapacağız. Şu kadar para koyuyorum bir kenara..." desem, tam da o kadarlık masraf çıktı.

İdareli gidelim dedik, bir şey bozuldu. Bu yüzden artık "idare" lafını, "kıt kanaat" lafını, "Param yok" lafını hayatımdan çıkardım. Allah'a şükür bolluk ve bereket içindeyiz deyin.

Bolluk, hareket içindedir. Bir fırsat gelir önünüze, onu kabul eder, şükrederek alırsanız, devamındaki kısmete sıra gelir. Onu reddederseniz, belki ilerideki büyük fırsatlara hiç sıra gelmeyecek...

## *Kendinize Saklamaya Çalışmayın*

Bu hayatta seslenebileceğin bir insan varsa, o da bolluktur. Ona selam verdin, onun yanındaki kişiyle tanıştın, konu konuyu açmaya başladı ve muhabbet başladı. Ama ilk tanıdığına selam vermeseydin, seslenmesiydin, huysuz biri olsaydın, diğeri de hayatına gelmeyecekti.

Bu insanı hayatına çektin ve onun vesilesiyle bir başkası ile tanıştın. Sonra bir başkasıyla... Böylece hayatına bolluk geliyor. Bol insan, bol miktarda yeni iş fırsatı, bol imkân...

Oysa, selam vereceğine başını öte yana çevirip geçsen, sonrakilerin tümünü de kaçıracaksın.

Kahve içme davetinde bulunana, "Sen kimsin de kahveni içeceğim?" dersen, tümünü kapatıyorsun. Çektikçe gelir bolluk.

Bolluk geldiğinde inat eder, vermemeye, elinizde tutmaya çalışırsanız, yani akışı kesmeye çalışırsanız bu defa da tıkarsınız. Sonuçta sistem sizi, bolluk zincirinden çıkarır ve sizin gibilerle aynı ipe dizer. "İstemeden verdiğin" duruma düşersin ve bu defa da "Eskiden tahsilat yapabiliyorduk, şimdi yapamıyoruz. Kimse para vermiyor. Eskiden para bol geliyordu, şimdi gelmiyor..." der, niye böyle olduğunu bir türlü anlayamazsınız.

Ne zaman telefon faturamı söylenerek ödesem, bana da insanlar söylenerek para veriyor. Para istiflenemez. İstiflerseniz, başınıza bir iş getirir ve yoluna devam eder. Bu nedenle parayı güzel projelere çevirin. Bolluğu artırın.

Bir köşeye bir şey koyarsanız, gittikçe değeri azalır ve bir yere doğru akar gider. Bir dönem yokluk bilinciyle pazarlıklar yapmaya başladım. Baktım, benim hayatıma gelen herkes pazarlık ediyor.

Karar vermeniz gereken nokta şudur: Hangi grupta olacaksınız? "Pazarlıkçılar, inatçılar, kıtlık bilinci olanlar" grubundan kendimi çıkarmaya niyet ettim, bolluk bilincine geçtim. Fatura niye bu kadar yüksek geldi? Konuştun, internete girdin ki yüksek geldi... Konuşamasan, internete girmesen nasıl iş yapacaktın? Demek ki gerekliydi konuştun, kullandın.

Bir ürüne baktınız. Pahalı ise ya almayın ya da alıyorsanız söylenmeyin. Otomatikman kalan günler için de sürekli söylenmeye başlıyorsunuz.

Eskiden, evin içinde stokçuluk vardı bizde. Annem babam savaştan çıktı, kıtlık bilinci var. Pirinci, makarnayı bile kullandı. Kışın kullanacağınız, mevsimi olmayan sebzeyi buzluğa atmaktan bahsetmiyorum. "Ya aç kalacaksak, yemek bulamayacaksak..." diye saklamak ayrı bir şeydir. "Aç kalırsak kullanırız!" diye para ayırmayın. "Yazın köye gidelim, tatile gidelim, gezelim..." diye para ayırın.

Bir telefon alırken, "Başına bir şey gelmediği sürece değiştirmeyeceğim..." dedim.

Suya düştü ve yenisini almak zorunda kaldım.

Eşimle arabaya biniyorduk.

"Arabayı satacağım..." dedim.

Kontağı çevirdim, çalışmadı. Eşim:

"Arabandan özür dile!"

Diledim ve kontağı çevirdim, çalıştı. Bunu aklı başında birine anlatmak zordur.

1993'te üniversitede okurken yarızamanlı işler yapıyordum. Benim ha bire bilgisayarım bozuluyordu. Kimya mühendisi birine iş yapıyordum.

"Senden bir şey rica ediyorum. Bilgisayarın başına oturduğunda sinirli olma. Her sinirlendiğinde makine yanıyor. Yoruldum yenisini almaktan..." dedi.

"Olur mu öyle şey?" dedim. "Aklın başında mı? Okumuş adamsın. Yüksek mühendissin!"

Akşam haberlerde Rus profesörlerin yaptığı bir araştırmanın haberini izledim: İnsanların öfkesi, elektronik eşyaları bozuyor!

Sinirli anda telefon çevirmeyi deneyin. Şebekede sorun çıkar, karşıya ulaşamazsınız. İletişim sağlıksız olur.

Eskiden bir proje geliştirdiğimde herkese anlatırdım. Karşımdaki dertli dertli dinler, sonunda da her zamanki tavsiyesini verirdi:

"Bülent, seni severim. Bunu yapma. Bizim bir akrabanın oğlunun komşusu bunu yapmış, zarar etmiş."

Sonuçta proje kalırdı.

Epeyce projemi böyle iptal ettim. Kimilerini de "Bunu yaparsam maddi olarak kazanırım ama çevreme para için gelenler doluşur... Çıkarı olanların hepsi yanaşır..." korkusuyla gerçekleştiremedim.

Bunları fark ettikten sonra temizlemeye başladım. Bolluk artık benim için bir amaç değil, Allah yolunda hizmet ederken bir araç.

Şu an her ne iş yapıyorsanız, Allah bolluğunuzu artırsın. Bu artarken korkmayın. Kimi insan ya sevgi kanalıdır, o insanda hep sevgi akar; ya şifa kanalıdır, şifa akar; ya bilgi kanalıdır, bilgi akar; ya da bolluk kanalıdır, bolluk akar. Hangi kanal olduğunuza karar verin. Bazı insanların eli boldur. Yedirir, içirir, yoksullara yardım eder, çocuk okutur ama bundan beslenmez. Hiç konuşmaz, üzerinde düşünmez bile. O insanların bunca yardım faaliyetine rağmen sıkışmaması, daralmaması dikkatinizi çekmiştir.

Bu hayatta "nasip" diye bir şey var. Eskiden bir duayı sonuç belirterek ısrarla ve ısrarla ederdim. İçimden yanlış bir şey hissettiğimi bildiğim halde yine dua ederdim. Olurdu. Sonra tekrar dua ederdim ki onlardan kurtulmak için.

Dualarımı değiştirdim: Bu defa artık, "Allahım sadece yaşam yolumda olacaklar olsun. Beni gereksiz yollara, her iki cihanda da faydama olmayacak olanlardan uzak eyle" diye dua ediyorum.

## *Gerginlik Varsa, Fırsat Kaçacaktır*

Aile dayanışması, çoluk çocuk dayanışması, eş dayanışması yani ortak enerji çok önemlidir.

Bir öğlen vakti bebeğimizi uyuttuk. Birkaç saat boş vaktimiz olacak. Bu süre içinde bebeği olanların iyi bildiği gibi bekleyen işler yapılır. İşleri de hızla bitirip birer kahve aldık. Kahve içerken eşimle aramda saçma bir sebepten tartışma çıktı. Öfkelendim. Ben kızdıkça eşim de kızmaya başladı.

Derin nefes alıp "Allahım bu durumdan sana sığınırım" diye dua ettim. Sakinleşmeye çalıştım ve eşime şöyle dedim:

"Canım, bize vesvese bulaştı. O sen değilsin, bu da ben değilim. Ben arka odaya geçiyorum. Felak ve Nas surelerini okuyup derin nefesler alıp vereceğim. Sen de sakinleş ve sonra yeniden kahve içmek için buluşalım."

Bir de eşime şunu söyledim: "Biz ne zaman saçma sapan bir sebeple tartışsak, arıza yapsak, sonradan haberini aldığımız fırsatlar kaçırıyoruz. Bak gör bize bir fırsat, imkân gelecek ve biz bunu göremeyelim diye seninle tartıştık." Nereden mi biliyorum? Geçmiş onca yılım fırsat kaçırmalarla geçtiği için.

Arka odada dualarımı ve nefes çalışmamı yaptım, sonra eşim yeniden kahve içmek için seslendi.

Kahveyi içerken, kafamdaki ses şöyle konuşuyor:

"Ne yani, onun yanına kâr mı kalacak? Yine mi alttan alacaksın? İlk o başlattı... Nereye kadar böyle? Bağırmayacak mısın?"

Kafamda bana ait olmayan bir ses, beni sürekli kavga ettirmeye çalışıyordu.

Eşime, "Canım benim, kafamdaki bir ses, sana haddini bildirmemi ve telefonu kırmamı söylüyor..." dedim.

Eşim de yorgun ve uykusuz bir halde cevap verdi:

"Benimki de aynısını söylüyor" dedi.

Biz kahvelerimizi içmeye devam ettik. Tek olumsuz yanı, kahveler soğumuştu.

Aradan on dakika geçti. Türkiye'nin en büyük ulusal TV kanallarından birinden aradılar.

"Yarın sabah şu stüdyoda çekimimiz var. Katılabilir misiniz?" diye sordular.

"Olur..." dedim ve kapattım.

"Eşimle kavgamız uzasaydı, gelen bu teklif bana ulaşmayabilirdi."

Stüdyoya gittik, çekimleri bitirdik ve hafta sonu yayınlandı. Yayından sonra sosyal medya hesaplarımıza ve "nefes21.com" sitemize beş bin civarında yeni kişi kaydoldu veya takibe başladı. Yeni kişiler bol bol kitap aldılar, atölye çalışmaları ve seminerlerimize katıldılar.

Telefonu kırsaydım, fırsat kaçacaktı ve beş bin yeni kişiye ulaşamayacaktım. Kelebek etkisi...

Şimdi siz kendinize bir sorun. Hayatınızda anlamsız yere kaç kez öfkelendiniz ve acaba kaç fırsat kaçırdınız? Pire için yorganı kaç kez yaktınız? Büyük ihtimal zihniniz yine birilerini suçlayacaktır. Bu da sizi yerinizde oyalamak için vesvesenin bir taktiği.

Hayatımın belli yerlerinde çok yanlış kararlar verdim. Öfkeyle, inatla kararlar verdim. Hesaplaşma kararları verdim. Uzun vadede bana zarar verdi bunlar.

Uzun vadede ya sağlığınızı bozar ya kafayı bozarsınız. Ya da elde eder ve tatmin olmazsınız.

Artık daha dikkatli olmaya çalışıyorum. Bir ortamda bir gerginlik oluyorsa, bir fırsat gelmek üzere olabilir. Size tavsiyem, içdünyanızdaki iniş çıkışlarınızı takip edin ve kendinizi tanımaya çalışın.

# *Akıl Hocaları*

Ortaklıklar ya para kazanamadığından ya da çok para kazandığın için biter. İki kişi bir araya geliyor, ortak dönerci dükkânı açıyor. Biri döner kesiyor diğeri kasada oturuyor. Sonra çok para kazanılınca, kasada oturan, "Niye ortaklık yapayım? Asgari ücretli bir dönerci çalıştırsam da olur..." diyor.

Akıl hocaları da benzer şeyler söylüyorlar. Diğerinde de durum aynı:

"Niye işi ben yapayım, kasada oturan para kazansın?"

Sonunda ortaklık bitiyor.

Çok para kazanırken akıl hocalarını dinlediniz, ortaklığı bozdunuz. Zaten kaşının altında gözün var gibi uyduruk sebepten tartışma çıkarmak kolay. Sonra ayrıldınız, kendi yolunuza gittiniz. Biriniz kendi camiasına diğerini kötülüyor:

"Parasıyla beni satın almayı denedi."

Diğeri kötü adam olur, herkes senin yanındadır. O da kendi camiasına seni kötülüyor. Sonra biri diyor ki:

"Ayrıldığımdan beri hiçbir iş düzgün gitmedi. Kesin bana büyü yaptı! Kesin beni kötüledi."

Diğerinin de işleri rast gitmiyor:

"Ayrıldığımızdan beri işimiz doğru düzgün gitmedi. Kesin kötü bir şeyler yapıyor arkamdan..."

Oysa ikisinin de bilmediği ya da unuttuğu bir şey var: Allah o bolluğu, bereketi, ikisinin dostluğu nedeniyle gönderdi. Fakat onlar kendileri yaptılar, başardılar zannetti. Allah Kuran'da, Hadid Suresi 20. ayette şöyle diyor:

*"Bilin ki dünya hayatı, bir oyun, bir eğlence, bir gösteriş, aranızda bir övünme, mal ve evlatta bir, çokluk yarışından ibarettir. Tıpkı bir yağmur gibi ki bitirdikleri çiftçileri imrendirir, sonra kurumaya yüz tutar, bir de bakarsın ki sararmıştır, ardından da çerçöp haline gelmiştir. Ahirette ise ya çetin bir azap yahut Allah'ın bağışlaması ve hoşnutluğu vardır. Dünya hayatı sadece aldatıcı bir yararlanmadan başka bir şey değildir."*[7]

Sonra bir gün ortaklardan biri bir seminere gider. Orada, "Geçmişinde kim varsa helalleş. Her kim, ne dediyse onun sınavıdır..." derler.

Orada ilk defa eski ortağını affedesi gelir. Bir süre sonra helalleşir.

Diğeri ise helalleşmez. İlla eski ortağı ceza görsün, cehennemde yansın ister. Bir yandan da umduğu oldu mu diye uzaktan gözetler, sahte sosyal medya hesaplarından takip eder...

Affeden rahatlayıp, işleri düzgün gitmeye başlarken, beddua eden, öfke duyan kişinin işleri ise daha da kötü gider. Hayırdua edenden diğerine sevgi gider, ötekinden giden öfke ise sevgi duvarına çarpıp geri döner. Affeden ortağın işleri artar, yeni şubeler açmaya hatta başka şehirlerde şubeler açmaya başlarken, diğeri "Nasıl bir adalet bu?" diye söylenmekte, için için kendini yemektedir. Hatta affeden, diğeriyle yeniden dost olmaya da hazırdır ama beddua eden buna da yanaşmaz. En sonunda sağlığını da bozar. Kötü durama düşer ama hâlâ "Öte âlemde iki elim yakasında!" demektedir. Oysa sandığı gibi eski ortağı kötüyse ve yakasından tutarsa, onunla birlikte cehennemde olmayı dilemektedir!

7. Diyanet İşleri Başkanlığı meali.

Bu yüzden lütfen, burada çözün, diğer tarafa bir şey bırakmayın. Helalleşin, temizleyin. Rekabete girmek yerine fikir üretin. Fikir üretemezseniz, "Kim ne yapmış?" diye bakarsanız, sizi geçerler.

Bir de şunu unutmayın ki hangi aracı, kaynaktan daha çok severseniz elinizden gider. Asıl kaynağı, asıl mülk sahibini unutmayın. Unutursanız, aracı kendiniz için bir sınav haline getirirsiniz. Tüm sevdiklerime, "Önce Allah'ı sevin, sonra beni sevin. Sakın beni öne koyup, sınavınız yapmayın!" diyorum.

## *Hayatın Gerçekleri Bahanesi*

Öncelikle kendinize şunu sorun:

"Ben orijinal miyim, taklit miyim?"

Ne zaman hayatıma daha önce giren, çıkan iş arkadaşlarımla helalleştim, kapılar yeniden açılmaya başladı. Ne zaman babamla helalleştim iş hayatım da daha iyi gitmeye başladı.

Hayatınızda hiç şunu yaşadınız mı?

Ne zaman büyük işler yapmak isteseniz, yeni projeler geliştirmeye çalışsanız mutlaka birileri "Boş ver" der. Siz ne kadar "Yaparız, ederiz, başarırız!" modundaysanız, onlar "Saçmalama, hayatın gerçekleri var!" derler.

Derdimiz zenginlik olmamalı. Hak ettiğimizi almak olmalı. Hak ettiğiniz burası değilse, burada oyalanmaktan vazgeçin artık. Lütfen olmanız gereken yere gidin, olmanız gerekeni olun. Bugüne kadar korktunuz, "O bolluk nasıl olacak?" diye endişelendiniz. "İnsanlar ne diyecek?" diye kendi kendinize fren yaptırdınız.

## *Hazır mıyım?*

Bazen de bir bolluk, biz taşıyamayacağımız, dengede duracağımız için gelmiyor. Ya da biri alıp gidiyor.

Kaşıkçı Elması'nı küçük bir çocuğa emanet ederseniz ne yapar?

Sormanız gereken soru şu:

"Ben bolluk, refah, üretkenlik içinde yaşamaya hazır mıyım?"

"Daha büyük araba alırım, daha büyük ev alırım, kıyafet alırım..." Bunları geçin. Bunlar zaten olması gerekenler. Size ciddi bir yerden bir para geldi diyelim, gerçekleştirmeyi dilediğiniz, hazırlandığınız bir projeniz var mı?

Yok...

Bu sebepten gelmiyor olabilir mi?

Ya da size gelen bolluğu, hiç kendinize kullanmadan sadece veriyor musunuz? Size bolluk geliyor ve herkesi faydalandırmaya çalışıyorsunuz. Kendinize kullanmadığınızda, yani yemedim yedirdim, giymedim giydirdim modundaysanız, bolluğun size gelişi azalabilir. Bolluk kullanana gider. Biriktirene ya da kullanmayana değil.

Lütfen, bolluk ve bereketi hak ettiğinizi, bununla başka insanlara da yardımcı olabileceğinizi görün ve inanın. Bolluğunuzu göstermeye de gerek yok etrafınızdaki insanlara. Bazen abartırız bu gösterme konusunda. Aldığımız çantanın resmini yirmi açıdan sosyal medyaya koyarız.

Genelde birçok kişi sosyal medyayı "Yıkılmadım, ayaktayım" mesajı için kullanmaya çalışıyor. İstediğiniz kadar süperim moduna girin, gözlerinize bakıldığında zaten içdünyanız belli oluyor.

# *Baba Kapısı Önemlidir*

Annenizle aranız iyiyse çok fazla fikir üretebilirsiniz. Yenilikçisiniz. Sürekli yeni fikirlerle içiniz dolar taşar. Anne kapısı üretken, neşeli ve şakacı olmanın kapısıdır. Baba kapısı ise bolluk ve bereket kapısıdır.

İş hayatında her şey yolundayken bir anda tepetaklak çakılıyorsanız, babanızla ilişkilerinizi gözden geçirin. Yaptığım bireysel görüşmelerde gelenlerin ortak noktası, bolluk noktası baba kapısı...

Babayı severiz ama geçmişteki bir sözü ya da davranışından dolayı kırgın olabiliriz. İletişim problemlerimiz olabilir. Babaya ne öğretildi? "Erkek eve ekmek götürür. Sevdiğini söylemez..." Oysa bir erkek evladın, babası tarafından takdir edilmesi bambaşkadır.

Babalar, erkek evlatlarınızı takdir edin ve sevdiğinizi söyleyin. Kız evlatlarınıza da sevdiğinizi söyleyin ve takdir edin.

Kız evlat da takdiri anneden almalıdır. Anne de kızını takdir ederse başarır bunu.

Baba, kız evladını severse kızına, anne erkek evladını severse evladına faydası vardır. Ama babalar çoğunlukla kız evlatlarına bunu söyleyemez. Bazen de "Biz seni aslında erkek istediydik..." diyerek yüzüne söyler ve o kız çocuğunun ileriye dönük tüm akışını bozarlar. Kız çocuğu kendi cinsiyetine karşı öfkeli karşı cinsle de rekabetçi olmaya başlar. O kız çocuğu da erkeklerle rekabete girer hayatı boyunca. Erkekleri aptal görür. Döner kadınları da aptal görür. Erkek enerji kullanan kadınların çoğu dikkat edin, trafikte kendisi gibi kadın olan şoförleri küçümser, sataşır. İşyerinde en çok kadın çalışanları ezer. Sonra sağlığına vurur, yumurtalık, rahim sorunları yaşayabilir.

Hayallerinizi anlatacağınız kişiler konusunda seçici olun. Sadece hayallerini gerçekleştirebilen insanlarla konuşun. Nazara dikkat edin. Nazar enerjisi sizi yavaşlatabilir, olacak olan işlerinizin gecikmesine ya da olumsuz sonuçlanmasına sebep olabilir.

Arkadaş çevresi de önemlidir. Genelde arkadaş çevremiz, kendimizle benzer problemleri yaşayanlarla doludur.

Birçok kombinasyonla hayatımı toparlamaya çalıştım. Birçok seminere ve eğitime katılmama rağmen en büyük çözümü Kuran'da buldum. Katıldığım eğitimlerin çoğu dünyalık başarı, dünyalık mutluluk, dünyalık rahat yaşama, bir numara olma, başarıya giden dünyalık yollar, birini kendine bağla, özellikle de bir şeyler kullanarak maji etkileri üzerine evrensel sisteme müdahaleler anlatılıyordu. Kişiler bir bilse ki, başkalarına yaptıkları her müdahale, kendilerine ve soylarına bir şekilde geri dönüyor. Hep dünyalık menfaatler üzerine dolu bir çok batıl eğitim güzergâhından birçok kişi gibi ben de geçtim. Lakin hiçbirinde huzur yoktu. Affetmek, helalleşmek, yargılamamak, hoşgörülü olmak, sevmek ve bütüne faydalı olmaktı işin özeti. Spiritüelliği yirmi dört saat arınmış pozisyonda gezmek değil, hayatın içinde kişilerle olan diyaloglarımızda sevgi ve hoşgörüyle iletişimde olmak, doğaya canlılara yaşam hakkı tanıyıp sevgi ve merhamet dolu olmak, kâinatı araştırmak, faydalı olmaktı. Aldığınız bilgileri yaşamın içinde uygulamamız çok önemli.

Babanızla içsel olarak dengede, huzurlu sevgi iletişimi kurduğunuzda (hayatta olsun olmasın, aranız iyi ya da kötü olsun fark etmez) bir şeylerin iyiye doğru gittiğini hissedeceksiniz. Kendi anne ve babasından sevgi görememiş ve bu yüzden aktaramamış bir can (babanızı) size sevgiyi nasıl göstersin ya da aktarsın? Bari siz onu gönülden sevin ve bu atadan gelen sevgi aktaramama sınavı, sizin aracılığınız ile şifalansın ve sizden sonraki kuşaklar sizin bu güzel hareketinizden dolayı fayda görsünler.

## *Karıkocanın Birbirini Engellemesi*

Bazı özgüveni eksik olan kadınlar da, "Bu adam işleri düzelirse genç sevgili bulacak, beni terk edecek..." gibi düşüncelerle eşlerini sabote etme yoluna gidebiliyor. Bazen bunu erkekler de kadınlara yapıyor. Adam, kadına diyor ki:

"Sen evde otur ben sana bakarım."

Zayıf erkek zayıf kadın sever.

"Ben sana veriyorum ya daha ne istiyorsun?"

Eşime hep söylüyorum:

"Son nefesine kadar çalış, üret! Erteleme..."

Düşünsenize, biriyle evlendiniz, üretebilirsiniz, çalışabilirsiniz ama yapmıyorsunuz ve bir şekilde o ilişki biterse, yıllarınız boşa gitmiş oluyor.

Hayallerinizi çok net dile getirmeniz gerekir. "Şu an benim şöyle hayallerim var. Beni engelleyerek kul hakkına giriyorsun..." demeniz gerekir. İnançlı ise sizi dinleyecektir.

Kimisi de kendisini korkutmak için işi bahane eder. "Ne iş yapacağız?" der. Emin olun iş de çok para da çok.

Bir ilkokul mezunu bayan geldi. Evden dışarı çıkmasına eşi izin vermiyormuş. Anlattı.

"Eşim işe gidiyordu. Ben ondan gizli bahçeye çıktım. Maydanoz ektim. Sonra bu maydanoz çoğaldı. Komşuya verdim, öbür komşuya verdim. Durmadan maydanoz çıkıyor. En sonunda eşimi ikna ettim ki bahçede maydanoz yetiştirebileyim. Sonra bakkal istedi ona verdim. İlk defa para kazandım.

Bir lira ama kendim kazandım. Sonra yan marketten maydanoz siparişi geldi. Köydeki bütün kadınları organize ettim. Kocam yine benim bahçeye çıkmamı istemiyordu. Kadınlarla beraber yetiştiriyoruz. Dağıtımı onlara bıraktım. Hepimiz evimize para götürmeye başladık. Bütün parayı kocama verdim. Eşim bende parayı görünce özgür bıraktı çünkü "Kazancımın bir kısmını da sana vereceğim..." dedim. İş büyüdü, sonunda eski bir araba aldık ama kimsede ehliyet yok. Kursa gittim, öğrendim. Yan köye, öteki köye maydanoz verirken, patlıcan ektik, biber ektik. Para birikmeye başladı."

Genelde erkekler buna sinir olur ama kadınların bir kenarda parası olmalı. Ben eşime de bunu tavsiye ediyorum hiçbir insana muhtaç kalmasın diye. Güçlü olması, yere sağlam basması için bunu telkin ediyorum.

"Sonra iflas etmiş bir su fabrikasını aldık. Çok çalıştık. Borcunu ödedik..." dedi.

En son konuştuğumuzda dışarıdan liseyi, üniversiteyi bitirmiş, otuza yakın nakliye aracından oluşan bir filoya sahip olmuştu. Bu bayan, evden dışarı çıkma izni olmayan bir kişiydi! Kocası da anladı ki karısının güçlü olmasının bir zararı yok. Oysa birçok erkeğin korkusu bu: Eşim güçlü olursa beni bırakır!

Evinizin içinde bu korku varsa, bunu da çözmeniz lazım. Diğer türlü çok yorulursunuz.

Sadece neşeli insan, rotasını Rabb'ine çevirmiş, huzurlu, anne ve babasıyla helalleşmiş insanlar orijinal olurlar. Ailenizle helalleşin, herkesle helalleşin. Size dönen bolluktan insanlara da yardım edin.

## *Rotası Olmayan Gemiye Rüzgârın Faydası Olmaz*

Rotası olmayan bir gemiye hiçbir rüzgâr fayda etmez. Eğer rotanız varsa, sormanız gereken soru şu:

"Bu rota benim yaşam yolumda var mı?"

Var ise Allahım nasip etsin yok ise uğraştırmasın.

Yıllarca yaşam yolumda olmayan işlerle uğraştım. Bunun için de helalleştim, her şeyi affettim ve artık "yaşam yolumda varsa" olsun istiyorum.

Kimileri bolluk ve bereket için ritüeller belirler. Kimi bir taş alıp bulundurur üzerinde ya da odasında, kimi ilk kazandığı parayı saklar ya da çerçeveleyip duvara asar, kimi uğurlu saydığı cüzdanı değiştiremez... Fakat asıl unutmamanız gereken şey, Allah'tan dilemektir. Bilinçaltınızı, hak etme ve bolluk bilincine ikna etmek için bu ritüelleri kullanıyorsanız sorun yok. Ancak bir taşın, bir deri parçasının size bolluk getireceğine inanıyorsanız, bunun da faydası yok. Artık tedavülde olmayan bir banknotu saklamak yerine, evinizin içinde neşeli olmayı deneyin ve akışta kalın. Çok daha fazla faydasını göreceksiniz.

Hayalleriniz olmalı. Sizin hayalleriniz bir yay, çocuklarınız ise oktur. O hayallerle onları çok uzak görünen hedeflere gönderebilirsiniz. Kanaatkâr, şükreden ama hiçbir şey üretmeyen ailelerden bir şey çıkmaz. Oturarak başarı sağlayan tek canlı tavuktur.

Biri gelip eleştirdiğinde, ortaya ne koyduğuna bakıyorum. Üretimi, eseri, icraatı yoksa ciddiye almıyorum.

Güzel anılarınız, heyecanlarınız olmalı. Biriyle konuştuğunuzda "İş yaptım, para kazandım" dışında bir şey anlatabilin. Zaten sizden önce milyonlarca insan ispatladı bunu.

Birine borç vereceksem, karşılıksız vermeye gayret gösteriyorum. Birinin bana borcu varsa tatlı tatlı hatırlatıyorum. Eğer borcu verirken, "Acaba geri verir mi? Ya ödeyemezse?" diye korkum varsa, ödemediklerini fark ettim. Bu sebepten geçmişte kimden ne alacağım varsa helalleştim. Gani gani geri geldi.

Bu sebepten bir kardeşe bir akrabaya para verirken geri almamak üzere verin ki geri gelmezse bir kardeş, bir akraba kaybetmeyin. Verin ve unutun... Bu da sizin dostluk ve kardeşlik sınavınızdır.

Alacaklarımı sağlıkla ve kolaylıkla alabilmeye niyet ediyorum.

Bazı insanların bereketi vardır. Nereye koysanız bereketlidir. Onun bir titreşimi vardır. Muhakkak hayatınızda bereketli arkadaşlarınız, dostlarınız olsun.

Hayatınızda bolluğu gerçekten istiyorsanız, hak ettiğinize inanacaksınız, annenizle babanızla helalleşeceksiniz, geminin rotası olacak ve yola çıkacaksınız. Kim kendi özüyle barışık olursa, dünya çapında iş yapar.

*Not: Helal etmek esnasında, eğer hakkınızı aramanın yolları varsa, siz yine helal edin lakin yasal yollardan da hakkınızı arayın. Onlara hadlerini bildirip hesaplarını soracağım şeklinde değil, hakkımı yasal yollardan sevgiyle ve adaletle aramaya niyet ettim diyerek adım atın.*

## Hazmetme Çalışması

Sakinleştirici bir müzik açın. Gözlerinizi kapatın.
Burnunuzdan yavaşça derin bir nefes alın ve verin.
Derin bir nefes daha alın ve yavaşça verin.
Derin bir nefes daha alın ve yine yavaşça verin.
Derin nefesler alıp, yavaşça vermeye devam edin.

"Hayatımda bugüne kadar akıp giden bütün bolluk, zaman, imkânlar, mal, mülk, her kim aldıysa, her kime geçtiyse, tüm kalbimle helal ediyorum.

Tüm içtenliğimle Allah rızası için affediyorum, hazmediyorum.

Kendimi de affediyorum. Kendi yaptıklarımı da hazmediyorum.

Ve geçmişte inatçılıklarım yüzünden, dik kafalılıklarım yüzünden, kendime ve başkalarına verdiğim zararlardan dolayı kendimden ve herkesten özür diliyorum.

Her ne yaptıysam hazmediyorum.
Bir numara olmak zorunda değilim.
Mükemmel olmak zorunda değilim.
Son sözü ben söylemek zorunda değilim.

Yaptığım işi severek yaparım, yaşadığım hayatı severek yaşarım.

Üretken olmayı seviyorum, yenilikçi olmayı seviyorum.
Bolluk ve bereketi seviyorum."
Derin bir nefes alın.
Derin bir nefes daha alın ve yavaşça verin.

→

"Hayatımda kaçırdığım tüm fırsatlar için kendimi ve etrafımdaki herkesi affediyorum.

Bugün benim doğum günüm.

Mutlu olmayı hak ediyorum. Sağlıklı olmayı hak ediyorum.

Almam gereken herhangi bir şeyi kolaylıkla ve sağlıkla satın almayı hak ediyorum.

İçimdeki el âlem ne der korkularını sevgiyle bırakıyorum.

Allahım, bolluk senin bolluğun, hayatımdaki bolluğu genişlet, sağlığı huzuru genişlet ve bana emanet ettiğin bollukla, kuşaklar boyu insanlara ve kendime yardımcı olabileyim.

Bana emanet edilen zamanla, canla ve bedenle, bana emanet edilen bilgi ve bollukla, benden başlayarak bütüne, kuşaklar boyu faydalı olabilmeye niyet ediyorum."

Derin bir nefes alın ve yavaşça verin.

Derin bir nefes daha alın ve yavaşça verin.

Şimdi kendinize şunu sorun:

"On yıl içinde neler yapmaya niyet ediyorum?"

İstekleriniz, bütüne hizmet etmek istediğiniz konular neler?

Bunları zihninizde şekillendirin. Ters bir etkiyle, "Eşim izin vermez, param yok, yaptım da ne oldu?" gibi direnişlerle karşılaşabilirsiniz. O direnişe de sevgi gönderin. O da görevini yapıyor.

Derin bir nefes alın ve verin.

"Benden başlayarak bütünün hayrına olmayan tüm davranışlardan tüm duygu hallerinden tüm inatçılıklardan Allahım sana sığınıyorum."

→

Yavaşça nefes alın ve verin.

Derin bir nefes daha alın ve yavaşça verin.

Tekrar derin bir nefes daha alın ve yavaşça verin.

"Kendimi affettim, herkesi afettim, hazmettim, helalleştim.

Üretkenlik kapısını aktif ediyorum, bolluk kapısını aktif ediyorum.

Bolluk ve bereket içinde yaşamayı hak ediyorum. Ben değerliyim. Doğal halimle güzelim, doğal halimle başarılıyım.

Mutlu olmayı hak ediyorum. Yüzümün gülmesini hak ediyorum. Sağlıklı olmayı hak ediyorum.

Ailemle birlikte keyifli vakit geçirmeyi hak ediyorum."

Derin bir nefes alın.

"Şükürler olsun."

Derin bir nefes daha alın.

"Şükürler olsun."

Üç nefes daha alıp verin ve gözlerinizi açın.

## *Cesaret Sınavı*

Cesaret bu hayattaki çok ilginç bir dönüm kapısıdır. 1975'te Kıbrıs'ta doğdum ve daha yeni var olan bir ülke. Rumların, Türklere karşı uyguladığı terör ve yok etme çabaları, Türkiye sayesinde atlatılmış ama bu defa da ambargo altındayız. Bir yönetim var ve dönemin şartları gereği olağanüstü halde yaşıyoruz denilebilir. Büyüklerimiz sürekli bize ihtiyatlı olmayı, dikkatli davranmayı öğütlüyor. Henüz bebeklikten çocukluğa geçtiğimiz dönemden itibaren verilen mesaj şu:

"Sus, işini yap, kimsenin işine karışma, risk alma, memur ol."

Adadaki çok insanın ve benim programım buydu.

Girdiğim her işten ya istifa ettim ya da kovuldum şükür! Bu benim için çok büyük bir nimet idi. Binlerce insanla konuştum, özellikle memur gibi ay başında alacağı para belli olan insanlar çok daha büyük borç içinde. Bankalar garanti maaşı olanı çok sever. Ölse bile hayat sigortası yaptıkları için yine alacaklarını alırlar. Bankalar, borçlandırabildikleri her insan üzerinden, şu ya da bu şekilde kârlı çıkar. Özel sektöre bilançoyu şunu bunu bahane edip vermez ama memura hemen kredi verir, borçlandırır.

Binlerce insan ise şunu söyler:

"Bir sürü borcumuz var. Faiz yüzünden evim gitti, yuvam gitti, elektriğimi kestiler, suyumu kestiler."

Benim de her şeyim gitti. İyi ki de gitti çünkü gücümü onlardan alıyordum. Şu hayatta öğrendim ki Allah dışında gücünü nereden alıyorsan hepsi gidiyor. Paradan alıyorsan o gidiyor, eşinden dostundan alıyorsan onlar gidiyor. Allah'tan alıyorsan, gitmiyor.

Sistem seni bir dönem serbest bırakır. Sanırsın ki her zaman böyle olacak. Oysa bir sınavdasındır. Bolluktaki gibi darlıkta da keyfin yerinde olacak mı, bakarlar. Sonra dersiniz ki: "Her şey iyi gidiyordu, ne oldu?"

Otuzlu yaşların başlarında aileme en büyük sitemim, "Bizi neden cesur yetiştirmediniz? Biz neden korkak büyüdük?" oldu.

Bir işyerinde neden ben patronun görmesini bekledim yıllarca? Patron da hep başkasının yaptığını gördü. Neden ağzımı açıp duygularımı söyleyemedim, hep soğuk savaş yapmak zorunda kaldım? Biriktiriyorum, biriktiriyorum, söylemem gereken yerde söylemiyorum. Sonra olmayacak bir yerde patlıyorum. Kendimi iyi insan göstermek için uzun süre sabrediyorum, sonra da patlama yapınca patronum ve insanlar şunu söylüyor:

"Biz seni iyi insan biliyorduk!"

Biriktirdik, biriktirdik, şiştik. Sonra artık kapak tutmaz oldu.

Artık bir şey olursa anında söylüyorum ama bunu öğrenmem için uzun süre canımın yanması gerekti.

Bazı insanlar benden akıllıdır, bazı insanlar ise benim gibi dik kafalıdır, "ben bilirimci"dir. Eskiden birlikte çalıştığım bazı insanları beğenmez, aynı işyerindeki insanları içten içe küçümserdim.

Bir takım kuracaksanız, en iyi elemanları seçmelisiniz. Patronun akrabası, akrabanın akrabasını ile ekibi dolduramazsınız. Çünkü iyi iş, iyi ekiple gelir. Fakat biz işyerine eleman alırken, bizim köylü olup olmamasına bakıyorduk. Köşe başını tutan akrabalar da patrona yaranmak için herkesi az ya da çok, satarlar. Çok çalışkan olun, akraba ile dolu bir yerde sizi yerler. Tembellerin bulunduğu şirkette sizi yerler.

Babamı kaybettiğim dönemde bir televizyon kanalında çalıştım. Yurtdışında da çalıştığım için disiplinliydim. Yerel bir kanal olmasına rağmen sabah kameramanı aldım, gidip çekim yaptık. On iki buçuk gibi döndük. Yemeğimizi yedik, montajladık ve gece yayına attık.

Gecenin bir yarısı patron aradı.

"Kaç günde yaptın?" dedi.

"Bugün yaptık..." dedim.

"Baştan soruyorum sana... Kaç günde yaptın bu işi?"

Benim kafamdaki yazılım işkolik olduğu için korktum. "Acaba öğle arasını uzun mu tuttuk?" diye düşündüm. Öğle molası işçinin hakkıdır ama bugüne kadar hakkımı arayamadım ki...

"Sabah kalktım, ofise geldim, kameramanı aldım. Çekim yaptım. Öğlen yemek yedik ama söz, bundan sonra öğlen çıkmayacağım dışarı. Daha çabuk bitireceğim."

"Bir günde mi yaptın? Onu soruyorum."

"Bir günde."

"Yarın sabah yanıma bir gel bakalım!"

Telefonu kapattı ve ben kovulduğumu düşündüm.

Sabah ürkek bir halde gittim ama kapıyı gösterdi:

"Bülent, sen çık bakalım!"

Gidip eşyalarımı topladım. Arkamdan, "Bütün kanal odama toplansın!" diye bağırıyordu.

Öyle yüksek sesle konuşuyor ki bulunduğum yerden duyuyorum. Meğer elemanlarına atacağı fırçayı duymayayım diye dışarı çıkmamı istemiş.

"Siz yedi günde bir program çekemezken bu adam tek başına bir günde programı yaptı! Üstelik de Avrupa kalitesinde... Demek ki siz beni bunca yıl dolandırmışsınız!" diye bütün personeline bağırdı. O günden sonra kanaldaki herkesin gözünde düşman kişi ilan edilmiştim.

Aylarca onlarca kişiyle içeride işimi iyi ve hızlı yapıyorum diye çatışmak zorunda kaldım. Çalışanlar bana yapmadıklarını bırakmadılar. Bana karşı gruplaştılar, uğraştılar.

Durumu anneme anlattığımda ve istifa edip başka işe geçeceğimi söylediğimde:

"Dünyanın neresine gidersen git, bu insanlar orada da var."

Bugünkü aklım olsa, yapılanlara cevap verir ve hakkımı arardım. Hayatınızın bir noktasında farkındalığı kullanacak, bazen de elinizi masaya vurup, karşı tarafın ağzının payını vereceksiniz. Çünkü siz sustuğunuz sürece erdeminizi bu insanlar zayıflık olarak algılıyor. Her şeyi aynalık olarak algılamaktan vazgeçin.

## *Herkes Gelişmiş!*

Hayatımın birçok noktasında, ilk sorguladığım şu oldu: "Nasıl bir enerji gönderdim ve bu bana geri döndü?"

Karşı taraf benim iyi niyetimi kullanmaya başlıyorsa ve bunu fark ediyorsam artık "hayır" diyorum. "Hayır" kelimesini diyebilmek otuz yılımı aldı. "Kırılırsa... Beni kötü zannederse..." korkusuyla uzun süre "hayır" diyemedim. Oysa siz istediğiniz kadar herkesi mutlu etmeye çalışın, günün sonunda yine sizi kötü biliyorlar.

Kişisel gelişim bizim toplumda zordur çünkü bizde herkes gelişmiştir. Ama Avrupa'da bir insanla konuştuğunuzda, pür dikkat dinliyor. Burada ise sürekli kollama halinde. Bozulmak, terslemek, üste çıkmak, en çok da haklı çıkmak için fırsat kolluyor. Belki bu nedenle ağlayan sızlayan bir Avrupalı görmedim.

Birinin atkısına bir şey söyleyin, mesela rengini beğenmediğinizi ifade edin, kafayı size takar. Olayları kişiselleştirir. Yazık ki diyalog kuramıyoruz. Oysa aynı şeyi Avrupalı birine söylediğinizde ya sizi dinlemiyor ya da ciddiye alıp üzerinde kafa yoruyor ve tavsiyeniz için size teşekkür ediyor. "Madem bu benim atkımın rengini beğenmedi, fırsatını bulayım da şuna bir laf sokayım..." diye kendine dert edinmiyor.

Bir komşunuz, "Niye arabayı buraya koydun?" dediğinde onunla artık düşmanız! Onu unutmayız, pusuya yatarız, aylar sonra bile hatırlarız.

İşte hayatımızda cesur olmamız gereken bir nokta var, orada sustuk ama olmadık yerde gittik ve komşuya patladık.

Hakkımı arama konusunda çok zorlandım. "On aydır bu proje için çalışıyorum!" demekte çok zorlandım. Hep bekledim ki takdir edilsin.

Yıllar önce KKTC'de kamptayız. Akşamüzeri kızım pat diye girdi içeri, saati gösterdi. İçimdeki iki sesten biri olan nefsimin sesi "Terbiyesiz! Seni ben böyle mi yetiştirdim?" dedi. Sonra içimden tatlı bir his "Sus ve dinle!" dedi. "Sen o yaşta sustun da ne oldu? Duygularını söylemedin de ne oldu?"

"Söyle kızım, ne yapabilirim?" dedim.

Sınıfa döndü:

"Saatin kaç olduğunun farkında mısınız? Sizin hocanız olabilir ama benim babam. Benimle saklambaç oynasın istiyorum."

O gün çocuğu takdir ettim. Ben bunu yapamazdım. Ben babama iki kelime konuşup istek yapamazdım. Kapıdan pat diye girdi, söyleyeceğini söyledi.

Bütün sınıfla saklambaç oynadık.

Bizim gösteremediğimiz şey, işte bu cesaretti.

Benzer bir durumu, Belçika'da bir seminerde yaşadım. Bir anne, çocuklarının teknoloji bağımlısı olduğunu, sebebini bulamadığını söyledi. Arkalardan bir genç elini kaldırıp, "Buna ben cevap vereyim..." dedi.

Düşündüm. Ben onun yaşındayken bırakın toplum önünde konuşmak, böyle bir ortama girsem, gidip fark edilmeyecek bir noktada saklanırdım.

"Ben hata yaptığımda bilgisayarım yargılamıyor!" dedi ve oturdu.

## *Suçlanma Korkusu*

İş hayatınızda, tam bir arkadaşınızı terfi ettirecekleri zaman, inanıyorsunuz ki sizin hakkınız, susup oturdunuz mu yoksa "Burası benim hakkım ve ben hak ediyorum!" diyebildiniz mi?

Ortada hak ettiğiniz bir şey varsa, siz alınmıyorsanız ve başkası alınıyorsa, buna önce bir enerji döngüsü olarak bakalım. Daha önce ailenizde kim hak ettiğini alamadı? Bunu daha önce anne ya da babanızdan kim yaşadı?

Size yapılan bir harekette sormanız gereken nokta şu:

"Bunu anneme ya da babama ya da dedeme ya da nineme kim yaptı?"

Kendime sorduğum ilk soru şu:

"Şu an her ne oluyor da ben bu olayı yaşıyorum?"

Ata tekrarlarınız var. Anne tekrarı, baba, hala, dayı tekrarı... Bunlar başlangıç. Nine dede tekrarları, bir de kınadığınız insanların tekrarı... Kimi kınıyorsanız hayatınızın bir döneminde onun gibi oluyorsunuz! Lakin bu soruyu sorduğumda, içimde herhangi bir duygu oluşmuyorsa, yaşadığım olayın bir aynalık olmadığını fark ediyorum.

Bir kâğıt kalem alın ve hayatınızda kimi kınadığınızı ve kimin gibi olduğunuzu yazın.

Kimi kınarsanız, kimi yargılarsanız, enerji alanınıza onun bilgilerini alıyorsunuz. Dünyanın neresine giderseniz gidin, içinizdeki yargı kodlarını, etrafınızdaki kişilere yüklüyorsunuz ve zaman içinde o kişinin davranışları da sizin aslında geçmişte kınadığınız, geride bırakmaya çalıştığınız kişiye benzemeye başlıyor. Bu yüzden annesinden babasından kurtulmak için evlenen bayanlar bir müddet sonra eşinin de babasına benzediğini görüp boşanmaya koşuyor.

Bilerek veya kontrolsüzce birini yargıladıysanız, bunu temizlemek için nefes çalışması yapın. Önce içinizden temizlik yapın. İsterseniz sonra gidip yüzüne helalleşirsiniz.

Helalleşmeden bitirdiğiniz bütün ilişkiler, yeni sahnede devam ediyor. Haklı olun ya da olmayın, kınayarak çıktığınız için hayatınıza "mazlum modunda" devam edersiniz. Kısır bir döngüye girersiniz.

Hayatınızda tekrar eden, döngüye girmiş konuları bir düşünün. Cesaret, para, sağlık... Bıraksalar sizi saatlerce konuşabilirsiniz ama orada gıkınızı çıkaramıyorsunuz.

Parfümü elinize sürdünüz, birinin omzuna dokununca koku ona da bulaşır. Duygu ve düşünceler de böyledir. Her gün kınıyorsunuz bir kişiyi, içinizden her gün yargılıyorsunuz, kendi içinizi temizlemediniz. Bu sizi birçok tekrara sokar.

Kendi hayatımda tekrarları fark ettikçe dengeye gelmeye başladım. Bir gün biri geldi ve dedi ki:

"İş arkadaşlarım iftira attı, patronum dinlemeden işten attı."

İlk yakalamaya çalıştığım şey şu oldu:

"Daha önce nerede iftiraya uğradın?"

"Ne alaka?"

"Lütfen bir kereliğine farklı bir pencereden bakın. Klasik, bildiğiniz moddan bir çıkın. Çözemezseniz, eski modunuza geri dönersiniz. Ama bir kere farklı bakmak istemez misin?"

Düşündü, düşündü.

"On sene önce, canım ciğerim çocukluk arkadaşım beni aradı ve kendi şirketine yeni bir bölüm açıldığını, bunun başına geçmemi istediğini söyledi. Arkadaşıma güvendim ve başladım. İyi maaş aldım, çok çalıştım. Fakat diğerleri benim kadar çalışmıyordu. Arkadaşımın işyeri olduğu için sabah ilk ben girer, akşam en son ben çıkardım. Gerekirse paspas bile yapardım. Böyle olunca diğerlerinin tembelliği de belli olmaya başladı. Birleştiler ve bana iftira attılar. Mal çaldığımı iddia etiler. Arkadaşım ise beni dinlemeye bile gerek duymadan onlara inandı. Bunu hazmedemedim."

Burada bir haksızlığa uğramış ve bir enerji üretmişti. Bu enerjiyi nötrleyemediği için de o sınav tekrar tekrar karşısına geliyordu. Neredeyse on yıldır girdiği her işte bir iftiraya uğramıştı.

Ego hep haklı çıkmak ister. Bir numara olmak ister, lafı sokmak ister. Zor olan, egonuzun bunca gürültüsü içinden doğru olan mesajı bulup çıkarmaktır.

Nefes çalışması yaptık ve arkadaşı olan eski patronu dahil hepsiyle helalleşmesini önerdim. İki gün sonra beni aradı. Son patronunun kendisini aradığını, yeni bir iş önerdiğini, mal sayımı yapıldığını ve eksik bulunmadığının ortaya çıktığını söyledi.

## *Tövbe Deyip, Aynen Devam Ediyoruz*

Bizim yapımızda hep bir suçlanma korkusu vardır. Birine şöyle bir baksanız, hemen "Bir şeye mi baktın kardeş?" diye sertçe sorarlar. Çünkü bilinçaltında suçlanma korkusu var.

Bazen geri adım atmayı da bilmek gerekiyor. Bağırmak cesurca geliyor ama geri adım atıp gözlem yapmak daha cesurca olabilir. "Bu hareketi bana kim yaptı? Ben bu hareketi geçmişte kime yaptım? Bu hareketi kim kime yaparken gözlemledim ve dedim ki ben olsam hayatta yapmazdım!"

Bayanların en büyük hatalarından biridir. Bir bayan arkadaşı gelir, "Evli bir adamla beraberim..." der. Dışarıdan teselli ederken içinden "Aptala bak! Ben olsam asla yapmam!" der. Sonra kendisi yıllar sonra benzer bir sınavın içine doğru girdiğini fark eder. Arkadaşı durumunu düzeltmiş lakin kendisi ondan daha kötü duruma düşmüş olabilir. Her neyi kınıyorsanız, o sınavın içine giriyorsunuz.

İnanç sistemimizde tövbe ve helalleşme var. Helalleş, tövbe et ve tövbeni koru... Oysa biz yapıyor, "Tövbe tövbe!" diyoruz ama iki dakika sonra aynı şeyi yapmaya devam ediyoruz. Bu da bizim döngüde kalmamıza neden oluyor. Oysa bu kısırdöngülerin kırılması lazım ki akışa girebilesiniz.

"Ben buyum. Bu yaştan sonra değişemem!" diyorsanız tek bir iletişim protokolünüz vardır ve tek bir insanla konuşabilirsiniz. Alıngan olan ile özgüveni tavan yapmış biriyle konuşmak farklıdır. Özgüven eksikliği olan biriyle istediğiniz kadar konuşun, "Tamam" der ama bir değişiklik göremezsiniz. Yıllar önce özgüven eksikliği, değersizlik duygumu fark ettim. Suçlanma korkumu fark ettim. "Koşulsuz sevgiyi deneyimleyeceğim..." dedim, başıma gelmedik kalmadı. Kendi kendime şunu dedim:

"Hadi bakalım, ne yaparlarsa yapsınlar sev bütün insanları!"

Koşulsuz sevmek doğru olanıdır fakat bu güzergâh biraz evliyaullah güzergâhı gibidir. Biraz çileli olabilir, biraz zaman alabilir.

Arabadayken, "Hararet yaparsa ne yaparım?" diye düşündüm. Yüz metre gitmeden hararet yaptı. Mecburen bir kenara çekip bir saat bekledim. Sonra radyatöre su ekleyip, dönüşe geçtim.

Sistem en kısa yoldan cevap verir.

Bu yüzden, atalarımdan bana kadar akıp gelen ve hayrıma olmayan tüm soruları iptal ediyorum. Atalarımdan bana kadar akıp gelen ve hayrıma olmayan tüm merakları iptal ediyorum.

## *Affedenin Enerjisi Yükselir*

Affeden insanların enerjileri hızlı bir şekilde yükselir. Bu yüzden affeden insanların kendilerine yapacak bir iş, hobi bulmalarında fayda var. Affederken, korkularınızı da dengeye alıp ilerlemenizde fayda var. Affederken içsel arınmanızı da yapın ki, yükselen enerjiniz korkularınızı değil, güzel niyetlerinizi hayatınıza çekebilsin. Enerjiniz yükseldiğinde, içsel arınma yapmadığınızı nasıl anlarsınız? Eskiden yargıladığınız bir olay uzun vadede başınıza gelirdi, şimdi çok daha hızlı geliyor tekrarlar.

Sistem size hislerinizle konuşuyor ama hislerinizi dinlemiyorsunuz. Hislerinizi dinlemediğiniz için cevapları yaşayarak alıyorsunuz. Kınamayacaksınız. Her neyi kınarsanız aynısını yaşamadan ölmeyeceksiniz. "Ninem niye böyle yaptı?" derseniz bunun içinde şu var: "Ben olsam yapmazdım!" Oysa "Allahım ninem niye bunu yaşadı? Anlamayı nasip et" derseniz cevaplar daha yumuşak bir şekilde size gelir.

Siz affedip, yaşam amacınız için harekete geçtiğinizde, bolluğunuz da artıyor. Her bolluk aslında size verilen emanetlerdir. Bu emanetleri ben kazandım, ben başardım demeyin. Allah diledi de oldu deyin. Allah'ın malıyla Allah'ın kuluna hava atmayı sakın denemeyin, sınava girersiniz! Tekrar hatırlatmak istiyorum. Her şey emanettir. Mal, mülk, nefes... Sadece bu emanetin kıymetini bilin. Kalan ömrünüzü en doğru kişilerle geçirmeye niyet edin.

Kınadığınız kişilerin tekrarı olmaya başladığınızı fark ederseniz içinizden "Seni kınadığım için özür ve af dilerim. Bu senin sınavındı. Karıştığım için tekrar özür dilerim, Allah senin de iyiliğini versin, benim de iyiliğimi versin..." deyin.

Eğer annenizi kınadıysanız, içinizden "Anne bu senin sınavındı, karıştığım için özür diliyorum. Yargıladığım için özür dilerim..." deyin.

Biri aklınıza geldiği anda, beş saniye içinde kontrol etmeye başlamazsanız, vesvesenin manipülasyonu başlıyor. Nefis ve vesvese el ele veriyor ve olayı düzeltmek bir yana, size ne kadar hoşunuza gitmeyecek şey varsa hatırlatıyor. Siz geçmişi temizlemek bir yana yeniden yargılıyorsunuz.

Olay aklınıza geldiğinde derin bir nefes alın, sonra bir nefes daha. Zihniniz sakinleşsin. İki nefeste sakinleşir zihin. Üç beş nefeste tam durur. İkinci nefeste şunu söyleyin:

"Allahım bu düşünceden sana sığınıyorum."

Bir ortamda insanları yargılayacağımı, kınayacağımı hissedersem, "Herkesi olduğu gibi kabul ediyorum..." diyorum çünkü üstüme bir ağırlık çöküyor. Enerji kaptırıyorum. Bir ortamda enerji kaptırmak istemiyorsanız, yargılamayın. Düzenli olarak telkin yapın.

Birini yargılamak üzerine olduğunuzu fark etmeye başladığınızda, içinizden o kişi için "Onu rahat bırak. Bu onun hayatı, seni ilgilendirmez... Allah iyiliğini versin" deyip sizi ilgilendirmeyen işlere enerjinizi göndermeyi bırakın.

Bizim inanç sistemimizde sorumluluk bireyseldir. Annenin ya da babanın günahının hesabı çocuktan sorulmaz ama atalarınızdan gelen bir miras vardır. Haksız yere mal edindilerse, can aldılarsa, birine haksızlık edip helalleşmedilerse, bunun etkileri sonraki kuşaklarda da devam ediyor. Bu nedenle annenizin ya da babanızın bu hayatta neyi yarım bıraktığını bulun. Yarım bıraktıkları hayalleri de bulun.

Bir kampımıza annemin de gelmesini istedim. Önce "yük olurum" düşüncesiyle gelmek istemedi. Ancak, "Gelip bana yardım eder misin?" deyince kabul etti. Sonrasında ise şöyle söyledi:

"Biz size çok haksızlık etmişiz. Evet, yemedik yedirdik, giymedik giydirdik, sizi mutlu ettik. Yüzünüzün güldüğünü gördükten sonra mutlu olduğunuzu düşünüp biz de mutlu olduk. Size dünyalık verdik ama gerçek mutluluğu verememişiz. Özür dilerim, kul hakkına girmişim. Bugünden itibaren karar aldım. Babanıza olan matemi bırakıyorum. Her nerede ise mekânı cennet olsun. Öldüğümde de beni onunla buluştursun ama o olduğu yerde mutlu olsun, ben olduğum yerde mutlu olmayı seçiyorum."

Böyle dedi ve matemden çıktı. Neşeli bir insana dönüştü. On yaş da gençleşti.

Neşeli insanlar gençleşiyor. Annem şimdi espri yapıyor. Çok ciddi, otoriter bir yöneticiyken, öğretmenlik ve müfettişlik yapmış biriyken, neşeli ve şakacı bir insana dönüştü.

Bir ev düşünün. Anne baba mutsuz ama çok yemek var. Bir ev de düşünün anne baba mutlu ama daha az yemek var. Hangi eve gitmek istersiniz? Hangi anne babayı görmek istersiniz?

Biz nasıl anne babamızı ziyaret ettiğimizde, mutlu, sağlıklı, neşeli görmek isteriz, aynısını da biz kendi çocuklarımıza yapmamız gerekiyor.

Nasihatten çok, çocuklara nasıl mutlu olduğunuzu gösterin. Evde küçük çocuğunuz varsa, bırakın evi dağıtsın, toparlarsınız. Bırakın bol bol oyun oynasınlar, siz de katılın. Mutlaka anne ve baba olarak çocuğun yanında sohbet, muhabbet edin. Çocuk kendisini güvende hissederse, bağışıklık sistemi de güçleniyor.

## *Kendin İçin Cesaret*

Birçok farklı konuda cesaret sınavı yaşıyor olabiliriz. İlişkilerle ilgili cesaret, kendimizle ilgili cesaret, iş hayatıyla ilgili cesaret, kendimizi ifade edebilmeyle ilgili cesaret ve daha birçok faklı konuda cesaret sınavı karşımıza çıkıyor.

İş hayatıyla ilgili kısmı bir şekilde çözülüyor. Deneme yanılma ile, çok çalışarak, susup susup içinize atıp, en sonunda konuşmaya karar vererek, başka bir sektöre geçerek, kısacası iş dünyası daha somut bir dünya.

İlişkilerde cesaret sizi uykusuz bırakabilir. Yorgun düşürebilir. Sağlığınızı etkileyebilir. İlişkilerde siz eğer daha çok seven, daha çok değer veren tarafsanız, işin zor kısmı sizdedir. Çünkü daha az seven kişinin ilişkiye verdiği emek ve çaba ile sizinki aynı olmayacaktır. Daha çok emek eden taraf, daha çok kaybetme korkusuna sahiptir. Bu sebeple emek eden yönetilir, daha az değer veren sistemi yönetir. Şimdi sorulması gereken bazı sorular var.

Yaşamak istediğin hayat bu mu?

Senin sevgin, karşındaki kişinin keyfine mi kaldı?

Neden bu ilişkiye bu kadar bağlandın?

Bu ilişkide duygularını söylemekte, kendini ifade etmekte zorlanıyor musun?

İlişki içinde cesur musun? Sesini çıkarmayan taraf mısın? Bu sorular cesaret ile ilgili.

Şimdi farkındalık ile ilgili sorular soralım!

Yaşadığın ilişkide, sen kimin gibi oldun? Annen gibi mi? Baban gibi mi?

Hayatımızın birçok noktasında, kendimiz olmadan önce, yargıladığımız başkaları oluveririz. Yıllar sonra bunu fark ettiğimizde bu sefer de kendimize kızarız. Burada hatırlamanız gereken söz, zararın neresinden dönersek, kârdır.

Şimdi gelelim kendiniz için bir şey yapma cesaretine.

Bir şey yapmak istiyorsunuz lakin, eşiniz, çocuklar, arkadaşlar ya da etrafınızdaki birileri bir şey endişesi ile yapamıyorsunuz. Bir şey almak istiyorsunuz yine el âlem ne der diye endişelisiniz. Her insan gibi, sizin de spora gitmek, arkadaşlarınızın olması, hobilerinizin olması, kendinize bir şeyler almak, kendinize vakit ayırmanız gerekiyor... Peki, hayatınızdaki insan bunu ne kadar destekliyor? İçinde bulunduğunuz durum bunu ne kadar destekliyor? Yoksa etrafın size çizdiği sınırların içerisinde sıkışıp kaldınız mı?

*(Burada bir not eklemek istiyorum. Hayatınızı helal yoldan yaşamanız kaydıyla, kişilerin sizi engellemelerine izin vermeyin. Lakin bazen de bizler yanlış yoldayız ve etrafımız bizi engellemeye çalışır. Bu duruma da dikkat edin. Bazen de gerçekten söz dinlememiz gerekiyor.)*

Birçok insan yıllarca bir başkasının keyfini bekliyor. Etrafınızdaki kişilere açık ve net olun. Duygularınızı, hislerinizi, karşı tarafı suçlamadan, anlaşılır ve tatlı tatlı anlatmayı deneyin. Hayatınızdaki insanlarla haklı çıkmaya çalışmadan konuşun. Biriyle konuşacağım zaman eskiden "Bak gör, ben onu ikna edeceğim! Bak gör kim kazanacak?" diye düşünürdüm. Şimdi bu anlayıştan çıktım. "Allahım her ne konuşma olacaksa, her ikimizin faydasına olsun..." diye niyet ediyorum. Amacım bir kez olsun iletişim kurmak, anlaşabilmek. Haklı çıkmak değil.

En güzel şey, söylemen gereken bir duyguyu içine atıp kendini çöpe çevirmeden, karşı tarafa tatlı tatlı bunu anlatabilmektir.

Empati yeteneğiniz bu diyalog çalışmasında işinize yarayacaktır. Çünkü karşınızdaki konuşmaya çalıştığınız kişinin aile yapısı, anne babasının iletişim şekli, hayattaki problemlere bakış açısı, çözüm şekli önemlidir. Bazı kişiler dev gibi sorunları kolaylıkla çözerken, bazı kişiler burunlarının ucundaki sivilceyi gördüklerinde, dünyanın sonunun geldiğini düşünürler.

Yıllar önce bir sabah evden sinirli çıktım. Kendi içimde inat ediyorum "Hayır, benim dediğim olacak!" diye. Ofise gidene kadar o gün gelecek seanslar iptal oldu. Ardından boşalan yerlere aynı gün için yeni seanslar gelmeye başladı.

Birinci seansa girdim, bir adam geldi, Nuh der, peygamber demez! O kadar inatçı... Bir şey anlatıyorum, "Hayır senin değil benim dediğim doğru!" diyor.

"O halde niye geldin seansa?" dedim.

İkinci gelen kişi de; o da inatçı, üçüncüsü de öyle... Yardımcıma, "Lütfen kalan seansları ara ve iptal et..." dedim. "Çünkü kimlerin geleceğini tahmin edebiliyorum."

Sabah hangi ruh haliyle çıktıysam o ruh halindeki kişilerle buluşacaktım. Bir kahve aldım, odama gittim. Sağ avuç içimle iman tahtası dediğimiz yere avucumu hafifçe vurup kendimi telkin ettim. Sakinleşene kadar "Bülent, inat etmeyi bırak!" dedim.

Molaya geçtim, biraz dinlendim, yarım saat kadar şekerleme yaptım. Yardımcıma, "İptal ettiklerini bir ara sor, şu an nasıllar?" dedim.

Sonra gelip bilgi verdi. Biz iptal ettikten sonra daha iyi olmuşlar... Seansa gelmeye gerek yokmuş dediler.

Burada, kendi içimdeki arızayı fark edip, cesurca akışı değiştirip, mola verip, içsesime odaklanmak ve kendimi telkin çalışması yaparak Allah'a sığınmak benim için büyük bir cesaret sınavıydı. Çok daha önceki zamanlarda, o olumsuz duygu alır içine ve günlerce götürürdü. Şimdilerde ise yine o duygular ziyarete geliyor, lakin daha temkinli ve sakin karşılayıp misafirliklerini kısa tutup sevgiyle göndermeye gayret gösteriyorum.

Siz değiştikçe etrafınızdaki arkadaşınız, eşiniz dostunuz anneniz de iyiye doğru değişmeye başlıyor. Uzağınızdaki, sizinle görüşmeye gelecek olanlar bile toparlanmaya başlıyor. Siz yeter ki dengeye gelin. Allah'a yönelin ve güzel niyetlerde olun.

Antalya'da kamp yaptık. Güzel konular işlendi. "Keşke bunları kızıma da anlatsam..." diye düşündüm.

Dönüşte ailece yemekteyiz. Kızım, yemekte "Baba, biliyor musun, geçen hafta hayatımda neler fark ettim?" dedi ve benim kampta konuştuğum konuların başlıklarını saydı. Telepati...

Antalya'dayım o Kıbrıs'ta...

Dünyanızı güncelledikçe duygularınızı savaşla değil, aşkla, sevgiyle, barışla paylaştıkça etrafınızdaki insanlar tatlı tatlı güncelleniyor. Fakat onlar güncellensin diye bunu yaparsanız, inadına beter oluyorlar. Ben, "Bu çalışmayı yapayım, eşimle aram düzelsin!" demiyorum çünkü düzelmiyor. "Bu çalışmayı yapayım, işlerim iyiye gitsin..." dediğimde gitmiyor. Beklentili yaptığınızda bir faydası olmuyor. Ama kendimi daha iyi hissetmek için yaptıkça ve bilmekten hale geçtikçe etrafımdaki kişilerde de zaman içerisinde işe yarıyor. Eski arızalarımı bırakmak bana da çevremdekilere de iyi geliyor.

Önce sizin sağlam olmanız lazım. Çamura batmış bir arabayı çamura batmış bir araba çekemez. Verdiniz, verdiniz, bir şey kalmadı. Halen daha uğraşacaksınız "insanları kurtarayım" diye... Bu defa da diyorsunuz: "Bana kim yardımcı olacak?"

Ben kendimi toparlarsam dünya düzelecek. "Ben şimdi, o değişsin diye kendimi değiştireceğim..." derseniz, olmuyor. Gerçekten kendiniz için yapıyorsanız, zaman içinde bir şeyler değişecek.

Cesurca kendiniz için adım atın, üretin, sevin, paylaşın, yardımlaşın, affetmeyi, bağışlamayı, üretken olmanın faydalarını anlatabildiğiniz kadar herkese anlatın. Başkalarının sizi takdir etmesini, onaylamasını, sevmesini beklemeyin. Kendini gerçekten seven biri, sizi de ancak kendisine değer verdiği kadar sevebilir. Acaba etrafınızda kendi kendine değer vermeyi başarabilen kaç dostunuz var? Bu sebeple sevgi dilenciliğini bırakın. Siz Allah'ın sevgi kanalı olup, sevginizi kendi içinizde doldurup taşırın ve etrafınızla paylaşın. En fazla size deli diyecekler.

Siz yine de cesur olun. Adım atın... Hayatınızı helal yoldan yaşadıktan sonra, hesabınızı bir tek Allah'a verirsiniz.

## *Erkekler İçin Kısa Cümleler*

Kadınlar, bir erkekle konuşuyorsa kısa cümleler kurmalı. Tatlı konuşmalı. Pamuk gibi yumuşak konuşmalı. Çünkü erkeklerin zihin yapısı farklıdır. Ne söylüyorsanız, onu anlarlar. Bir kadın bir şey söylüyorsa, o cümlenin daha söylenmemiş çok uzun önü ve arkası vardır. Bir ima ile bile çok şey anlatabilir. Oysa erkekler için cümleler düzdür. Söylediğiniz kadarını anlayabilir.

Bir erkeği motive etmek çok önemlidir. Biraz gaz verip, "Seni seviyorum, aslanım" dediğinizde sabahtan akşama kadar sizden başka bir şey düşünmez.

Erkeklerin şöyle bir huyu vardır: Eşini bir mutlu etmeyi dener, iki dener, üçüncüde olmazsa pes eder. Bir erkeği motive etmek kolaydır ancak pes etmiş erkeği toplamak zordur. Bu hataya düşerseniz, "Eskiden çok ilgileniyordu, şimdi ne oldu?" diye düşünürsünüz.

Muhtemelen adamın bütün yetersizliğini patlattınız, ya dışarıdan bir sevgili bulup mutluluğu orada arayacak ya da parasını herkese yedirirken size zırnık koklatmayacak.

Evlilikte en büyük problem şu: Senin eşyan, benim eşyam. Senin paran, benim param...

Bu noktaya geldiyseniz, yeterli iletişimi kuramamış olabilirsiniz. Bunun doğrusu, "bizim eşyamız, bizim paramız" hatta "bizim çocuklarımız"dır.

Erkeklerin yaptığı hataların başında ise "Benim sayemde hayattasınız. Ben size bakıyorum..." sözü gelir. Tabii ki bir aileyseniz, sevdiğiniz insanla berabersiniz, onun için elinizden ne geliyorsa yaparsınız. Bunu olağanüstü bir durum gibi ortaya getirmek büyük hatadır. Tartışmasız ev olmaz, olursa da monotonluk başlar ama sorunları aşmasını bilmek önemlidir. Eşinizi kendinize benzetmeye çalışmayın. Yine monotonluğa girersiniz. Zaten kendinizle barışık değilken, kendinizden iki tane olması sizi hiç mutlu etmez.

Orijinal fabrika ayarlarınızı bulun.

Bunu bulmak kolaydır. Kendinizi doğal olduğunuzda nasıl hissediyorsunuz? Sakin, dingin, huzurlu, üretici hissediyorsanız, normaliniz budur.

Eğer içinizde bir korku başlarsa, negatif güçler harekete geçtiyse bu siz değilsiniz. Dışarıdan gelen, size yapışan bir duygu siz misiniz, başkası mı, anlamak kolaydır. Yaptığı işi severek yapan insanlar, telepatik olarak diğer insanlardan gelen mesajları ayırt edebilirler. Gerçek bereketin altında, duygularını ve zihnini cesurca yönlendirmek vardır.

Günde birkaç saat dert düşünüyorsanız, bir hobi, bir güzel proje dışında kendinizin ya da başkasının derdi ile kafanız çok fazla meşgul oluyorsa bu yanlıştır.

Şunu anladım: İnsanların derdini düşünerek, kendi derdime odaklanarak, yalnızca derdim büyüdü. Fikre odaklandığımda fikrim büyüdü.

Fakat ego her seferinde beni derde yeniden bulaştırmak istedi. "Ben ilahi akışa güveniyorum, helalleştim..." dedim ve fikre odaklandım. İnanılmaz kapılar açıldı.

Nereye odaklanırsanız, orası büyüyor, gelişiyor. Zor olan kısmı, bunu kendinize izah etmektir.

İçinizde bir parça var ki hesap sormak istiyor. Bir parça var ki kısas istiyor. Bir parça var ki "İşine konsantre ol, Allah'a güven..." diyor. Biz ise hepsini karıştırıyoruz. İşteyken evi, evdeyken işi düşünüyoruz. Evde aklıma iş gelince, "Bekle biraz daha..." diyorum. "Çoluk çocuk uyusun, sonra yaparım." Aile muhabbeti üretimimi artırıyor. Kendi kendimi sabote ettirmiyor.

Üretken olmamak birçok sorunun kaynağıdır. Boş durmayacaksınız. Bütün gün dip bucak evi toplamaktan bahsetmiyorum. Yarın sabah nasip oldu da uyandık, o yataktan ne sizi enerjik ve canlı uyandırır, bunu bulmanız gerekiyor.

Kendiniz için bir şey yapacaksınız. Bir sonraki gün ya da hafta... Ne yaparsanız sizi yataktan enerjik kaldırır?

Üretmek, gezmek, ailece sinemaya gitmek, kendinizle barışık olmak ya da yeni bir yer keşfetme duygusu...

Kahvaltı yapıyorsanız, hızlı bir şekilde yapmayın. Akşam yemeği de öyle. Yemekte muhabbeti uzatmak için yeni tabak gelmesi lazım. Oysa biz hızla yiyoruz. Yavaşlayın, tat alın, muhabbet edin. Gerekiyorsa yavaşlatma egzersizleri yapın. Dilinizin üstündeki tadı almayı deneyin. Bir yemeği yemeden önce koklayın. Yemeğin kokusunu muhakkak içinize çekmeyi deneyin. Kokusunu duyduğunuz bir yemeği daha bereketli yiyorsunuz. Zihninizde daha iyi canlanıyor.

Yemek masasında, etrafınızdaki insanların dert konuşmasına izin vermeyin. Direkt onun derdini de yiyorsunuz. Biri sizi dertleşmek için yemeğe çağırıyorsa, davetini kabul edin ama "Şu kahvaltıyı bir edelim, sonra konuşalım..." deyin ya da "Yemeği bir yiyelim, keyif edelim, sonra konuşalım..." deyin. Bakın bakalım arada nasıl bir fark olacak.

Eskiden "Yemekte konuşulmaz" denirdi. Eski kuşaklar muhtemelen konuşacak iyi bir şey bulamadıkları için bunu benimsediler. İyi bir şey konuşacaksanız, eşinizi, çocuğunuzu motive edecekseniz, yönlendirme yapmadan anlatacaksanız, konuşmak daha iyidir. Yönlendirirseniz, onların da kul hakkına girersiniz. Çocuğunuzu mesleğe yönlendirmeye bile çalışmayın. Siz bu dünyada olmayacaksınız ama o belki sevmediği bir işi yapacak... Tam tersine, kendi sevdiği işi bulması için onu cesaretlendirin.

Çocuk eğitime gidiyorsa, okula severek gitmeli. Sağlıklı olması önemli, hayat boyu severek yapacağı bir işi bulması önemli...

1990'lı yılların çocukları aşırı yardımsever ve yorulan çocuklar çıktı. 1980'ler, 1970'ler daha farklıydı. 2000'li yılların çocuklarında genel olarak, "bütün bilgilere sahipler" havası gözleniyor. Çok daha hızlı enformasyona ulaşıyorlar. Eskiden ödev verildiğinde kütüphaneye gitmek, ansiklopedi karıştırmak gerekiyordu, bugün ödev veriliyor, beş dakika olmadan cevabı bulunuyor.

## *Cesaretin Açtığı Kapılar*

Altı yaşında bulaşıcı hastalığa yakalanınca, kardeşlerime de geçmesin diye yaşlı teyzemin evine gönderdiler. Evimizden birkaç yüz metre uzakta. Çok yaramaz, durduğu yerde duramayan bir çocuk olduğum için teyzem, önüme bozuk bir radyo koydu. "Bak bakalım tamir edebilecek misin?" dedi. Uğraştım ve tamir ettim. O yaştan beri teknolojiye bir merakım var.

Oyuncakları önce söker, yeniden takardım. Mucit olmaktı hayalim. Üniversite birinci basamak sınavını kazandım, ikinci sınavda hastalandım ve kazanamadım. Girebilseydim muhtemelen mimarlık veya mühendislik okuyacaktım. Ama ikinci sınavı kaybetmek, bana asıl istediğim mesleğin kapısını araladı: Endüstri Ürünleri Tasarımı okumak nasip oldu.

80'li yılların başında memlekette bilgisayar ilk çıktığında anneme babama söyledim. Amcam banka müdürü, onların şubesine bilgisayarlar gönderilmiş. Orada görüp merak etmiştim.

Amcam çocuklarına "Commodore 64" sipariş etmişti. Kasetli bir bilgisayar. Babamı aradı.

"Bizim çocuklara bilgisayar alıyorum. Bilgisayarı satan firma ücretsiz kurs verecekmiş... Bülent'i de yolla, böyle şeylere meraklıdır" dedi.

O hafta anında hazırlandım ve gidip amcamlara yerleştim. Bir hafta boyunca "Basic" bilgisayar dillerini yazmayı öğrendim. Dokuz yaşımda ilk bilgisayar programımı yazmak nasip oldu. Evde ansiklopediler vardı. Onlardan bir veritabanı oluşturdum.

Ancak 38 kilobayt idi bilgisayarın hafızası. 38 kilobaytın şu an ne olduğunu anlatmak gerekirse, boş bir "Word" dosyası boyutu kadar... O dönem o büyüklükteki bir alana *100 Ünlü Türk Ansiklopedisi*'nin, ilk 40 sayfasını giriş yapmıştım. İsim yazdığım zaman, o kişinin bilgileri geliyordu.

O zamanlar çektiğimiz bir resim 30 kilobayttı, şimdi 6 megabayttan fazla. Şimdi terabaytlar dolusu harddisklere sığamıyoruz.

Lisedeyken babamdan beni İstanbul Compex Bilgisayar Fuarı'na göndermesini istedim. Teknolojiye çok meraklıydım ama olmadı. Babam derdi ki: "Gönderelim ama orada tanıdık biri yok ki, biz de yol sokak bilmeyiz."

1993'te üniversite için İstanbul'a okumaya geldiğim gün bir derginin ekinde fuara davetiye buldum. Fuarı günlerce gezdiğimi hatırlıyorum. Bu gezi esnasında bir fuar standında o kadar çok oyalandım ki, oranın sahibi boş vakitlerimde gelip, teknik serviste çalışabileceğimi söylemişti. Bir yıldan fazla neredeyse her gün gittim. Orada çok çalıştım. Çok bilgisayar topladım. Bir bilgisayarın donanım bileşenleri vardır: Sürücü, bellek, işlemci, optik okuyucu gibi... Bunları birbirine uyumlu olanlardan seçerek bir bilgisayar kasası içine yerleştirmeye ve üzerine bir işletim sistemi yazılımı kurmaya "toplama" deniliyor. Sonra okuldaki arkadaşlara bunları satmaya başladım. Okuldaki arkadaşlardan üçboyutlu modellemeyi çok azı bilirken, 3D modellemeyi, sanal gerçeklik çalışmalarını 1993 yılında oldukça iyi yapabiliyordum.

Bir akşam bir müşteri geldi. Montaj yapabileceği bir bilgisayar istedi. Bir başka problemleri daha vardı:

"Alıyoruz ama bunu kullanacak birini de bulabilir miyiz?"

"Size yardımcı olabilirim..." dedim.

Dört diskete sığan bir montaj programı buldum. Evdeki eski bilgisayarıma yükledim. 40 megabayt bir harddiski olan bilgisayarım vardı. İçinde yer olmadığı için eski uygulamaları kaldırarak yüklemek zorunda kaldım. Üstünde çalıştım ve ertesi gün gittim, düz montaj yaptım. Videoları montajladım, VHS kasete çektim. Efekt filan yoktu. Sadece düz montaj. Bir gecede programı çözmek nasip oldu ve ertesi gün hazırdım.

"Bize iş yapsana..."dediler.

İş hayatımda her zaman kapı üstüne kapılar açıldı.

Birçok firmada sistem kurmak ve çalıştırmak üzerine çok çalıştım. Lakin bir yerde de fazla durmak çok da bana göre değildi. Yeni yerler yeni insanlar tanımalıydım.

Teknoloji konusunda bilgisayarı, interneti, web sayfayı, online satış yapabilmeyi herkesten yıllar önce öğrenip yapmama rağmen, hep başkalarına yapmışım. Kendim için yapmamışım. Arızanın temelini yıllar sonra fark ettim. Zengin olursam benim için iyi olmaz. Başarmak, yapmak ve başkalarına verip dua almak bizim için yeterli olmalıydı. Yaptığım işten para kazanmamalıydım. Kısacası hakkımı istemek ayıptı, bizim ailenin çekirdek inancında bu vardı. Rahmetli babamın birinden yüklü alacağı vardı. Günlerce adama bunu nasıl söyleyip hakkını isteyecek diye düşündüğünü hatırlıyorum.

Para kazanmak ayıp, zengin olmak kötü yola düşürür, çok para helal yoldan kazanılmaz çekirdek inancıyla büyürseniz, istediğiniz kadar kimsenin yapamadığı işleri başarın, siz yine başladığınız yerdesiniz. Herkes sizin fikrinizle, yaptıklarınızla başını alır gider.

"Ehali" garajlarda neler yaptı ve dünya şirketi oldu. Lakin benim içimdeki çekirdek inancım hiçbir zaman para kazanmama izin vermedi. İyiyi hak ettiğime, dünya çapında teknoloji markaları çıkarabileceğime inanmamı hep engelledi. Para kötü insanların elinin kiriydi. Az para helal... Çekirdek program buydu. Şimdi ise bu programı yıllar süren çalışmalar ile güncellemeyi denedim. Bir Müslüman her zaman zengin ve imkânları doğrultusunda da yardımsever olmalı. Bolluk azdıran değil, hizmet etmekteki aracı emanettir. Bir şeyi başarırken, hakkımı da istemeyi kabullendim. Al ve ver dengenizi mutlaka koruyun.

Teknoloji kısmı rast geldi ama duygularımı söylemekte zorlandım yıllarca. Bugün artık söyleyebiliyorum. Kırmadan, tatlı tatlı... Karşımdaki kişi, gerçekten beni anlamak için çaba gösteriyorsa konuşuyorum, kırılmak ya da açık aramak, tartışma çıkarmak için fırsat kolluyorsa, bırakıyorum, istediğini yapsın ve gitsin. Herkesi de rahat bıraktım. Enerjimi kendi işime odaklıyorum. Kendi yaşam amacıma odaklıyorum. Şu an nefes21.com sitemiz neredeyse dünyanın her yerinden milyonlarca ziyaretçi alıyor ve dünyanın her yerinde tanınıyor. Bilinçaltı arındırma çalışmaları, hedef belirlemeler, hedefe odaklanma, cesaretimi toplama, bilgilerime güvenme, eşimin ve ailemin desteği ve bu çalışmanın içindeki en önemli faktör ise Allah'a sığınma ve yardım istemem oldu.

Tekrar söylüyorum, mükemmeli beklemeyin. Siz adım atın, gerisi gelecek.

> *"Sadece cesur olanlara yeni yollar vardır. Korkanlar hayatlarını büyük bir girdap gibi tekrarın içinde geçirirler."*

## *Bildiğiniz Şeyi Konuşun*

Her zaman bildiğiniz, yapabildiğiniz şeylerden bahsedin. Herkes kendi bahçesinde iyidir. Başka bahçeye girerseniz tökezlersiniz.

Bir ortamda konuşmak istediğinizde çoğu zaman kafanızdaki vesvese, güzel bir insansanız, size çirkin olduğunuzu söyleyecek, yetenekliyseniz, yeteneksiz olduğunuzu tekrarlayacak. Sizi içeriden sabote etmeye çalışacak. Buna dikkat edin ve bildiğiniz konuları anlatın.

İlk semineri 2010 yılında yaptığımda "Elli kişi gelirse iyi..." dedim. İki yüz altmış kişi buldum salonda. Elimde not defteri var hangi konuları konuşacağımıza dair. Herkes benden konuşmamı ve bir şeylere cevap vermemi bekliyor ciddi ciddi... Notlarıma baktım, elim titriyor, nefes almakta zorlanıyorum. Tansiyonum her an düşüp kalabilecekmişim gibiydi. Birinci konuyu zar zor anlattım. Sonra notları bir kenara koyup, kendi kendime şöyle dedim:

"Bülent, ne biliyorsan onu anlat."

Bildiğim konuları anlattım ve o zaman gayet güzel ve verimli bir seminer olmuştu.

Benzer bir olayı üniversite yetenek giriş sınavında da yaşadım. Marmara Üniversitesi'nde birinci ve ikinci yetenek sınavlarını geçmek nasip oldu ve dört yüz kişiye indirilen adaylar arasına girmek nasip oldu. Sözlü mülakat yapılacaktı.

İki yüzüncü sıralardayım. Sınavdan birkaç gün önce annem Kıbrıs'tan İstanbul'a gelmişti. Annem, "İçeride sana ne söylediklerine aldırma. İçinden gelenleri söyle..." dedi. "Gerisi nasip..."

Öğretmen çocuğu olunca, o dönem bu kıyafetine de yansıyordu. Güzel Sanatlar Fakültesi'ne girmek için gelenler içinde kravatlı, ceketli gelen belki de tek kişiyim. Diğer adaylardan kimisi deri montlu, zincirli, kimisi yırtık blucin giymiş...

İçeri girdim, beş altı profesör kafalarını kaldırıp baktılar. İçlerinden biri kıyafetimi görünce, "Yanlış yere geldin, İşletme Fakültesi Göztepe'de..." dedi.

İçimden "Sınav başlamadan bitti!" diye düşündüm. "Kıyafetten kaybettik."

Ceketimin önü ilikli, kravatım düzgün, elimde dosyam, öyle kaldım. Cesaretim gitti, dizlerim boşaldı. Sonra annemin söylediğini hatırladım. "Allahım sana emanetim, her ne olacaksa senden olsun." İçsesimi dinledim ve Allah bana yardım etti. Dosyayı kenara koydum.

İçimden güçlü bir hisle "Siz bana bir soru sormayın, ben anlatıp gideyim..." dedim.

Onlar da farklı insan arıyor. Klasik insan, fabrikadan çıkan aynı model insan istemiyorlar. Böyle bir giriş yaptığım için beni dinlediklerini, sonradan söylediler.

İyi bildiğim konudan bahsettim: Bilgisayarı, teknolojiyi anlattım, üçboyutlu çizimlerin nasıl yaygınlaşacağını, teknolojinin tasarım dünyasını nasıl etkileyeceğini... Dosyam önlerinde açılmamış duruyordu. Beş dakika geçti, halen pür dikkat dinliyorlardı. Oradan bir asistan dosyayı açtı.

"Hocam, şu çizimlere bir baksak mı?" dedi. "Kayda değer bir şeyler var."

Hocaları razı etti.

Dosyayı incelerken hocalardan biri, "Okul laboratuvarına bilgisayar alınacak. Bizim bir teklif dosyası var. İnceler misin?" diye sordu.

"Olur..." deyip inceledim.

Teklif dosyasındaki ekipmanlar ve ekran kartları gibi detaylar benim çok iyi anladığım bir konu.

"Bu kart bu iş için uygun değil, şunu kullanın..." dedim.

Sınavda yüksek bir not almak nasip oldu. Okul tarihindeki en yüksek notlardan imiş... Mülakatta diğer öğrenciler gibi iki dakika değil, on altı dakika kaldım ve sadece sevdiğim şeyi, bildiğim şeyi anlattım. Büyük bir heyecanla, yaşayarak ve inanarak...

Nerede olursanız olun, bir şey yapıyor ya da anlatıyorsanız, severek yaptığınız şeyi anlatın. Nasıl yaptığınızın, hangi dilde anlattığınızın önemi yok. Gözleriniz parlıyorsa anlatırken, karşı taraf sizi pür dikkat dinleyecektir.

Eşinizle, çocuklarınızla iletişiminiz de böyle olmalı.

## *En Zor Sınav: İlişkiler*

İlişkiler en zor sınavdır. Paranız yoksa borç alabilirsiniz ama ilişkiler sınavında evladınla iletişim kuramamak, eşinle, kardeşlerinle iletişim kuramamak, toplumla iletişim kuramamak, işyerinde, ömrünün çoğunun geçtiği ortamda iletişim kuramamak bir ıstıraptır. Sıkıntıdaysanız daha çok çalışırsınız ama iletişim çok bilinmeyenli denklem gibidir. Üstelik bulduğunuz her formül de dakika başı, kripto gibi değişir. Eşinizle arayı düzelttiğinize sevinirken çocuğunuzla, onunla iletişimi kurabildiğinizi düşünürken arkadaşınızla ilişkiler bozulur. Tam her şey düzeldi derken kardeşiniz çıkar:

"Sen beni epeydir niye aramıyorsun?"

Hayatınızda en çok dip yaptığınız konu ilişkilerdir. İlişkiler, özellikle en zayıf olduğunuz noktadan size çarpar. Alıngansanız, alınacağınız şeyi yaparlar, kırılgansanız, kırıp geçerler, içine atan biriyseniz çöp sepetine çevirirler ve yıllar sonra dersiniz:

"Bana ne yaptınız?"

"Ne yaptık ki?" derler.

İlişkilerin içinde çok fazla bilinmeyen, çok fazla kombinasyon vardır.

İlişkiler aynı zamanda sağlınızı etkiler, bolluğunuzu etkiler. Susup içinize atarsınız, boğazınızı, böbreklerinizi, sindiriminizi etkiler. Çok sorgulayıcı biriyseniz, migren yapar. Hisleriniz güçlü olduğu için soruyorsunuz: "Bunu niye yaşıyorum?" Sizin üçüncü gözünüze enformasyon bir şekilde akıp geliyor ama kafanıza yıldırım gibi çakıyor. Sonra üç dört gün yatıyorsunuz.

“Beni aldatıyor mu? Beni seviyor mu? Ne olacak?” Sürekli sorgu... İlişkilerinizle ilgili sorguları yaptığınız sürece, kendinizi güvende hissetmediğiniz sürece, evin içinde çocuk varsa o da kendini güvende hissetmiyor. Bir çocuk kendini güvende hissetmezse hasta olur. Yapılan araştırmalara göre, bağışıklık sistemi, kişi kendini güvende hissetmediğinde zayıflamaya başlıyor. Dikkat edin, ne zaman gerginseniz, ne zaman bir işi yetiştirme kaygılarınız var, daha çabuk hasta oluyorsunuz. Hiç keyfiniz yerindeyken, enerjik uyandığınız günde hasta olduğunuzu hatırlıyor musunuz? Hep bir endişeden sonra bizi buluyor bu hastalıklar.

Birçok insan da ilişkilerinden dolayı, ailesine diyor ki: “Sizin yüzünüzden hasta olacağım!” Merak etmesin, hasta olacaktır. Bu bir istekti. Hastalığın kullanılma amacı: “Ben hastayım, bana dokunmayın...”

Bütün sülaleyi en iyi toplayan hastalık felçtir. Bütün sülale kavgayı bırakır, küsler, kırgınlar, gerginler bir araya gelir, felçli insanın başına toplanır. Bu da bir çeşit kendini feda etme yöntemi. Bir aile iletişimi tam kurulamıyorsa, biri kendini feda eder ki aile birlikteliği tekrar sağlansın. Gözlemlerseniz bunu fark edeceksiniz.

İlk yıllarda yaptığım seanslarda, kişileri dinlerken not tuttum. İlişki problemi yaşıyor, anlaşılmadığını düşünüyor.

“Bir sağlık probleminiz var mı?”

Cevap:

“Tiroit.”

Genelde ben çok taşınan biriyim. (Ata yazgımda göçler çok fazla var ve hâlâ da göçüyorum.) Ofisi taşırken evraklar buldum. Evraklara göz atınca, bir şey fark ettim: Bireysel görüşmeye gelen kişilerle ilgili aldığım notlardı. Benzer düşüncedeki insanların benzer sağlık problemleri vardı. Benzer yaşam tarzları olanlar yine benzer problemler yaşıyor.

İş hayatınızı ve ilişkilerinizi gözden bir geçirin. Sizi iş mi yoruyor, işyerindeki ya da ailedeki kişilerle olan ilişkiler mi?

Şuna dikkat edin. Bir arkadaşınızı ya da sevdiğiniz kişiyi merkezinize mi alıyorsunuz? Bir insanı hayatınıza merkez yaptığınız ve o sizi kontrol etmeye, ne yapacağınızı söylemeye başladığı andan itibaren, bütün çalışmalarınızda dengenizi kaybedersiniz.

İyi niyetli olarak bilgi paylaşımı başkadır, kontrolcü bir insanın bir başkasını kontrol etmesi başka. "Sen bilmezsin, ben bilirim!" diyor ya da bütün yol planı belli olduğu halde "Benim dediğim olacak!" diye ısrar ediyor hatta planları değiştiriyor olabilirler... Bu da bütün stratejiyi değiştirmenize, kafayı toplamak için zaman kaybetmenize ve başka sorunlara neden oluyor. Özetle: Hayatınıza aldığınız kişiyi ve etrafınızdaki kişileri memnun etmek için kendi merkezinizden uzaklaştığınızda, hedeflerinizden de uzaklaşıyorsunuz.

Öyle ilişkiler var ki yıllarca bir girdapta iki kardeş, iki sevgili, iki ortak döner durur. Bir at arabası düşünün. O arabayı iki at aynı tempoda çekerse, araba bir yere gidecek. Bir kano düşünün, iki kürekçi aynı yöne kürek çekerse kano ilerleyecek. Şimdi kendinize ve eşinize, ailenize bir sorun bakalım! Biz aynı kanoda seninle aynı yöne kürek çekiyor muyuz? Biz at arabasında aynı tempoda koşan iki takım mıyız? Karşınızdaki kişi büyük ihtimal şaşırabilir.

Bazı ilişkilerde oyalandığınızı hissedersiniz ya da ziyanda olduğunuzu ancak çıkışı da yokmuş gibi gelir. Özellikle evliliklerde görülebilen bir sorun. Böyle insanlara boşanmalarını söylemiyorum, sorunu çözmelerini öneriyorum. Ancak bu örnekleri görünce bekârlara şunu söylüyorum:

"Evlenmeden önce bir kendinizi tanıyın. Eğer anne babadan sevgi alamadıysanız, karşınıza gelip ilk gülümseyenin peşinden kapılıp gidiyor olabilirsiniz. Yıllar sonra anlıyorsunuz ki o farklı siz farklısınız. Aman dikkat!

*"Tüm bekârlar, boşanmak üzere olanlar, ilişkisinde arıza yaşayanlar lütfen 2 Tam Bir Tek kitabımızı okuyun."*

İnsanların bazen sizi anlamadığını düşünmüşsünüzdür. Peki, siz insanları doğru anladığınızdan emin misiniz?

İnsanları anlıyorsanız, günün sonunda yaptığı hareketlerle, sizin anladığınız eşleşiyor mu? Bu kişiyi anladığınızı varsaydınız, yıllar sonra o kişi anladığınızı sandığınız kişi mi?

Yalnızsanız, hayatınıza biri gelip de size biraz tatlı bir şey söylediğinde, yalnızlığı gidermek için sorgulamadan hayatınıza alıyorsunuz. Bu aşk olabilir, evlilik olabilir, arkadaşlık olabilir, dostluk olabilir. O an yalnızsınız. Artık bıkmışsınızdır bundan... Seminerlerimize öyle insanlar geliyor ki, "Eşim otuz yıldır söyleniyor..." diyor. Öylesi de geliyor ki, "Otuz yıldır yalnızım... Söylenecek biri bile yok..." diyor.

İnsanlar zamanında doğru kişilerle eşleşmediği için bunlar oluyor.

Bizim ata kuşağında, savaş, göç, kayıplar, sıkıntılar vardı. Siz de kendi iki üç kuşak öncenize bir bakın. İlla ki aile sorunu aramaya gerek yok. Olduğunuz ülke ve şehrin sorunları da sizleri etkiliyor. Aileniz destektir lakin yaşadığınız şehirdeki yaşam şekli direkt sizi engeller ve de kısıtlayabilir.

Aileniz ve atalarınız ne kadar mutluydu? Annenizin annesinden, babanızın babasından şikâyetçi olduğuna şahit oldunuz mu? "Son iki yüzyıl içinde hayallerine kavuşabilen kaç tane atanız var?" diye düşündüğünüzde cevap bulabilmek zor.

Annemin çocukluk hayali öğretmen olmaktı, oldu. Onca zorluklara rağmen, Allah hep yardım etti ve annem de binlerce gence öğretmenlik yıllarında ve sonrasında yardım etti. Bize her zaman söylediği şudur:

"Meslek olarak sevdiğiniz işi yapın."

*(Annemden en büyük ricam, bildiklerini kitaba çevirmesiydi. Bu konuda adım attı. Niyet ediyorum beni yetiştiren kişinin bilgileri bütüne şifa olsun.)*

Benim hayalim mucit olmaktı, endüstri ürünleri tasarımı okudum. Ve şu an birçok tasarımımı kendim de hazırlayabiliyorum. Kendinize yetebilmek harika bir duygudur. Zihnizdeki projeyi, düşünceleri yazabilmek, çizebilmek gerçekten güzel bir duygu. Üretmeyi seviyorum. Yeni fikirler bulmayı, bütünün faydasına servis etmeyi seviyorum. Al ve ver dengemi eskiden koruyamıyordum, şimdi koruyabilmeye niyet edip, gayret gösteriyorum.

Doğru mesleği seçerken doğru eş seçiminiz de önemlidir. Siz eğer evcimen bir insansanız, evcimen biriyle yaşamak çok iyidir. Çünkü kimsenin dışarıya çıkma, dünyayı tanıma gibi bir derdi yoktur. Evden işe, işten eve, akraba ziyaretleri, misafir ağırla, misafirliğe git gel. "Benim evim bana yeter!" diyorsanız, eşinizin de böyle olması lazım. İkiniz evde oturur, ömrünüzü mutlu mesut evinizde geçirirsiniz.

Fakat biriniz özgür ruhlu, yenilikçi, dünyayı gezmeye görmeye meraklı, maceracı iseniz ve evdeki diğer kişinin kendini geliştirmeye hiç niyeti yoksa "Bu yaştan sonra değişemem..." diyorsa, el âlem ne der, ben bir yere gitmem, evde otururum diyorsa, eşleşmenizde sorun vardır. Bu paragrafı bekârlar için yazmak istedim. Lütfen hayalinizdeki işi önce, sizinle aynı yolu yürüyecek eşi bir sonraki adımda seçmeyi deneyin. Böylelikle yaptığınız işten de az çok anlayan bir eşiniz olursa, konuşacak daha çok ortak konunuz olur. Yoksa birçok evli çift gibi, evlerinde konuşacak konusu olmadığı için, dışarıdaki kişilere kafayı takıp ya onların dedikodusunu yaparlar ya da ortak bir hayalleri olmadığı için evde birbirlerini ömür boyu yiyip bitirirler ve ziyanda olanlar da onlar olurlar.

El âlem, zaten ne yaparsanız yapın, konuşacaktır, diyeceğini diyecektir. Eğer hakkınızda hiç dedikodu yoksa zaten hiçbir şey yapmıyorsunuz demektir.

Bir kâğıt kalem alın ve yazın:

Hayatta en zor sınavı sırasıyla, eşte mi, çocuklarda mı, anne babada mı, kardeşlerde mi, arkadaşlarda mı yaşadınız?

En zordan kolaya doğru sıralayın.

En çok kimlerle sınav yaşadınız?

Listeyi yaparken detaylara inmeyin. Sadece sizde hissettirdiği duygu neydi? Hep çaresiz mi hissettirdi, yalnız mı hissettirdi, değersiz mi hissettirdi?

Ne yaptıkları değil, sizin kendinizi nasıl hissettiğiniz önemlidir.

Listenizi yaptıktan sonra gözden geçirin. En baştaki kişi kim ise, altına sıraladığınız insanlara bakın bakalım, anne tekrarı, baba tekrarı var mı?

## *Zorluk Yaşayan, Rahat Yaşayanı Anlayamaz*

Benim hayatımdaki en zor diyaloğum babamlaydı. Zorluk yaşamış bir baba rahat içindeki evladını çok anlayamaz. Rahat içindeki evlat da zorluk içindeki babayı çok anlayamaz. "Bizim zamanımızda şu yoktu, bu yoktu..." deyip hayıflanırlar. Onların kanaatkâr hallerini, mütevazı hallerini evlatlarının da takdir etmesini isterler. Fakat ben kızıma, "Bizim zamanımızda cep telefonu yoktu. Bu kadar bilgisayar çeşidi yoktu. Yazıcıyı yurtdışından getirmek aylar sürdü..." dediğimde anlamakta zorlanıyor. Çünkü bugün hepsi her yerde var.

Eskiden araba azdı, almak daha zordu. Kıyafet almak bile meşakkatli bir şeydi. Kadınlar, aldığı kıyafeti kendine uydururdu. Şu anda bir tüketim bolluğu içindeyiz. Tüketim bolluğu içindeki bir insana kıtlığı anlatamazsınız.

Çocuklarınıza hayatınız boyunca bir tokat bile atmamışsınız, belki hiç kızmamışsınız ama bir gün öfkeleniyor ve "Seni eşek sudan gelene kadar döverim!" diyorsunuz. Bu onu korkutmak bir yana belki de gülmesine neden oluyor. Kullandığınız tehdit dilini anlamıyor çünkü eşeğin suda ne işi olduğunu bilmiyor. Eşek niye suya gitsin? Zaten evin içinde çeşme var ya diyor. Bazı deyimler bile kuşak çatışması içinde eski kalmışlar.

Daha anlattığınız deyimlerin, geçmişteki sıkıntıların ve bunun gibi şeylerin ne olduğunu bilmiyorlarken onlarla nasıl iletişim kuracaksınız?

Babam da benimle aynı durumdaydı, ben de kızımla aynı durumdayım. Muhtemelen dedemle babam da aynı durumu yaşadılar. Dedem, otuz yıl gardiyanlık yaptı. Dedemin dedesi deveciydi. Hep emeğiyle hayatını kazanan insanlar. Sizin atalarınızda paradan para kazanan, ticarette iyi kazanan biri yok ise hep emekçiyse, emekçi olursunuz.

"Çoklu noktalardan para kazanabilirim, çoklu noktalardan iş yapabilirim..." düşüncesini öğrenmek epeyce zamanımı aldı. Çünkü öğrendiğimiz bir ata çizgisi var. İlk başlarda memur olduklari için kızıyordum. Annemin de babamın da kafası iyi çalışıyor. Ticaret yapabilirlerdi. Fakat şimdi düşünüyorum ve "Yapamazlardı..." diyorum. "Kesin annem babam iyi niyetlerinden dolayı dolandırılırlardı." Babam emekli olduktan sonra ticareti biraz denedi ve durumu gördüm. Tahsilat yapması gerekiyor ve alacaklarını isteyemiyordu.

"Verir inşallah..." diyor.

"Baba, alacağını tahsil edemezsen günü gelen borcu ödeyemezsin..." diyorum.

"Nasip..." diyordu. Ticaret bilmek ayrı bir şey, ticareti yapmak ayrı bir şey. Al ve ver dengenizi kuramayan biriyseniz, boş yere ticarete girmeyin, neyiniz var neyiniz yok alırlar siz sadece bakakalırsınız.

## *İletişim Protokolü!*

"Ben bana düşeni yaptım. Benim isteklerimi bilin..." deyip susarsanız, karşı tarafla konuşmadığınız için, isteklerinizi anlatamıyorsunuz. Karşı taraf imayı anlamaz. Erkekse imayı hiç anlamaz. Erkeklere bir şeyi doğrudan söylemeniz lazım. Bayanlar "bir kelime söyler", bunun altında yirmi tane anlam vardır. O yüzden iletişimde en önemli şey karşındaki kişinin protokolünü çözmektir.

İki bilgisayar arasında haberleşme, veri gönderip alma için bazı kurallar vardır. Bunların toplamına "iletişim protokolü" denir. Basitçe söyleyecek olursak, insanlar arasında da veri alınıp gönderilebilsin, iletişim kurulabilsin diye bu protokolü çözmeniz gerekiyor. Sorun şu ki bilgisayarlar olabilecek en basit aletlerdir. İki rakamlı sayı sistemi kullanır ve her şeyi onunla yaparlar. Aşağı yukarı hangi komutla hangi sonucu alabileceğinizi bilirsiniz. Oysa bir tek insanda ihtimallerin ucu bucağı yoktur.

Hayatımda iletişimle ilgili en büyük sıkıntım, insanların beni anladığını zannetmem oldu. Yaptığım çalışmanın ya da emeğin değerinin her zaman bilineceğine inandım. Günün sonunda kimsenin bana istediğim değeri verdiğini görmedim. Bu sefer kurallarımı, sistemimi kendim çizmeye başladım. Eskiden herkesin sistemine uymaya çalışırdım, esnek olmaya çalışırdım.

Karşımızdaki kişinin protokolünü anlamak en önemlisidir. İki türlü iletişimci var: Biri sabit iletişimci. "Ben buyum!" der, dümdüz gider. Lafı da yer, öfkesini de kusar ama karşı tarafa iletişim için alternatif sunmaz. Genelde bu tür insanlar, iletişimde huzur arayan insanlara denk gelirler. Öteki taraf da mutlaka bir yol dener bu kişiye ulaşmak için. Olmadı öteki yoldan dener. Sakince konuşmayı, bağırıp çağırmayı, kırıp dökmeyi dener ama ulaşamadığını fark eder.

İkinci tür iletişimci ise esnek olabilendir. Bu insanlar "Nasıl yapabilirim?" sorusunu kendilerine daha çok sorar, karşı tarafla daha doğru ve etkili iletişim kurabilmek için sürekli yeni kanallar arar, yeni protokoller denerler.

Eğer karşımda ulaşamadığım bir insan varsa, kendime ilk şunu soruyorum:

"Yaşadığım evde, dünyaya geldiğim, büyüdüğüm evde, iletişim sorunu çıkaran kimdi?"

Evin içinde mutlaka bir iletişim problemi çıkaran ve her seferinde barışçı ve uzlaşmacı olmaya çalışan birileri vardır. Çok enderdir ikisinin de barışçı ve uzlaşmacı olması. Bunu başarabilirlerse zaten dünyayı fethediyorlar. Kimi durumda da ikisi de kavgacı oluyor ve ömürlerini çabuk tüketip gidiyorlar.

Sabit iletişimli birine denk gelen biri, ilk seferinde kaçmaz ama bu durum sürmeye devam ederse, sonunda çaresiz kalır, değişemeyeceğini anlar ve çeker gider.

Size gözlemlediğim ilginç bir örnek: Yıllar önce genç bir çocuk getirdiler. Annesi görgülü, çok düzgün konuşan, her bir kelimesinde derin anlam bulunabilecek, erdemli bir anne.

Gençlik yıllarında bir gece eve giderken karanlık bir sokakta tacize uğruyor. Çöpleri karıştıran bir adamdan hamile kalıyor. Çocuğu doğuruyor. Çocuk ve kendisi adamı hiçbir zaman görmüyorlar ve bilmiyorlar. "Biz bu çocuğu dadılarla büyüttük, inanılmaz eğitimlere gönderdik. 'Senin baban çöp karıştıran biri!' asla demedik" diyor.

Sonra çocuğu gördüğümde şaşırdım. Garip ki sokakta yaşayan, evsiz, işsizler gibi görünüyordu. Yaşadığı villadan kaçıp kaçıp, sokaklardaki çöpleri karıştırmaya gidiyormuş. Annenin derdi buydu. Bu konuda bir şey yapamayacağımı dile getirdim. Yani çocuğun genlerinde var olan bir şahıs, onu büyütmemiş bile olsa, onda var olmaya devam ediyordu.

Bu sebeple boşanmak ya da anne babanızdan kaçmak çözüm değil. Yedi kuşak genetik hafızanızla birliktesiniz. Belki de Hz. Âdem'den bugüne... En doğrusunu elbette Allah bilir.

Bir sokak kedisi geldi, evimize yerleşti. Bir süre sonra yavruladı. Bir yavru kaldı diğerleri yeni yuvalar bulup gittiler. Sonra o da yavruladı. Sonra ilk gelenin çocuğu da başka bir eve gitti. Ninesi ile torunu bizde kaldı. Bir gün ikisinin birden duvarın üstünde oturduğunu gördüm. Kitabımı yazıyordum ve başımı kaldırıp baktım. Beneklerine kadar aynı... Neredeyse nine ile torun birbirinin kopyası. Beyaz tüyler üzerine krem rengi benekler bir yana, kuyruklarının şekli, simetrisi hatta hareketleri de aynı... Doğal olarak söylemeden edemedim:

"Bu kedi, ninesinin genetik tekrarı!"

Bizler de atalarımızın genetik mirasını taşıyoruz. Onların kimi huyları bizde de var. Beş kardeş düşünün, hepsinde ataların hem olumlu, hem olumsuz özellikleri var ama birinin on parmağında on marifet varken, diğerinin elinden hiçbir şey gelmiyor. Beş parmağın beşi bir değil çünkü... Bu defa "Ben kardeşimi hiç anlayamıyorum..." diyorsunuz. Ya da bir anne, "Bunun ağabeyi, ablası böyle değildi. Bu nasıl böyle oldu, anlamıyorum..." diyor.

Aslında o anlamadığınız kardeşiniz, siz de olabilirdiniz ya da paylaşabilirdiniz o özellikleri. Biz, kendi ailemizde bu genetik haritayı bilmediğimiz için "uyumsuz" diye kavga çıkarmaya başlıyoruz.

Bekâr insanlara hep söylüyorum: Lütfen eşinizin anne ve babasıyla diyaloğuna dikkat edin.

(Evleneceğiniz kişiye, anne ve babasında hoşlanmadığı özellikleri sorun. Size sıraladıklarını ileride kendisinin de yapma olasılığı nedir sizce? Babam gibi olmayacağım ve babamın annemi üzdüğü gibi ben eşimi üzmeyeceğim diyen birçok erkek, eğer babasına öfkeliyse, aynı duruma düşüyor. Eğer babasına olan öfkesini içsel şifalandırıp helalleşmişse o zaman dediği gibi oluyor. Eşine iyi davranıyor. Bir kız çocuğu annem gibi olmayacağım, onun gibi yetersiz kalmayacağım derse, içsel olarak öfkeli ve yargıları devam ediyorsa, hayat onu alıp, annesinden daha zor bir yere koyuyor ki, annesini anlasın. Lakin annem gibi olmayacağım ve daha iyisini yapabilmeye niyet ediyorum derken, içsel olarak annesine yargısı yoksa, helalleşmişse, annesinden daha iyi noktaya soyunu taşımayı başarıyor.)

Annem, babamı, "annesiyle diyaloğu iyi olduğu için" sevdiğini söyler. Bir erkeğin annesiyle arası iyi değilse sorun vardır. Aşırı iyiyse yine sorun vardır. Bu defa da fazlaca yaşantısına karışabilir ve evlilik yaptığında sorun çıkabilir. Böyle bir insanla evlendiğinizde onunla değil, annesiyle de evlenmiş oluyorsunuz. Yuvanıza, işyerinize, hayatınıza herkes karışıyor, herkes akıl ustası! Oysa size akıl verenlerin hayatları ne durumda, buna da bir bakmalısınız.

Bir film izledim. Filmin kahramanı, sevdiği kıza yüzük verecek. Ancak tecrübesiz olduğu için ilişkileri olanlara akıl danışıyor. En son kızla konuşuyor. Kız, "Kim akıl verdi sana?" diyor.

"İşyerindeki arkadaşlara sordum."

"Peki, onların hayatları nasıl?"

"Dağınık."

"Dağınık hayatları olanlardan nasıl bir akıl alabilirsin? Verebileceği akıl en fazla 'Benim gibi olma' olabilir."

Doğru bir tespit... Bu durumu ailelerde bir şekilde görürüz. Anne ve baba kendisinin başarısız olduğunu belirterek çocuktan başarılı olmasını ister:

"Evladım oku kurtul. Benim gibi olma."

"Evlen, benim gibi olma."

"Ben başaramadım, sen başar."

"Biz yapamadık, sen yap."

Çocuktaki program da şudur:

"Annem babam yapamadıysa ben hiç yapamam!"

Bilinçli zihni "yaparım, ederim" dese de önemli değil. Onu kontrol eden bilinçaltıdır ve orası da bu programlamayla "hiç yapamayacağını" kabul etmiştir zaten.

Sülalenizin bilinçaltına da bakın. Sülalenizin bilinçaltında hep kavga, kaos mu var? Herkes herkesle küs mü?

Aile yapımız genelde duygusal, her şeye aşırı anlam yüklüyor olabilirler. Kendinize ve aile fertlerinize dikkatle bir bakın, nasıl nefes alıyorlar? (Diyafram nefes çalışmamızı nefes21.com adresimizden izleyip uygulayabilirsiniz.) Burundan değil, ağızdan nefes alıyor, sürekli tedirgin, sürekli endişeli mi yaşıyorlar? Gelecekle ilgili kaygıları mı var? Geçmişi affedemiyorlar mı? Yaşlılık yaklaştıkça ertelediğiniz, yapmadığınız hayalleri, bunları kimler için ertelediğinizi fark ettikçe daha çok endişeleniyorsunuz. "Kırk yılı harcadım ama elde bir şey yok..." diyorsunuz.

Sevgi görmeyen anne, baba, dede, ninenin, sizi sevdiklerini gösterme şekli, yemek yapıp önünüze koymaktır. Ya da kendilerini sizin için feda etmektir. Bir kişinin diğeri için kendini feda etmesi ne kadar doğru? Hatta insanların çoğu artık fazla yemekten kaynaklı sorunlardan ölüyor. Yanlış beslenme, stresten dolayı. Açlıktan ölen yok. Bundan yüz sene önce insanlar açlıktan ölebiliyordu. Öğle yemeğini yediğinde, bir sonraki öğünü ne zaman bulacağını bilmiyordu. Bu insanların torunlarıyız. Bu kitabı okurken bile yarına ne yemek yapılacağını bir kez olsun düşündünüz mü?

## *Gizli İkna mı Yapmaya Çalışıyorsunuz?*

İnsanlarla iletişim için çoklu protokoller bulmalı, geliştirmelisiniz.

Eğer birinin kırılacağını düşünüyorsanız, büyük ihtimal siz de kırılgansınız. Kardeş, anne, baba, çocuk gibi kişilere düşüncelerinizi söylemekten çekiniyorsanız, büyük ihtimal kaybetme korkunuz vardır. Yutup, içinize atıyorsunuz. Bu noktada, "Allahım ailemle iletişim kurarken senin katından koruma ver..." diyorum. Besmele çekiyorum ve öyle başlıyorum konuşmaya. Fakat konuşurken şuna da dikkat ediyorum: Karşımdaki kişiyi yumuşatmaya mı çalışıyorum, bir şeye ikna etmeye mi çalışıyorum, yoksa gerçekten iletişim kurmaya mı çalışıyorum?

Önce kendi niyetinize bakacaksınız. Birçoğumuz da kurnazız. Önceden planı kurar, çoban köpeğinin sürüyü yönlendirdiği gibi yönlendirmeye çalışırız insanları. Bazen bu bilinçsizce de yapılır. Gizli ikna yöntemleri bilinçli ya da bilinçsizce denenir.

Bu, dünyalık bir şeydir. Kendi çıkarlarınız için karşı tarafı bir şekilde ikna etmektir.

Aynı şeyi çocuklara da yaparız. Oysa çocuklar, numara çevirdiğinizi hemen anlar. Yemeğini yemesini isterseniz, keyfi yerinde olduğunda gidip yer. Şimdiki çocuklar kendi alanlarını biz eski modellere karşı çok iyi koruyor, kurallarını çok iyi koyuyorlar.

Bir çocuk, Allah'ın kulu olmak için bu dünyaya geldi. O da cennete ulaşmak için çalışacak. Ama biz onu mal gibi görüyoruz. Kendimizin sanıyor, "Alırım, veririm, istediğimle evlendiririm..." filan diyoruz.

Çocukları mutlu etmeye çalışırken, tüm hayatlarını mutsuz geçirmelerine sebep olabiliyoruz. Buna dikkat etmek lazım.

## *Nasılsanız, Öylesi Gelir*

Kitabın önceki bölümlerinde verdiğim taş örneğini hatırlayın. Siz sert bir taşsanız, hayat sizi sert taşlarla karşılaştırır. Yoksa tuzla buz olursunuz.

Ben de hep kendim gibi insanlarla eşleşiyorum. İş hayatında da kendim gibi insanlarla karşılaşıyorum, spor yaparken de. Hangi modda iseniz, o moddaki insanlarla bir araya geliyorsunuz.

Diş macunu faydalı bir şey ama tüpünden çıkarmak için sıkmak lazım... Bazen de biriyle karşılaşırsınız ve sizin içinizdekini öyle bir sıkar ki, dışarı çıkmasını sağlar. Bu da genellikle hayatınızdan atamayacağınız biridir. En sert sınav bu yüzden yakınınızdaki kişilerle olur. İşyerinizden, oturduğunuz yerden bağınızı koparıp gidebilirsiniz lakin, yakınınızdaki ailenizle bunu yapamazsınız, bağınızı koparamazsınız. Bu nedenle kişilerle yaşadığınız olayları, dertleri önce sorgulayın, neden hayatınıza geldi? Genelde sorunları çözmeye çalışırız ve sorunlardan kurtulmaya çalışırız. Bu sebeple yıllarca ders almadıysanız, size gelecek olan mesajlar, yakınınızdaki kişilerin üzerinden size gelmeye başlayacaktır.

Sistemin içinde çok cengâver olduğumu fark ettim. Hep de cengâverlerle savaştım. Sonra "Yanlış bir protokol izliyorsun..." dedim. "Çünkü eskiden zoru seviyordum. Kolayı herkes yapar. Ben zoru başarırsam babam, annem, insanlar beni takdir edecek..."

Bir çeşit ödül avcılığı... İnsanlar tarafından takdir edilmek için başarmaya çalışmak... Oysa başar, başarma takdir edecekse ediyor insanlar, etmeyecekse, Ay'a da gitseniz etmiyor. Sizi takdir edecek insan, bir şey yapmasanız da insan olarak takdir eder. Bu yüzden hoplayıp zıplamaya gerek olmadığını fark ettim.

Mükemmeliyetçiliğimi fark ettim. İlişkilerde mükemmeliyetçiydim, altında ne olduğunu buldum: Hata yapmaktan korktuğum için, beni suçlamasınlar diye mükemmel yapmaya çalışıyorum. Mükemmeliyetçi insanlar önce kendisi eleştirir, "Seninki olmamış" der. Suçlanma korkunuz varsa ıstıraptır. Doğru anladığınızı sanıyorsunuz ama yanlış anlıyorsunuz. Kendi hayatımdaki mükemmeliyetçiliğimi fark ettiğimde, suçlanma korkumu fark ettiğimde, hata yapma korkumu fark ettiğimde, daha da kötüsü, kıskanma duygumu fark ettiğimde duruma uyandım. En kötüsü de kıskanma duygusudur çünkü kıskançlığın derinliklerinde kontrol etme arzusu vardır, sevme arzusu yoktur.

Biri gelir, yanınızdakine selam verir. Yanınızdaki sorar:

"O arkadaşın sana niye selam verdi?"

Muhtemelen daha önce annesi, babasından bile değer görmemiş. İlk defa biri sizi kıskandı, değer verdi... Eliniz ayağınız dolaşır. Oysa bu kıskançlık, ileride sizi sürekli sıkıntıya sokacaktır... Asıl bakmanız gereken şudur: Neden dışarıdan biri sizi mutlu ediyor?

Dışarıdan biri sizi mutlu ediyorsa vahim bir durum söz konusudur.

Ben de otuzlu yaşlarıma kadar hep haklı çıktım. Her konuda haklı çıktım. Ama her konuda haklıysanız, bir yerde gözden kaçırdığınız bir sorun var demektir. Göremediğiniz bir iletişim sorununuz var demektir.

Bugün artık biriyle iletişim kurarken, evladım da dahil, bir şeye ikna etmeye çalışmıyorum.

"Nasıl yaparsak daha iyi olur?" diyorum.

O da seçenekleri sıralıyor:

"Böyle yaparsak daha iyi, şöyle yaparsak şöyle olur..."

Şimdi ben ona bildiklerimi anlatıyorum lakin dayatmıyorum. Onun düşünmesini, hissetmesini, fikir üretmesini ve ürettiği fikri seçtiğinde uygulayıp sorumluluğunu almasını sağlamaya çalışıyorum.

Biriyle, özellikle de eşiniz ve çocuğunuzla konuşurken, "Bu konu ile ilgili ne biliyorsun?" ve "Ne hissediyorsun?" iki önemli soru şeklidir. Biri tecrübeye, diğeri hislere konuşur. Düşünmek tecrübeniz kadar, his ise 360 derecedir; tüm kâinatla ilgilidir.

Peki hislerinize güveniyor musunuz? Hislerimize güvenemiyoruz. Hisleriniz yıllar önce size "Yapma!" dedi, gidip yaptınız, başınıza bir şey geldi. Hisleriniz size diyor ki: "Bağırma!" Bağırıyorsunuz, başınıza bir şey geliyor. Hisleriniz "Bugün evden çıkma!" diyor, çıkıyorsunuz ve başınıza bir şey geliyor. Bir insanla karşılaşmadan ya da bir duruma düşmeden önce içinizden tatlı bir ses, bir uyarı gelir. O tatlı uyaran sesi içinizde tekrar hatırlayın! Ona kulak verin. Daha önce vermediniz ve başınıza olumsuzluklar geldiğini hatırlayın.

Çevrenizin sizin uyarması farklıdır. Size bir şey katıyorsa tamam ama genelde bizim etrafımızda, "Yapma, etme, yapacaksın da ne olacak, zaten bu iş tutmaz, bu projeden bir şey olmaz" şeklinde, korkutmaya yönelik konuşurlar.

Siz siz olun, anne babanınız hayırduasını her zaman alın. Siz siz olun, hayallerinizi, hayallerini başarmış kişilerle konuşun. Üretin ve yapın. Eğer aksilikler başlamışsa, engellenmeler, ya çok kişiye anlattığınız için nazar almışsınızdır ya da olmaması gerekiyordur.

Bu iki durumun arasındaki ince çizgiyi bulmanız biraz zaman alabilir.

## *Anneme Teşekkür*

Otuz yıl boyunca hatalar yaptım ve benden ümidi kesmeyen anneme her zaman teşekkür ettim. Annem diyor ki:

"Biz size hiç karışmadık. Elimizden gelen maddi ve manevi imkânları vermeye çalıştık. Sizi geçindirmeye, sevmeye gayret ettik ama şu mesleği yapacaksınız diye baskı yapmadık, yönlendirmedik. Gözlemlemeyi tercih ettik."

Çocuğunuza akıl vermeden önce, onun kafasında kendi doğrularını bulmasını sağlayın. Çocuğunuz tembel mi, çalışkan mı, hangi konuda hevesli, hangi konuda hevessiz? Bunları tespit edin. Matematikte mi Türkçede mi fizikte mi iyi? Ben matematikte iyiydim, edebiyat dersinde zayıf. Kızımın ise matematik dersi de iyi edebiyat dersi de. Kimya dersinin zayıf olduğunu söyledi.

"Getir bakalım kitabını!" dedim.

Bir iletişim kurmam lazım. Fakat onlar kimya dersini İngilizce görüyor. Ben Türkçe gördüm ve 1992 yılında... Bunca sene sonra gördüğüm dersi hatırlamam lazım!

Allah'tan kimya dersini seviyordum. Bir sevdiğiniz şeyler bir de sevmediğiniz şeyler bilinçaltınızda durur.

"Bunların Türkçesini çıkarabilirsen, sana yardımcı olabilirim..." dedim.

Annem de beni on yedi yaşımdayken ders çalıştırır ve "Bizim zamanımızda bu konular yoktu..." derdi. Şimdi içimden kızıma, "Bizim zamanımızda bu konular yoktu..." demek geliyor. Dönüp dolaşıyorsunuz, atanızla yaşadığınız olayı, evladınızla yaşıyorsunuz. İşte o zaman atanızla neyi çözemediyseniz, neyi yapamadıysanız, burada güncelleme yapın ve çocuğunuzla yeni bir protokolle konuşun. Anneniz ninesiyle, siz annenizle aynı şeyi yaşamış olabilir misiniz? Günü gelecek torununuz da evladınızla benzer döngüler yaşayabilir.

Çocuğumun bir dersinden zayıfı vardı. Tepki verip, "Niye dersten kaldın? Biz seni yedirmiyor muyuz, içirmiyor muyuz? Ne istersen almıyor muyuz?" demek yerine, "Kalabilirsin dersten. Olabilir..." dedim. "Doğrusu iyiyi yapman, okulunu vaktinde bitirmen lakin nasıl yapmak istiyorsan ona da saygı duyuyorum" dedim.

Kavga çıkarıp, yaptıklarımızı yüzüne vurup, kendi paçamı kurtarmak yerine (genelde anne babalar, evladı ile bir durum yaşadıklarında, hemen kendi fedakârlıklarını kelimelerle sıralayıp, paçayı kurtarmaya çalışırlar; evladına karşı paçayı kurtarsan ne yazar, kurtarmasan ne yazar) sakin ve çözüm bulmaya çalışan konuşmama cevap olarak, "Baba, çalışıp geçmem lazım bu sınavı. Doğru olan bu..." dedi.

Onu yargılasaydım, içsel öfkeyle benzer sonuçlar alabilme olasılığı yüksekti. Bir çocuk anne ya da babasına öfkeliyse, kendi kendini, iyiyi yapabileceği halde, başarısız kılarak, ondan başarı bekleyenleri cezalandırmaya çalışır.

Öğretmenlerin çoğuyla konuşuyorum. "Çocuk inanılmaz zeki ama yapmıyor!" diyor. Bunun sebebini anne babanın ya da öğretmenin oturup kendinde araması lazım. Çünkü çocuk "Başarmak hayatımda bir şeyi değiştirmeyecek" diyor. "Başarıp da onlar gibi mi olacağım? Mutsuz ve kavga içinde!"

Bir garibanın çocuğu okumak için çırpınırken, bir fabrikatörün çocuğunun okumak istememesinin sebebi de yine anne babadır. Çocuktaki program şu:

"Çalışsam da çalışmasam da biz zaten zenginiz. Çalışmasam da olur."

İkinci olarak da öğretmenler bir dersi anlatmak için heyecan duyuyorsa, gözleri sevinçle parlıyorsa, çocuklar onları çok daha iyi dinliyor. Böyle öğretmenleri de genelde barındırmaz, çevrelerinde bulunan mutsuz, işini sevmeden yapan insanlar.

"Ezberle-ezberlet" eğitim sistemimizin yeteneğe dayalı olarak değiştirilmesini herkes istiyor. Muhasebeci, doktor, mühendis yetiştireceksek ezberle-ezberlet sistemine devam edebiliriz. Ezberin de eğitim ve öğrenimde çok faydalı olduğu yerler vardır ama bizim "ara eleman" sıkıntımız var. Ya lise mezunu, hiçbir mesleki vasfı olmayan ya da üniversite mezunu ama meslek lisesi gibi eğitim almış olanlarla doldu her yer. Oysa üniversite, meslek okulu değildir, bilimsel çalışma yapılan yerdir. Orada mesleki eğitim değil, mesleğin bilimsel yönü ele alınır, geliştirilir.

Hayatımdaki en büyük pişmanlıklardan biri düz lisede okumuş olmaktır. Keşke bir meslek lisesine gitseydim! Marangozluk, motor, torna tesviye ya da elektrik vs. bilseydim, ek bir meziyetim olacaktı. Ahşabı kesmeyi sonradan öğrendim. Gidip testere aldım, kesmeyi öğrendim, çitleri yaptım. Şimdi meyve çekirdeklerini filizlendiriyorum, tohum yetiştirmeye çalışıyorum.

Gençlere tavsiyem, bu tarz eğitim almalarıdır.

Üniversitede, hocamız bize şunu söyledi:

"Sakın okuldaki bilgiyle yetinmeyin. Burada size bilgi vermiyoruz, bilgiyi nasıl bulacağınızı anlatıyoruz. Bu yüzden bir iş yaparken, anında enformasyon toplayıp, en güncel bilgilerle bir proje hazırlayabiliyoruz."

Şu an insanoğlu kendi geliştirdiği süper bilgisayar ve yapay zekâ ile rekabette. Sizin o bilgiyi saymanızla onun tüm o veritabanını kullanması aynı değil.

İleride birçok şey robotlar, yapay zekâ ve akıllı internete bağlanabilen ve birbiri ile konuşup sohbet edebilen cihazlar ile yapılacak. Buzdolabınızı tost makinesiyle konuşurken bulabilirsiniz. Teknoloji şu an popüler olan işlerin peşinden koşan bir sürü insanı işsiz bırakacak.

Bilgisayar, sadece yetenekli, yeni fikirler üreten, sanatçı ruhlu insanlarla rekabet edemez. Bizden sonraki eğitimi buraya doğru yönlendirmemiz lazım. Yurtdışındaki eğitim buna doğru kaymaya başladı: Çocukların yeteneklerini keşfedip, ona yönlendirmemizde büyük fayda var... Bir çocuğun meziyetlerini dikkat ederseniz bulabiliyorsunuz. Küçük yaşta yetenekli ve üretken çocukların ayrı bir eğitime alınmalarının, hem onlar hem aileleri hem de insanlık için oldukça verimli olacağına inanıyorum.

**İlişkinizi Şifalandırma Çalışması**

Gözlerinizi kapatın ve burnunuzdan yavaşça derin bir nefes alın ve verin.

Derin bir nefes daha alın ve yavaşça verin.

Yeni bir nefes daha alın ve yine yavaşça verin.

"Allahım, bundan sonraki kalan ömrümde insanları kolaylıkla ve sağlıkla anlayabilmeye niyet ediyorum.

İçimdeki tüm korkulardan sana sığınırım, geçmişteki yaşadığım tüm olumsuzluklardan sana sığınırım. Gelecekle ilgili bütün endişelerimden sana sığınırım.

Hayatımdaki herkesi kolaylıkla ve sağlıkla anlayabilmeye niyet ediyorum."

Derin bir nefes alın ve yavaşça verin.

"Allahım, insanların da beni kolaylıkla ve sağlıkla anlayabilmelerine niyet ediyorum."

Derin bir nefes alın ve yavaşça verin.

Derin bir nefes daha alın ve yavaşça verin.

"İçimdeki yanlış anlaşılma korkusunu, el âlem ne der korkusunu, suçlanma korkusunu, mükemmeliyetçiliği, her seferinde her konuda kendimi açıklama yapma konusunu sevgiyle bırakıyorum.

Mükemmel olmak zorunda değilim."

→

Derin bir nefes alın ve yavaşça verin.

"Ben kendimi affediyorum. Herkesi affediyorum. Geçmişte iletişim kuramamayla ilgili yaşadığım tüm olumsuz hatıraları sevgiyle gönderiyorum."

Derin bir nefes alın ve yavaşça verin.

Derin bir nefes daha alın.

"Güvendeyim, huzurluyum, sağlıklıyım, insanları kolaylıkla anlarım, insanlar da beni kolaylıkla anlar."

Avuçlarınızı ovuşturun. Sol avucunuzu sağ omzunuza, sağ avucunuzu sol omzunuza koyun ve gerçekten iletişim kurmak, ortayı bulmak, helalleşmek istediğiniz kişiye sarıldığınızı düşünün. Ona şunu söyleyin:

"Senden özür diliyorum, af diliyorum. Ben sana hakkımı helal ediyorum. Lütfen sen de bana helal et.

Seni seviyorum ve teşekkür ederim.

Niyetim seninle sağlıklı iletişim kurmak. Amacım seninle sağlıklı iletişim kurmak.

Seni bir şeye ikna etme çabası içinde değilim. Sana güveniyorum ve doğru kararlar vereceğine inanıyorum.

Niyetim, seninle aramızdaki iletişimin güzel olması.

İçimdeki bütün kızgınlıkları bırakıyorum.

Ben seni affediyorum. Lütfen sen de beni affet. Ben sana hakkımı helal ediyorum. Lütfen sen de hakkını bana helal et.

Geçmişte her ne yaşandıysa, yaşandı ve bitti.

Kendi adıma ben geçmişteki her şeyi affettim, bağışladım ve hazmediyorum. Seni seviyorum ve sana teşekkür ediyorum.

Her neredeysen, mutlu ol.

Her neredeysen huzurlu ol.

Benim için değerlisin ve seni olduğun gibi kabulleniyorum.

→

Seni kendin gibi seviyorum. Senin huyunu suyunu değiştirmeye çalışmaktan vazgeçiyorum."

Derin bir nefes alın ve yavaşça verin.

Derin bir nefes daha alın ve yavaşça verin.

"Seni seviyorum ve sana teşekkür ediyorum ve seni özgür bırakıyorum. Artık özgürsün..."

Ellerinizi ovuşturun ve kalbinizin üstüne koyun.

"Sevgili kalbim, yıllardır seni kırgınlıklarla doldurduğum için özür dilerim. Sen sevgiden yaratıldın ve şu andan itibaren kalbimdeki bütün kırgınlıkları bırakıyorum. Bütün üzüntüleri bırakıyorum. Hazmedemediğim bütün olayları hazmediyorum.

Allahım ilmimi artır."

Derin bir nefes alın ve yavaşça verin.

Derin bir nefes daha alın ve yavaşça verin.

Üç nefes daha alıp verin ve tekrar avuçlarınızı ovuşturun.

Avuçlarınızı başınızın üstüne koyun ama parmaklarınız birbirine değmesin.

Sollu sağlı koyun ellerinizi. Dcrin bir nefes alın.

"Şifa Allah'tandır..." deyin.

Beş altı defa nefes alın ve verin.

"Şifa Allah'tandır."

İçinize nefesle birlikte, huzuru ve sevgiyi çektiğinizi hissedin.

Derin bir nefes alın ve verin.

Avuçlarınız ısınabilir. Bu güzel bir şeydir. Şifanın arttığını gösterir.

"Şifa Allah'tandır."

Üç nefes daha alıp verin gözlerinizi açın.

→

## *Zihninizin Boş Hali*

Yukarıdaki çalışmayı yaptığınızda zihninizi boşaltmış olacaksınız. Birine kızmaya çalıştığınızda kızamadığınızı, endişe etmek istediğinizde edemediğinizi fark edeceksiniz.

Bu çalışmayı ömür boyu, aklınıza geldiğinde, fırsat bulduğunuzda, molalarda, yatmadan önce yapabilirsiniz. Herkesin kendine şifa aktarmayı öğrenmesi lazım... "Şifa Allah'tandır..." dediğinizde, içinizden "Ya Şafi" esmasını da çekebilirsiniz.

Zihninizdeki endişelerin çoğunun gittikçe azaldığını fark edeceksiniz. Bu çalışmayı hangi organ üzerine yaparsanız, o organda da iyileşme fark edeceksiniz.

Zihninizin susmuş hali, sizin fabrika ayarlarınızdır. Takibiniz bundan sonra sessiz ve sakin, dingin, huzurlu bir zihin olmalıdır. Bu çalışmayı yapın, sonra eşinizle konuşun, çocuğunuzla konuşun bakalım. Diğer sohbetlerinizle bunun arasında nasıl bir fark göreceksiniz? Fakat amacınız bir şeye ikna etmek olmasın. Bir şey için ortak karar alabilmek, fikir üretmek olsun.

Biz insanlar dünya malını toplamaya başlarken, iletişimi kaybetmeye başladık. Hayattaki en büyük zenginlik, bir ortamda muhabbet edebilmektir. Ama muhabbet yaparken "Acaba benim hakkımda ne düşünüyor, acaba bunun altından ne çıkacak?" diye endişeleniyorsanız, yine bir sorun var demektir.

Her muhabbetimiz adeta satranç maçı gibi... Sizi bilmem ama yıllar önce muhabbette satranç oynamayı, karşımdakini şah-mat etmeyi bıraktım.

Muhabbeti, konuşmak sohbet etmek değil de, haklı çıkmak, laf sokmak, çatışma olarak görmek isteyenlere, "Satranç oynayacaksan yorgunum, muhabbet edeceksen buradayım..." diyorum.

Böylece kavga istikametine gideceğinize, iki kahve alın ve muhabbete dönün.

Kaç yıl daha hayattayız? Kalan ömrünüzü böyle kavga mı ederek geçireceksiniz? Çocukken hayalini kurduğunuz hayat bu mu? Sizi de bir anne doğurdu. Siz de benim gibi bir çocuktunuz, sokakta düşe kalka oynadık, belki de benim gibi düşüp dizinizi yaraladınız... Hep birlikte bir şekilde bugünlere geldik.

Zihninizin boş halini kısa süreliğine de olsa, yukarıdaki çalışma ile fark etmiş olacaksınız. Lakin yapacak bir hobiniz yoksa, yapacak güzel bir meşgaleniz yoksa, boş zihninizi vesvese geri sarıp sizi geçmişteki halinize çevirmek için çalışmalarına yeniden başlayacaktır.

Yıllar önce "Öleyim de kurtulayım!" dediğiniz hiç oldu mu? Oysa Peygamber Efendimiz'in hadisini hatırlayın:

> *"Hiçbiriniz ölmeyi istemesin. Zira ölmeyi isteyen kimse eğer iyi biriyse, belki daha çok hayır ve iyilik yapar. Şayet kötü biriyse, olabilir ki tövbe edip Allah'ın rızasını kazanmaya çalışır."*

Belki dardayken kendinize ettiğiniz beddua tutmaz ama rahat gününüzde ya tutarsa? Bunu bilemezsiniz. Her insan biraz canlarıyla, mallarıyla, evlatlarıyla sınanıyor. Malınızla ve evladınızla övünmeyin, bir şey başardığınızda "Ben yaptım!" demeyin. Bir şey aldığınızda "Ben çalıştım, aldım!" demeyin. "Allah diledi, oldu. Allah dilemese, olmazdı..." demek daha iyidir.

Hayatın bir döneminde hatalar yapıyor, sonra vicdanımızın sesini duyup tövbe ediyor ve Allah'a yöneliyoruz. Kalan ömrümüzü de daha dikkatli geçirmeye çalışıyoruz.

Hayatımızda bir yolculuk var. Toplam iki karış yol gideceğiz. Aklı eğiteceğiz. İlim öğrenmesi lazım. Boş bir kafa hiçbir işe yaramaz. Sonra bildiklerimizi ifade edeceğiz. Öğrendiklerimizi anlatacağız insanlara.

İkinci olarak da anlattıklarınızı siz de uygulayacaksınız. Bilmekten "hale geçmektir" bu.

Kafanızı iyi, kaliteli bilgilerle doldurun, bunu insanlarla paylaşın ama siz de uygulayın.

"Geçmişte yaptığım tüm beddualar, olumsuz niyetler için tövbe ediyorum. Hepsinin iptal edilmesini ve kalan ömrümü güzelliklerle, sağlıkla ve faydalı olarak geçirebilmeyi niyet ediyorum. Allahım ilmimi artır. Tüm kontrolcülüklerimi bırakıyorum, ilahi akışa güvenmeyi seçiyorum."

### İçinizdeki Bilgeyi Dinleme Çalışması

İki ayağınızı yere tam basın.

Yavaşça burnunuzdan nefes alın ve verin.

Gözleriniz kapalı, yavaşça nefes alın ve verin (bu çalışmanın ses kaydını yapıp, kulaklıkla dinleyin).

Derin bir nefes alın ve verin.

Şimdi başınızı hafifçe sağa doğru çevirin. Sağ tarafınızda yıllardır tanıdığınız yaşlı bir bilge olduğunu varsayın. Doğduğunuzdan beri yanınızda olan yaşlı bir bilge...

→

Bu bilge sizi çok iyi tanıyor. Siz ağlarken yanınızdaydı, gülerken yanınızdaydı, sizinle ağladı, güldü.

Bu bilge sizin her şeyinizi biliyor.

Şimdi o bilgeye sakin şekilde sorun:

"Ne yapmalıyım?"

Bu bir konu da olabilir, biriyle ilgili bir mesele de. Çocuklarınızla ilgili olabilir, işinizle ilgili olabilir.

Derin bir nefes alın ve yavaşça verin.

Bu bilge size cevabı hissettirecek. Kulağınızda bir ses duymayacaksınız.

Bir anda gelecek ve o güzel hal ve size çok güzel şeyler hissettirecek.

Ne yapmanız gerektiğini hissedeceksiniz.

Ona sorun.

İki üç nefes daha alıp verin ve gözlerinizi açın.

## *İçsesiniz Sizsiniz*

İçsesiniz sizsiniz. Çocukluğunuzdan beri konuşuyor sizinle ama konuşma şekli tatlı, yapıcı bir duygu halindedir. Sonra akıl devreye girer, mantık devreye girer, ego devreye girer ve sizi savaşa sokar. Biri tatlı bir histir, bir duygu halidir ama anlıktır. Ardından ego, vesvese devreye girer ve akıncılar gibi savaşa gidersiniz.

Yukarıda çalışmayı "Şu çocuk beni seviyor mu, piyango alayım mı?" gibi dünyalık işler için yapmayın. Vesvese devreye girmesin.

İçinizdeki bilge ses, güç ve kontrol odaklı değildir. İçinizdeki nefis, her şeyi kontrol etmek, güç sahibi olmak isteyecektir. Enerjinizi birini ikna etmek için, istediğinizi yaptırmak için ya da sizi sevmesi için kullanmayın. Bu bir manipülasyondur. Daha güçlü biri gelir, sizi maniple edebilir.

Enerjinizi biriyle sağlıklı iletişim kurmak için kullanın, onun düşüncelerini yönlendirmek için değil.

Eskiden "Senin yerinde olsam yapmazdım! Sen beni dinle, şöyle yap!" gibi konuşmalar yaptım. Sonra tövbe ettim konuştuğum kişilerin hayatına, karmasına dahil olduğum için. Onlar sizi dinliyor. İstedikleri gibi olduğunda hayırdua, olmayınca belki bir de beddua ediyorlar. Bir kişinin yaşam çizgisine dokunduğunuzda, o kişinin yüzlerce yıllık tüm soyuna da müdahale etmiş oluyorsunuz.

İletişim kurarken, insanları zekânızla yönlendirmeyin. Onları, kendi doğrularını bulabilmelerine teşvik edin.

Bazen bana ısrarla sorarlar. "Bu konu ile ilgili ne yapmalıyım? Hislerine güven..." derim. İçsesini dinle. Çünkü benim cevabıma göre hareket edeceksen, oldu da başardın; iyi. Ya olmadıysa? Sürekli içinden bana öfke gönderip, uzaktan enerji bağı kuracaksın.

Bana düşen akıl vermek değil. Bana düşen kendi hayat tecrübelerimi, kendi idrakim kadarıyla paylaşmak. Siz siz olun, başkasına akıl vermeyin, hayatınızla örnek olun, onlar sizde görecekler. Sizde gördükleriyle daha iyi idrak edebilecekler. Hayatınızla örnek olmadığınız bir şeye zaten inanmazlar. Ben hayatımda uyguladıklarımı, içdünyamdaki karışıklıkları, çarpışmaları anlatıyorum. Niyet ediyorum bir işe yarasın.

## *Sorun Sizde Değil, Çözüm Sizde*

Bir gün yetiştirme yurdu gibi oluşturulmuş bir köydeki çocukları ziyaret ettik. Her evin annesi var. Bu annelere dedim ki:

"Farkında mısınız, buradaki yetim çocuklarla siz de benzer yaşam hikâyelerinden geçtiniz. Siz de onlarla aynı durumdasınız."

Önce biraz şaşırdılar, sonra da düşününce hak verdiler. Açıklamaya devam ettim:

"İşi gücü, hali vakti yerinde olan biri olsaydınız, çöpe atılmış bir çocuğun duygularını, hislerini nasıl anlayıp, onlara nasıl yardımcı olabilirdiniz? Hayat sizi de türlü sıkıntılardan geçirdi ki birbirinizi anlayabilesiniz. Hayat okulunda en zor dersleri belki de siz gördünüz."

Eğer hayatınızda bir insan varsa, aynı yollardan geçtiniz ve orada buluştunuz.

İnsanlara çalışmanızla, üretkenliğinizle örnek olacaksınız. Oysa bizim alınganlıklarımız var. "Şu sözüne alındım, bu bakışına alındım... Biliyorum niye öyle baktığını..." deyip her şeye anlam yüklüyoruz. Kendi içimizde alınganlık yarışı içindeyiz.

Eğer kendimde bir alınganlık fark edersem, geri adım atıyorum. Diyorum ki:

"Bu konuda geçmişte biriyle helalleşmemiş olabilir misin? İçine sor ve kimi hissediyorsun bir dikkat et."

İçsel olarak genelde herkes buluyor. Ardından sana hakkımı helal ediyorum, sen de hakkını bana helal et deyip, içsel olarak helalleşin. Yüz yüze helalleşmeye şu an gerek yok. Siz içinizden adım atın, gerisi bakalım ne olacak. Niyetiniz gerçekten helalleşmek olduğunda, ilahi yardımı hissedeceksiniz.

Şu an her kiminle ne olumsuzluk yaşıyorsanız, önce bir içinizi yoklayın. Bu hareketi daha önce size biri yaptı mı? Eski ortağınız, anneniz, babanız, arkadaşınız... Onunla içsel bir sohbet başlatın ve helalleşin. Egonuz hemen karşı çıkacak ve "Neden helalleşecekmişim?" diyecek. Hatırlayın: "Nefse zor gelende hayır gizlidir."

Sakın dertliyim demeyin. Sorun sizde değil, çözüm sizde. Her şeyin çözümü var. Yeter ki amacınızı doğru belirleyin. Amacınız intikamsa, kısassa sorun devam eder. Çözüm ise ilahi sistemin size yardımcı olduğuna birçok kez şahit oldum. Ummadık yerden bir mucize oluyor ve Rabbim her zamanki gibi koruyup kolladığını hissettiriyor.

Gezegenler, Güneş'in etrafında döner. Neşeliyseniz bütün aileniz, arkadaşlarınız etrafınıza gelmeye başlar. Mutsuz, huzursuz, kusur bulan, söylenen, öfkeli biriyseniz, insanlar sizi görmemek için yollarını çoğu zaman değiştirirler.

Kendinize bir sorun. Dinlenmek, istirahat etmek nasıl bir düşünce? Ve nasıl bir his? Yapmak için isteklisiniz lakin içsel olarak engelleyen neler var?

Bizde dinlenmek ayıptır; tatil, keyif yapmak günahtır. Hemen "Utanmadan ense yapıyor!" derler. Oysa bedenin de dinlendirilmesi lazım.

Gece yatmadan önce yemeği yiyoruz, mide de dinlenecek, karaciğer de ama sabaha kadar uğraşıyor, çalışmak zorunda kalıyor. Beyin iki dakika keyif alacak diye organlar dinlenmeksizin çalışıyor.

Bir gün bir bayan bireysel görüşmeye geldi, eşinin otuz yıldır alkol bağımlısı olduğunu anlattı. Alkolün her modu vardır; içip içip çocuklaşanlar, sızanlar, kavga çıkaranlar... Kadının eşi, sızıp kalanlardanmış.

Bir erkek alkole başlamışsa eğer, babası, annesi ona "Senden adam olmaz" diyerek başladı, eşi de ona "Sen ne biçim adamsın" diye konuştu, adam da en sonunda pes etti, "Ben artık bir işe yaramıyorum, kendimi uyuşturmam lazım" diye düşündü. Bu yüzden alkol kullanan birine "İçme!" demeyin. Daha çok içer çünkü ilk kez biri onunla ilgileniyor. Onun değerli olduğunu anlatıp, gösterip geri kazanmamız lazım.

Adamla "değerli olma" çalışması yaptık. "Ben bir işe yaramam, beni niye sevsinler ki?..." modundaydı. Çalışma sonrasında "Alkolü bırakıyorum..." dedi ve bıraktı.

Kadın altı ay terapi aldı "Bu kadar kolay mıydı?" diye çünkü o da şu modu oluşturdu aile içinde ve çevresinde:

"Alkoliğin eşiyim, o yüzden çalışmıyorum, o yüzden mağdurum..."

Şimdi elinde bu kalmadı. Artık aktif olması, çalışması, bir şeyler yapması lazım.

Birçok ticari yol deneyip, başarılı olamayanların kumara yöneldiği de görülebiliyor. Böyle yaparak kendini ve ailesini kısa yoldan kurtarabileceğini sanıyor ama genelde daha büyük bir felaketle sonuçlanıyor. "Sen bir şey başaramadın, senden adam olmaz" denilen çocukların alkolik ya da kumar bağımlısı olması büyük ihtimaldir.

Her iddia sınanır. Büyük konuşmayın. İddia etmeyin, doğrucu başı olmayın, insanların sınavlarına girmeyin, kimseyi yargılamayın. Bir şey olacaksanız, yaptıklarınızla örnek olun.

## *Sağlık Sınavı*

Sağlığınızla ilgili sınavın içindeyseniz ya da yakınınızdan biri sağlık sınavı içinde ve siz de bu durumla iç içeyseniz alınması gereken bazı mesajlar olabilir. Kitaplarda kendi tecrübelerimi ve gözlemlerimi elimden geldiğince paylaşmaya gayret gösteriyorum. Başka kitaplar, başka bilgi kaynaklarından da yararlanmaya gayret gösterin. Oralardan da bilgi alın. Bütün bilgileri kendinizde toplayın. Herkes kendi doğrusunu anlatır. Başkalarının doğrularını dinleyerek, kendi doğrunuzu bulmanızda fayda var.

Bazı kişiler yaslanmalı yaşar. Birini hayatının merkezine alır ve ona yaslanıp yaşamaya devam eder. Bu anne baba olabilir, eş olabilir, çocuk olabilir, ortak olabilir. O kişiye elinden geldiğince kendi kaynaklarını kullandırır. Lakin gün gelir o kişi hayatından bir sebeple giderse, yaslanan kişinin hayatı kaosa dönmeye başlayabilir. Hele de geçen yıllar içerisinde, kendisi için bir şeyler yapmamışsa.

Bazen de hayatınızda kaptan siz olursunuz, herkesi sizin taşımanız gerekir. Tüm sorumluluklar sizde ve siz olmazsanız sanki herkes perişan olacak. Gün gelir siz olmazsınız, merak etmeyin, herkes kendi döngüsünde bir şekilde yaşamına az ya da çok devam ediyor.

Birinin sizi taşıması da kolay değil, başkasını taşımak da kolay değil. Önemli olan herkesin kendini taşımasıdır.

Yirmili yaşlarda "Bülent yapar. Bülent çözer. Git Bülent'e..." dediklerinde mutlu olurdum. Yirmili yaşlarda herkesin akıl sorması ve sizi yol gösterici sanması güzeldir.

Ama otuza doğru gelince zor gelmeye başlar. "Arkadaş bütün yükünüz bende. Biraz da kendi sorumluluğunuzu alsanıza!" diye düşünmeye başlarsınız.

Kırka doğru geldiğinizde sabahları yatarken kalkarken artık zorlanır hale gelirsiniz.

Elliye doğru durum iyice kötüleşir... "Bunları evlendirdik, halen biz uğraşıyoruz. Ne değişti hayatımızda?" diye söylenirsiniz çocuklarınız için. Değişen bir şey yoktur. Bütün yük gene sizin sırtınızda, yine herkesi taşıyorsunuz.

Bazen de aşırı sorumluluk alan insanlar vardır. Bunu gördüğünüz için evlenmekten, yuva kurmaktan korkar olursunuz.

Nereden bakarsanız bakın, insanı yoran bir durum.

Bir dönem herkesi kurtarmaya çalışıyorsunuz, bir dönem pes ediyorsunuz. Sonra yine başa dönüyorsunuz. Bu döngü devam ediyor. Bütün ömrümüzü başkalarına harcıyor, sonra da kendimizi yiyoruz.

Fedakârlık mekanizması, "feda + kâr" şeklinde olmamalı. Etrafınızda aşırı fedakâr insanlar varsa, kabul ediyorum sizi sevdiklerini, fakat kendini size feda ediyor demektir. Sizden istediğini alamazsa ya kendini hasta eder ya sizi hasta eder. Kafaya takan, kendi kendini ya da etrafını yiyen bitiren kişilerin çoğunda kanser, şeker, tansiyon gibi hastalıklar görülür. İlginçtir ki bir de bu tür kişilerin olduğu ortamlarda, susup içine atanlarda da benzer sağlık problemleri olabiliyor. İçiniz çöp sepeti değil ki dert, keder, söylenmemiş sözlerle doldurasınız. Her ne söyleyecekseniz tatlı tatlı söyleyin, içinize atmayın. Ya da affedin gitsin, yine içinize atmayın. İçinize biriken her söz sizi yorar ve bağışıklık sisteminizi zayıflatabilir.

Bu satırların amacı bir tedavi değildir. Tedavi için doktorlara başvurmalısınız. Bu satırların ve bu bölümün amacı, tıbbi tedavinizi yürütürken, zihinsel dönüşümünüzü de sağlayarak, destek olmaktır.

Tüm insanların ortak sorunu obezite, insülin direnci, yanlış beslenme, kanser, şeker ve tansiyon.

Erkeklerin standart problemi tansiyon, şeker, kilo, kadınların ise âdet sancıları, özellikle erkek enerji üreten kadınlar için de yumurtalıklarla ilgili hastalıklardır...

Bayanlar, erkek enerji ürettiğinizde vücuda şu sinyali veriyorsunuz: "Ben erkeğim, bu rahmin, bu yumurtalıkların, bu göğüslerin bu vücutta ne işi var?" Beyin, kafayı buna takıyor ve vücut kendi kendini hasta etmeye başlıyor.

Yıllar boyunca görüşmeler yaparken içine atan insanlarda boğaz bölgesi, farenjit, bademcik, ses kısılması, tiroit, nodüller göründüğünü fark ettim.

Hayattan keyif almayan, "Keyfim yok, yaşayacak bir amacım yok" diyen insanlarda iki ortak şey gördük: Şeker ve düşük tansiyon. Özellikle yaşam amacını bulamayanlarda bunlar yaygındı.

Yüksek tansiyonda ise kişilerin feryadı şu şekilde: "Kimse beni görmüyor, yaptığım emekleri kimse takdir etmiyor, kimse bana değer vermiyor. Görün artık beni!" Değersizlik duygusuyla bağlantılı bir durum...

Bu kişinin hazmedemediği olaylar varsa, birine kefil oldu, borç ona kaldı ya da başka problemleri varsa, böbrekte sorun görülüyor. Genelde affedemediğiniz olaylarla birlikte, hazmedemediğiniz olaylar da sağlık sorunu olarak dönüyor. Eşiniz, çocuklar, aileniz, akrabalar, arkadaşlar size bir şey yapıyor, hazmedemiyorsunuz. Anneniz babanız bir şey yapıyor, hazmedemiyorsunuz. Bu duygu hali de içinizde kara delik gibi sizi yiyip kemiriyor.

Affetmek, hazmetmenin bir parçasıdır. Affedersiniz ama hazmetmek daha uzun sürer. Eğer hazmetmeyi çözerseniz, hayatınızdaki birçok noktada sağlığınız da iyiye doğru gitmeye başlar çünkü hazmetme kısmı sizi derinden yoruyor.

İnatçı biriyseniz ya da değişmeyen bir tavrınız varsa, dizlerinize vuruyor. Kolesterol problemi varsa, hayatınızda sevginin akmadığını hissediyorsunuz. Sanki birileri sizi sevmiyor, sevgiyi döndüremiyorsunuz hayatınızda. "Seni seviyorum" denilmesi başkadır, bunu hissetmek başkadır. Hissederken kendinizi bir bütün hissedersiniz, varmışsınız gibi hissedersiniz. Güvende, rahat, huzurlu olursunuz. Hayatımızdaki bu gerçekten seven insan sayısını artırmamız lazımdır.

Genelde etrafımızdaki insanlar bizi yakaladığında derdini anlatır. Ama size sormazlar "Nasılsın?" diye. Karnınız aç mı tok mu, nasıl geldiniz, nasıl gideceksiniz, nasıl bir fırtınadan gelip geçtiniz?

Gözlerinizi kapatın ve kendinize şu soruyu sorun:

"En çok nerede takıldım kaldım? Ömrümü en çok hangi noktada boşa harcadığımı düşünüyorum? Ve bu şekilde ne kadar daha dayanabilirim?"

Hastalık isimleri hemen zihinlerde harekete geçer, o hastalığın sebebi nedir, bu hastalığın sebebi nedir?

Sorular genelde hep aynıdır. Hastalık isimleri ile farkındalık çalışmamızı *Mucize Şifa* kitabımızda paylaşmıştım.

Tüm hastalıkların ortak sorunları:

- Yanlış Beslenme
- Uyku Düzeni
- Yaşam Düzeni
- Genetik Faktörler
- Çevresel Faktörler
- Hareketsizlik (Spor Yapmama)
- Öfke, Sinir, Hırs, Kafayı Takma, Affedememe, Hazmedememe, İntikam alma ya da kendisini üzenin de bir şekilde cefa görmesini çok yüksek bir arzu, istekle sürekli istemek. Başkasının kötülüğü için ısrarla dua etmek. (Bu, yanlış beslenme ile birlikte ilk sırada yer alan ve bizi perişan eden bir durum. Birinin cezasını derin bir arzuyla istediğinizde, benzer titreşimi kendi hayatınıza, kendiniz

için de çekiyorsunuz. Her kim için ne dilerseniz, önce ilk istasyon olarak size uğruyor. Size gelmesini istediğiniz yolcular neyse, başkasına da gitmesini dileyin ki size de gelsinler.)

Yukarıdaki maddeleri kendi hayatınızda gözden geçirin. Hepsini bir anda düzene sokmaya çalışmayın. En azından sağlığınız için lifli gıdalara önem verin. Masadan tam doymadan kalkın. Gece yatmadan iki saat önce yemek yemeyi bırakın. Geceleyin mideniz de istirahat etsin. İşlenmiş gıdalar, şekerden mutlaka bir şekilde uzak durun ya da tüketim oranını azaltın. Asitli içeceklerden uzak durun. Unlu mamulleri azaltmaya gayret gösterin. Süt ve süt ürünleri ile ilgili oldukça algı operasyonları yapıldı. Mümkün mertebe kırk yaşından sonra süt ve süt ürünlerini azaltmaya gayret gösterin. Sütteki kalsiyum asit oranı yüksek. Yani faydası ve zararı var. Kalsiyumu başka gıdalardan temin etmeye gayret gösterin. Dişlerinize ve damaklarınıza iyi bakın. Damak çekilmesini engellemek için en yumuşak diş fırçası ve standart diş macunu kullanın. Beyazlatıcılı diş macunları, diş minelerinizi aşındırıyor. Beyazladığını zannediyorsunuz, lakin kısa süre sonra dişlerde başka problemler meydana geliyor. Dişlerinizi beyazlatmak istiyorsanız, çay, kahve ve sigarayı azaltın. Bu üçünden herhangi birini içtiğinizde, ılık su ile ağzınızı çalkalayın. Dişlerinize daha az yerleştiklerini fark edeceksiniz. Ev halkı ile kendinize meyve yeme saati oluşturmaya çalışın. Yine yatmadan iki saat öncesine kadar bol su için. Bedeninizdeki Ph oranını dengelemek için kızartmalardan da uzak durun. Lakin en güzel beden Ph dengelemesi, neşeli, huzurlu olmaktan geçiyor. Kalbinizde kırgınlık, üzüntü, kin, öfke, intikam gitmiş ve yerine sakin, dingin, huzurlu bir yapı almışsa, sağlığınızın da daha iyiye gittiğini fark edeceksiniz. Bedeninizin iyileşmek için kullandığı enerjiyi, derde tasaya boş yere harcamayın. Sağlığınız daha önemli.

# İnsanları Eksiltmeden Toparlanın

Başkasının sizi onaylaması, sevmesi, onu kaybetmemek, onun gazını almak, onu memnun etmek derken, bugüne kadarki ömrünüz gitti. Bundan sonra, hayatınızdaki insanları eksiltmeden, birini göndermek ya da boşanmak için değil, hayatınızdaki insanlarla diyaloğunuzu düzenleyerek, toparlamanız lazım.

Hayatınızdaki bir dönem fedakârlıklarla, bir dönem pişmanlıklarla gitti. Kaçan fırsatlar, keşkeler, korkular, kaygılar, beklentiler, dert etmeler kaldı geride. Hayatımızdaki en büyük problemlerdendir beklentiler. "Ben ona iyi davranayım o da beni sevsin..." beklentisi ya da "Ben işimi tam yapayım, patron bana hakkımı versin..." beklentisi gibi beklentilerimiz vardır. "Evlilikte işimi yapayım, evliliğim iyi gitsin..." diye beklenti içine gireriz. Para da kazansanız, yemek de yapsanız, evi de temizleseniz, doğru kişiyle eşleşmediyseniz, sorun yaşarsınız. Evinizde huzur duymuyorsanız, gerginseniz, evinizde öfkeli insanlar varsa karnınız şişer, gaz yapar.

Tedavi için elbette doktora gidin. "Ben olayı çözdüm ve doktora gitmeye gerek yok..." demeyin! Rahatsızlığınız fiziksel bir boyuta geldiyse, düşünceden çıktı demektir. Düşünceden çıktıysa, düşünce boyutunda olduğu gibi fiziksel boyutta da yardım almanız gerekir.

Eskiler, "Yiğidi gam öldürür" derler. Öyle insanlar vardır ki herkesin derdini dert edinir. Sürekli dert dinler, başkalarının yüklerini almaya çalışır. Sürekli düşünmek ise beyninizin içindeki enerjiyi sürekli harcamanız demektir. Beynin çeşitli durumlarda yaydığı dalgalar vardır: Alfa, Beta, Teta gibi... Bu bize verilmiş ilahi bir armağandır. Beyin dinlenirken farklı bir dalga yayar, bir tehditle karşılaştığında farklı, uykuda farklı. Böylece vücudu doğru şekilde yönlendirebilir ve vücudu koruyabilir. Kanepede oturmuş televizyon seyrederken yaydığınız dalga ile üzerinize gelen bir arabayı gördüğünüz andaki dalganız aynı değildir. Birinde sakin olmanız, diğerinde bütün gücünüzle kaçmanız gerekir. Beyin yüksek bir enerjiyle çalışır ve vücudun kendini koruması için önlemleri devreye sokar. Mesela adrenalin çok hızlı ve yüksek çalışmaya başlar ki normaldekinden daha fazla bir güç üretip, hızlı kaçabilesiniz...

Fakat bu yüksek enerji kullanan süreçte uzun süre kalmak, hem beyin hem de vücut için zararlıdır. Sürekli panik olur, sürekli dertlenir ve beyninizi yüksek enerjide çalıştırırsanız, bir atın durmaksızın koştuğu gibi koşturursanız, sonunda çatlarsınız. Beyin, bu enerjiyi bedenden çekiyor ve onun yoğun kullanımı, diğer organların sağlıklı çalışmasına artık fırsat vermiyordur. O halde oksijeni nasıl soluyacaksınız, akciğer onu nasıl işleyip kana karıştıracak, kalp onu nasıl en küçük hücrelere kadar taşıyabilecek? Bu durumun doğal sonucu, vücutta bazı fonksiyonların aksaması olacaktır.

Uzun dalış yapanları düşünün. Beş, on dakika kalabiliyorlar suyun altında. Bir süre sonra suyun altında yalnızca beyni ve kalbi çalışıyor. Dışarı çıkardıklarında yavaş yavaş normale dönüyor. Tüm kaynakları beyin ve kalp çekiyor. Kalp, bir tek beyin için çalışabilir acil bir durum varsa. Mesela kişi komadaysa, sadece hayati organlar çalışır ve diğer tüm organlar yavaşlar ki vücudun enerjisi doğru yere kullanılabilsin ve iyileşme başlasın. Bu sebeple bazen doktorların, bir hastayı kasıtlı komaya soktukları bile oluyor. Zihin o kadar çok enerji çekiyor ki, organlar iyileşecek fırsat bulamıyorlar. Komadaki zihin, sakinleşiyor ve enerji iyileşecek yerlere gidiyor. Siz zihninizi sakinleştirmeye çalıştığınızda, nefes çalışması, ibadet, yardımlaşma, mutlu insanlar ile aynı ortamda olmayı deneyin. Hastaysanız öfkeli, gergin, sinirli, söylenen, şikâyet eden, açık arayan insanlardan uzak durun. Anne babanız hatta eşiniz evladınız bile olsa dikkat edin. Onların bu hallerini ya kafaya takmayın ve umursamayın ya da mümkün mertebe onlarla az vakit geçirin. Çünkü onların bu negatif halleri, size fayda vermeyecek, sizde kalan enerjiyi de kendilerine çekeceklerdir. Siz kendinizi toparlayıp iyileşemezseniz, çocuklarınıza da faydanız olmayacaktır. Hızlı bir şekilde etrafınızdaki kişilerin olumsuz davranışlarını rahat bırakın ve iyileşmeye bakın.

Vücutta öncelikli geçiş hakkı, bir nevi vücudun ambulansı olan beyindir.

Kafaya bir şey takıp, beyni doldurduğunuzda, vücudun iyileşme enerjisini elinden alıyorsunuz.

Uyku düzeni ve beslenme de aynı şekilde etkiler. Denge üç ayaklı bir tabure ise eğer, farkındalık, yaşam şekli ve beslenmedir dayanak noktaları. Farkındalık, sağlıklı spor yaparak, dinlenerek, düzgün uyuyarak yaşamak ve doğru şekilde beslenmek... Arabanıza kötü bir yakıt koymazsınız ama vücudunuz arabanız kadar değerli olmasa gerek ki önünüze ne gelirse yiyebiliyorsunuz. Arabanın yağına, suyuna bakıp, çukura girmemeye çalışırken, bedeninizi zor işlere sokmaktan, uykusuz bırakmaktan çekinmiyorsunuz. Arabayı bir yere çarpmamak için çok dikkat eder, başkasının yükünü taşımak istemezsiniz ama vücudunuzla sürekli birilerine çarpıyor, başka insanları kendinize yük etmekten çekinmiyorsunuz. Başkalarının sorumluluğunu, tereddüt etmeden alabiliyorsunuz.

Ne zaman düzenli uyusam ve hayatımı beslenme, uyku ile ilgili düzene soksam, kafamı sakinleştirsem, hızlı bir şekilde kilo veriyorum, rahat ve sağlıklı hissediyorum. Enerjim yükseliyor. Ne zaman uyku düzenimi bozsam, gece yayınlanan dizilerin peşine takılıp gitsem, gece yemek yesem, vücudumu bozduğumu, insülin direncinin hareketlendiğini, enerjimin düştüğünü ve kilo almaya başladığımı fark ettim.

Dünya çapında pek çok kanser, şeker, bronşit gibi hasta kişilerle konuşmalarımız oldu. Nefes21.com'daki içeriklerimizi takip etmeye başladıkça sağlıklarının tedavileriyle birlikte daha iyiye gitmeye başladıklarını bize bildirmeye başladılar. Çalışmalarımız sonucunda affettikçe, kafayı toparladıkça, enerjilerini dengeledikçe daha iyiye gitmeye başladılar. Ego, affetmenizi istemez. Oysa huzurlu iseniz, negatif enerjiler size kolay kolay bulaşamaz.

Benim bu noktada insanlarda gözlemlediğim şu: Kafayı bir şeye takarsanız uyku düzeniniz bozuluyor, yeme düzeniniz bozuluyor, ertesi gün uykuya borçlu uyanıyorsunuz. Gün içinde hep uykunuz var ama haliniz yok. Sonraki güne geçiriyorsunuz. Evdeki işler, dışarıdaki işler derken yine geç kalıyorsunuz uyumakta ve beden olarak borca düşüyorsunuz. Bu yüzden tatiller var ama biz tatilleri de değerlendiremiyoruz. Yola çıkıyoruz, yoruluyoruz, gezeceğiz, oraya buraya yetişeceğiz derken daha yorgun dönüyoruz.

Tatile gidince önce bir gün yatıp uyuyun. Tatili bulunca fırsat bulup evi temizlemeye kalkışmayın. Temizlik de gerekli ama önce dinlenin.

Hayatımda şunu fark ettim: Yorgunsam, yetiştireceğim iş varsa gece uyuyamıyorum. Bir de sabah erken uyanıyorum ve bütün günü üç saatlik uykuyla geçiriyorum. Üç saatlik uykuyla geçirince yediğim yemekten, içtiğim kahveye kadar hepsi değişiyor.

Ne zaman ki yapmam gereken işleri yetiştirdim, her şeyi yoluna soktum ve akıştayım, keyfim yerinde, ertesi gün daha üretkenim, daha iyi gidiyor her şey. Yani bir önceki günden kafayı takarak enerjimi düşürürsem, onu takip eden birkaç gün boşa gidiyor. Sonra onu toparlamaya çalışırken, bir bakıyorum ki ay geçiyor.

*Dört Sınav* kitabını hazırlarken, akşamları elimden geldiğince vakitli uyumaya ve sabahları da erken uyanmaya gayret gösterdim. Sabahın bereketi her zaman fazladır.

## *Sağlık Bozan Alışverişler*

Sağlığımızı en çok bozan şeylerden biri de gereksiz alışverişler. Onu bunu memnun etmek için gereksiz alışverişler yapıyorsunuz, sonra borca giriyor, faiz ödüyorsunuz. Hediye ediyorsunuz aldığınızı ve üç hafta sonra yine memnun değiller. Oysa siz otuz altı ay daha taksit ödeyeceksiniz!

Birini iyi ederken, harcama yaparken, sizin sinirleriniz bozuluyor. "Keşke bunu almasaydım! Keşke bunu vermeseydim. Kimse kıymetini bilmedi!" diyorsunuz.

Doğru harcama yapmadığınızda bütçeniz tutmuyor. Uykunuz kaçıyor, stres oluyorsunuz, o da mide asidini tetikliyor. Acıktığınızı zannediyorsunuz, şekerli gıdalara yöneliyorsunuz. Şeker kana hızla karışıyor, şeker yükseliyor, insülin harekete geçiyor, sonra yine hızla acıkıyorsunuz. Kendi içinde tam bir kısırdöngü. Ruh haliniz doğrudan sağlığınızı ilk adımda beslenme ikinci adımda da uyku düzeninin bozulması ile etkiliyor.

Yaşam şeklimiz "panik halde yetiştirme" üzerine mi kurulu? Zaman yetmiyor mu? Çabucak işe yetiş, çabucak işi yetiştir, çabucak eve dön, çabucak yemeği yetiştir, çabucak ev işlerini yetiştir... Bir de bu durumdayken beynimin enerjimi yuttuğumu fark ettim.

Hasta olan birçok kişiye hep şu sorarım. İyileşirsen bundan sonra ne yapmayı düşünürsün? Yani sağlığına kavuştuğunda, yapmadığın neler yapacaksın?

Genelde hastalık postacı gibidir. Gözden kaçırdığınız bazı yaşamanız gerekenleri hatırlatmak, ertelediklerinizi harekete geçirip yapmak, kendinize vakit ayırmak, takılı kaldığınız olumsuz düşüncelerden uzaklaşmak için bir hatırlatıcıdır. Siz yaşam ve düşünce şeklinizi değiştirmediğiniz sürece, doktorun tedavisi sizi o dönem için iyileştirecek, lakin sonrasında yine hasta olma ihtimaliniz yüksektir.

Hastalık geldiğinde ilk aklımızdan geçen, "ne kadar ömrümüz kaldığı ve kalan zamanda ne yapacağımız" olur. Hastalığın asıl mesajı budur. Kalan vaktinizi söylüyor ve kalan ömrünüzü doğru geçirmenizi hatırlatıyor. Eğer bu mesajı alıp "Kalan ömrümü değerlendiriyorum, kafaya takmayı bıraktım, herkese hakkımı helal ettim, hobilerimi yapacağım, kendim için iyi bir şey yapacağım, başkalarının istediği değil, olmam gereken, özümdeki insan olacağım" deme cesaretini ve kararlılığını gösterirseniz, sağlığınızın daha iyiye gittiğini fark edeceksiniz.

Fakat mesajı almadıysanız, hele de geçmişte, "Allahım al bu canı!" diye dua ettiyseniz, sıkıntı yaşıyorsunuz da olabilir. Dardayken, öfkeliyken, mutsuzken, sakın ola ölmeyi dilemeyin. Hayatınız elbet düzelecek ve bu isteğinizde keyfinizin tam yerinde olduğu bir ana denk gelirse ne yapacaksınız?

"Allahım geçmişte bilerek ya da bilmeyerek yaptığım ve hayrıma olmayan tüm yeminlerimi iptal ediyor ve tövbe ediyorum. Bana lütfettiğin ömrümün bereketli, sağlıklı, üretken, neşeli ve senin yolunda olmasını nasip eyle. Ben ve soyum her zaman senin yolunda olabilelim."

## *İlgi İçin Hastalananlar*

Kimi insanlar da aileden istediği ilgiyi bulamadığı için kendini adeta hastalandırır. Daha önceki sayfalarda, felçli bir hastanın, sülaledeki bütün küskünleri bir araya getirip barıştırabildiğinden bahsetmiştim. Bir de buldukları ilgi hiç kaybolmasın diye hastalananlar vardır.

Bir gün tek yumurta ikizi iki genç, annelerini bireysel görüşmeye getirdi. Yaşlı teyze adım atmakta zorlanıyordu. Bir yere dinlenmesi için oturttular ve iki kardeş sigara içmek için dışarı çıktılar. O esnada salonda kimse yoktu ve yan odanın ayna camından salonu görebiliyordum. İkizler dışarı çıkınca, yaşlı teyze bir anda rahatça ayağa kalktı, dergilere baktı. Çocukların sesini duyunca, hızla yerine oturdu. Sonra çocuklar geldi.

Kadın, çocuklarını görünce, yeniden ağrılarını sızılarını dile getirmeye, oflayıp poflamaya başladı. Teyzenin bu halini görünce olayı anladım.

Yan odadan salona geldim, hoş geldiniz diye seslendim ve çocuklara sordum:

"Siz evlenip yuva kurabildiniz mi?"

"45 yaşına geldik ve ikimiz de evlenemedik, annemize bakıyoruz..." dediler.

"Anneniz sizi kendine rezerve etmiş..." dedim. "Ona bakın diye."

Hastalıkla ilgi toplamaya çalışmak, yani sevgi dilenciliği yapmak kul hakkına girer. Hem yapmanız gereken işleri yapmıyorsunuz hem de başkasını oyalıyorsunuz. Onun yaşamından çalıyorsunuz.

Her hastalık bir postadır. Geçmişteki sağlık problemlerinizi ve onların size neler öğrettiğini hatırlayın. Her hastalık, rahatsızlıktan da alınacak bir ders, öğrenilecek bir şey var.

Sağlığınız için küçük de olsa önlemler almayı ihmal etmeyin. Saçma alışverişler, düzensiz beslenme, başkalarının dertlerini, sorumluluklarını yüklenme, düzensiz uyku gibi fiziksel mekân da sağlığınızı yakından etkiler. İyi havalandırılmamış, dağınık, pis yerlerde negatif enerji birikir. Hele bir de orada uyuyorsanız, mutlaka temiz, düzenli, iyi havalandırılan, mümkünse güzel kokan ve uyku sırasında karanlık bir yer olmalı. Yattığınız oda ne kadar karanlık olursa o kadar iyidir çünkü vücut karanlıkta melatonin salgılar. Melatonin bir çeşit hormondur ve bağışıklık sisteminiz için gereklidir. Yattığınız odada mümkünse telefon bile bulundurmayın. Birçok insan yastığının altına telefonu koyup yatıyor. Bunun sebebi de korku.

"Ya birine bir şey olur da bana haber vermeleri gerekirse?..."

Oysa buna gerek yok. Bir şey olursa size yan odada bıraktığınız telefondan da haber verebilirler.

Mümkünse uyuduğunuz odada fişe takılı hiçbir şey kalmasın. Gece Wi-Fi kullanmayacağınız için modemin fişini de çekin ki ortama sürekli elektromanyetik dalga yaymaya devam etmesin. Gece yatarken telefonlarınız internete bağlı olmasın, Bluetooth kapalı olsun. Telefonu odada tutmanız gerekiyorsa, sizden en az bir metre uzakta olsun.

# *Hastalıkların Altındaki Mesajlar*

Her ne sağlık probleminiz varsa, "Allahım şu an sağlık problemimden almam gereken dersleri kolaylıkla ve sağlıkla alabilmeye niyet ediyorum. Bedenimdeki bu misafirin sevgiyle gitmesine niyet ediyorum ve senin yoluna hizmete adım atıyorum..." deyin.

Hamilelik sürecindeyseniz, kavga, gürültü, stresten uzak durun. Eğer geçmişte böyle stresli bir durum yaşadıysanız, stresi çocuğunuza yüklemiş olabilirsiniz. Şifalandırmak için güzel ve pratik bir yöntem var.

Ellerinizi ovuşturun ve şu an hamileymiş gibi düşünüp, avuçlarınızı karnınıza koyun. Doğurduğunuz evladınıza hamile olduğunuz dönem gibi karnınızdan düşünün ve ona konuşun. Güvendesin, seni seviyorum, iyi ki varsın deyin. Geçmişe dönük bu şifalandırmanın geleceği de etkilediğini fark edeceksiniz. Bu sebeple geçmişte her ne olumsuzluk olduysa, gözlerinizi kapatıp o ana kalbinizden sevgi gönderin. Yaşandı ve bitti deyin. Hakkımı helal ettim ve yeni başlangıç yapıyorum deyin. Geçmişi şifalandırmak geleceği de etkiler. Gelecekle ilgili yaşam amacınıza yönelik hedefler koymanızda kendiliğinden geçmişi şifalandırmaya başlar.

Geçmişten aklınıza bir şey geldi mi, geçmişe dönük şifalandırma yapın. Doğumdan sonra çocuğunuzda bir sağlık sorunu varsa eğer, yine şifalandırma çalışması yapabilirsiniz. Ellerinizi ovuşturup, sol avucunuzu sağ omzunuza, sağ avucunuzu sol omzunuza koyup, kendi omuzlarınıza sarılarak, ona sarıldığınızı düşünün, "Senden özür diliyorum, güvendesin. Her şey yolunda..." deyin. Güzel şeyler söyleyin. Bu çalışmayı aklınıza geldikçe yapabilirsiniz.

Örneğin: Karaciğer öfke kapısıdır. Aşırı öfkeliyseniz, bunu üzerinde biriktirir. Öfke karaciğere tahribat veriyor. Elinizi ovuşturun, karaciğerin üstüne koyun. Ona, "Biriktirdiğim öfkeler için özür diliyorum. Peş peşe tüm oluşturduğum öfkeler için özür diliyorum..." deyin. Avuçlarınız ısınmaya başladığında anlayın ki şifa akıyor.

Mide endişeden çok etkilenir. Bağırsaklar da böbrekleriniz gibi sindiremediğiniz olaylardan etkilenir.

Varisin altında, içsel öfkelerin yattığını gözlemledik. Öfke ile bir ilgisi var.

Sağlık sorunu yaşadığım dönemlerde, sevdiğim bir şeyleri yapmak beni rahatlatıyordu.

Sonra fark ettim ki kendimi iyi hissettiren dönemde hastalık beni rahat bırakıyor. Bunu sizin de kendi hayatınızda bulmanız lazım. Eşinizle muhabbet ederken mi, dağa tırmanırken mi, "Kızma Birader" oynarken mi? Yani zihninizi nerede boş tutabilirsiniz? Size kendinizi ne iyi hissettiriyor? Çünkü anda kaldığınız anda vücut normal çalışmaya başlayacaktır. Sizi heyecanlandıran, canlandıran, gözlerinizin ışıl ışıl olmasını sağlayan şeyi bulduğunuzda, size faydalı olanı da bulmuş olacaksınız.

Bağışıklık sisteminizde bir arıza varsa, çok fazla ekmek tüketiyor olabilirsiniz. Fazla ekmek tüketimi, uyku düzeni ve çocuklar için de evin içinde kendini güvende hissetmemek gibi durumlar, bağışıklık sistemini bozan şeyler arasındadır. Küresel sistemler insanlara korku pompalamak, tedirgin etmek, bağışıklık sistemlerini düşürmek ve ilaç satmak istiyor. Gerçek İslam'a göre yaşamınızı ayarlarsanız, gün batarken yatar, gün doğarken kalkarsınız. Bu yoğunluğun içinde yapmak zor ancak sağlıklı olduğu kuşkusuz... Bunu yapınca da bağışıklık sisteminiz güçlenir ve rahatlıkla vücudu savunabilir.

Yaptığınız iş, yaşam şekliniz de hastalıkları belirler. Ayakta çalışan insanlarda daha fazla varis görülmesinin sebebi budur.

## *Bizzat Yaşadığımız Mucize*

2017 yılında, 1 Ocak günü eşimin hamile olduğunu öğrendik. 2 Ocak'ta doktor testi yapıldı.

Almanya'ya gitmemiz lazım. Doktorumuz enerjiye, şifaya inanan bir kadın doktoru. Bizim seminerlerimize de katılan, aynı kafada olduğumuz güzel bir insan. Uzun yola çıkmamızda mahzur olmadığını söyledi.

Yurtdışına gidip döndük. Rutin kontrollere giderken, doktor, "Rahmin üstünde iki tane miyom tespit ettik..." dedi. "Bu miyomlar hamilelik sürecinde kanlanmadan dolayı beslenip büyüyebilirler. Eğer büyümeden dolayı içerisine fazla kanama yapıp ağrı çok fazla olursa veya bebeğin büyümesini engellerse ameliyat şanssızlığımız olabilir."

Endişelendik elbette.

"Küçülmesi için ne yapması lazım?" dedim.

Doktorumuz "Bugüne kadar küçüldüğünü görmedim" dedi.

Üçüncü ay kontrol ettiğinde, miyomlardan biri 3, diğeri 4 santime çıkmıştı. Dördüncü ay 5 ve 6 santimetre oldu.

"Miyomların beslenmesi devam ediyor" dedi.

Bebeğimiz iri bir bebek. Küçük bir alanda miyomlarla birlikte sıkıştılar. Eşimin biraz paniği vardı.

"Ameliyattan korkarım! Nasıl çözeceğiz bunu?" diyerek bu defa onun uykuları kaçtı. Eşinizin uykuları kaçarsa, sizinki de kaçar. Bebeğin de kaçar.

İlk günden itibaren, doktorumuz ultrasonla bize görüntü alıyor, çıktısını veriyor, kendisi bilgisayar ortamında kaydediyordu.

Eşim üzgün, moralsiz, ne yapacağını bilemez moddaydı.

"Canım, dert etme. Yıllardır binlerce kişiyi dinleyip oluşturduğumuz *Mucize Şifa* kitabını bir okuyalım..." dedim. "Ne yazdıysak, bir bakalım. Şimdi bu verdiğimiz hizmet, acaba bize nasıl geri yansıyacak?"

Doktor, tamamlayıcı tıbba (energy medicine/enerji tıbbına) da inanan biri ama burada kesin konuştu:

"Büyümeye devam ediyor ve içerisine kanamaya başladı. Erken ameliyat veya sezaryen sırasında miyomların alınması söz konusu olabilir."

*Mucize Şifa* kitabını açtık. Kendi yazdıklarımızı sakince tekrar okuduk. Şimdi uygulama vakti bizdeydi.

Eşime sordum:

"Geçmişte, 'Allahım beni niye erkek yaratmadın?' dedin mi?"

"Evet, dedim, sen gelene kadar" dedi. "Eskiden kadın olmaktan da pek hoşnut değildim."

Bu düşünce ve duygu hali, topraklanmazsa (yani siz çok çalışan, yoğun biriyseniz ve doğaya çıkmak, spor yapmak gibi topraklanma imkânınız yoksa) bu oluşan enerji, içerideki organların üzerine bir şekilde birikiyor.

Eşime şifa çalışması yapalım dedim. Elimizdeki tek bildiğimiz çözüm yolu bu. "Ellerini ovuşturup, miyomların üstüne koysana..." dedim. "Biraz miyomların ile sohbet etsene. Onları bilinci olan, bir can gibi düşün. Bir misafir, belki de derdini anlatamadığı için oradan gidememişler. Bir de hatırlaman gereken, bedeninin sahibi kim? Allah... Mimarı mühendisi kim? Allah... O halde Rabb'inle de bir konuş, tövbe çalışması yap."

Yani hem bedeninle konuş, sohbet et, Rabb'ine de yönel ve dersini aldığını dile getir.

Bir turne için yurtdışına gittim, geldim. Bu arada eşimle yeniden bu konuyu konuşmayı unuttum. Fakat o her gün bu çalışmayı yapmış. Avuçlarını ovuşturmuş, miyomların olduğu bölgeye koymuş, onları zihninde bir can gibi karşısına almış ve konuşmuş. "Siz de bir cansınız. Sizi yordum. Sizden özür dilerim. Vermeniz gereken mesajı aldım, misafirliğinize daha fazla gerek yok, isterseniz, artık gidebilirsiniz..." demiş.

Tüm kalbiyle de Rabb'ine seslenmiş. "Allahım ben dersimi aldım. Geçmişte ürettiğim tüm erkek enerji için tövbe ederim. Beni kadın yarattın ve ben kadın olmayı seviyorum."

Bir sonraki ay rutin kontrolde doktorumuz, "Büyüme durdu!" dedi.

Ayda bir santim büyüyen miyomun, o ay büyümesi durdu.

"Önümüzdeki ay bir daha bakalım..." dedi doktorumuz.

Bir sonraki ay kontrole gittiğimizde, "Sonra konuşuruz.." dedi, üzerinde durmadı.

Sonunda 28 Ağustos'ta sezaryen doğum için gün verdiler.

20 Ağustos'ta ise bebek gelmeye karar verdi. Acilen hastaneye gittik ve doğuma aldılar.

Doğuma eşimle birlikte girdim. Eşimle birlikte nefes çalışması yapmaya başladık. Dua etmeyi ve tekbir getirmeyi severim. Eşimle birlikte tekbirler getiriyoruz ve "Ya Şafi" diyoruz. Dualar eşliğinde eşimin sakinleştiğini, doğumun rahat, hızlı ve yolunda geçtiğini fark ettik.

Sonunda bebeğimiz doğdu.

Buraya kadar her şey normaldi. Ancak doktordan sonrasında duyduklarımız bizi şok etti.

Meğerse bizim kafamızı karıştırmamak, kim bilir, belki de boşa ümitlendirmemek için gelişmeleri bildirmemişti ama 6 santimlik miyom mercimekten küçük hale gelmiş, 4 santimlik miyom ise tümüyle yok olmuştu (bize göre sevgiye dönüşmüştü).

Kalbindeki Allah sevgisi olan doktorumuzla ile bizleri buluşturan Rabb'ime hamt ederim.

Şu nokta önemli: Eşim şifa çalışmasını yaparken vücudundaki problemi problem gibi görmedi. Onu bir can gibi düşündü, özür diledi ve gönlünü aldı. "Ben dersimi aldım Allahım..." dedi. "Beni sen kadın yarattın. Ama ben erkek olmayı istemişim, erkek gibi davranmışım. Af diliyorum, tövbe ediyorum..." dedi.

Bu süreçte tümüyle tıbbi gözlem yapılıyor olması da bir başka şanstı. Doç. Dr. Eyüp Yaycı Bey'e sonsuz teşekkürlerimizi sunuyorum. Allah ondan ve onun gibi kalbinde Allah sevgisi olan tüm doktorlarımızdan razı olsun inşAllah.

## *Sağlığa Müdahaleler*

Geçmişi sıkıntılarla dolu bir toplumuz. Bu sıkıntıların çoğunun nedeni de biz değiliz. Bize saldıran, toprağımızı almak isteyen, evimizi almak isteyen ya da sahip olduğumuz zenginlikleri almak isteyenler bu sıkıntıları getirdi. Bugün tüm insanlık aşağı yukarı bunun bir değişik versiyonu ile mücadele ediyor. *Gönül Gözü* kitabımızda detaylarıyla yazdığım gibi, toplumların hatta ülkelerin üzerindeki kimi yapılar, az sayıda olsalar da tüm insanlığın gidişatına yön vermek istiyor. Bunun önemli bir ayağı da "gıda" sektörü. Hızla artan dünya nüfusu bahane edilerek, topluma sürekli GDO'lu gıdalar dayatılıyor. Ne yazık ki 1960'lardan itibaren de GDO'lu gıdalar mutfaklara girdi. GDO ile genetik yapıyı bozmayı amaçlıyorlarsa, bu en geç üç nesil sonra sonuç vermeye başlayacaktır.

Yıllar önce Lübnan'dan kaçan Maruniler, yani Hıristiyan Araplardan bazıları Kıbrıs adasına savaştan kaçarak geldiler ve bir köye yerleştiler. Rahmetli babam devlet adına arazileri köylülere kiralamak konusunda yetkili ekibin içindeydi. Köydeki çiftçilere arazi kiralamak için bu köye ziyaretimiz olurdu. Bir gün çok büyük iki karpuz getirdiler. Birbirinin kopyası gibiydiler.

Babam, "Biz bütün köyleri geziyoruz. Yamuk yumuk karpuzlar görüyoruz. Siz böyle mükemmel şekilli, dev gibi birbirinin aynı iki karpuzu nasıl yetiştirdiniz?" dedi.

Çiftçi bize bir kutu getirdi.

"Bu kutu İsrail'den geliyor. Özel bir tohum... Hibrit (melez) bir tohum..." dediler.

1982 yılında hibrit, yani genetiğiyle oynanarak muhtemelen bir başka sebze ile melezlenmiş ve bir tanesi on kilo gelen karpuzlar yetiştiriliyor. Oysa tabiatta birbirinin aynı olan iki meyve de bulunmaz. Bugün markete gidiyorsunuz bir salkım domates aldığınızda, birbirinin ikizi gibi on tane domatesi aynı salkımda görüyorsunuz... Çiftçi bize şunları söyledi: "Daha ilginci, bu karpuzların yok denecek kadar az olan çekirdeklerinden edindik ve ektik. Yeni bir karpuz yetiştirmek mümkün olmadı. Tohumlar kısırdı."

Genetiğiyle oynanmış tohumların kısır olması anlaşılır bir durum. O tohumları satan ülke, firma, şirket ya da tüccar, her kimse artık, size bunu devamlı satarsa para kazanacak. Bir kere satar ve bir daha satamazsa amacına ulaşamaz. Bu nedenle de her defasında ondan yeniden tohum almanı isteyecek. Ancak asıl büyük tehlike bunları yiyen, bunlarla beslenen insanların durumu... Ya onlar da kısırlaşırsa ne olacak?

Nitekim dünyada kısırlıkta ciddi bir artış var ve insanlar tüp bebek yöntemiyle, olmadı kiralık anne gibi uçuk denemelerle çocuk sahibi olmaya çalışıyor. Tüp bebek de doğal seçimi engelliyor. Hatta bazı ülkelerde artık tüp bebek yapılmadan önce, "Matematikte iyi olsun mu? Resimde iyi olsun mu?" gibi sorular soruluyor. "Genetik olarak müdahale ettik, şeker, tansiyon, diyabet gibi sorunu yaşamayan bebekler yapmaya başladık..." diyorlar.

Gerçek inançlı bir insan, Allah'ın işine karışmaz. Ama bu yeni yetiştirdikleri çocuklar, yüz elli, iki yüz yıl yaşayacak. Sporda iyi, matematikte iyi, hiçbir zaman hastalanmayan bir çocukla sizin çocuğunuz nasıl rekabet edecek?

Bir an önce teknolojik savunmamızı almamız lazım. Bir sivrisinek yok olursa, ona bağlı iki yüz tür canlı yok oluyor. Doğada insan yok olursa, doğa kendine geliyor. Sivrisinek bile bizden doğaya daha faydalı. İnsanlığın bilinçlenmesi ve bu durumu düzeltmesi şart...

Mısırı, soya fasulyesini kaybettik. Ekmeğimizi yaptığımız buğday genetiğiyle oynanan ilk ürünlerden. Yaklaşık elli yıldır GDO'lu tohumlarla yiyoruz. Bu yüzden insülin direnci ortaya çıktı, daha önce görülmeyen alerjiler, yeni hastalıklar ortaya çıktı. Eski buğday tohumları çok az kaldı. Kişisel olarak tohum biriktiriyorum. Siz de tohum toparlayın. Yeni nesli bu konuda teşvik ve motive etmeye gayret gösterin. Kısırlaştırılan bir dünyada, kısırlaştırılan bir nesil olmasın diye...

Bir bakıyorsunuz, dünyanın zengin insanlarının kurduğu bir vakıf, Afrika'da açlık çekenlere milyonlarca dolarlık gıda yardımı yapıyor. Ama aynı yeri sömürenler ile aynı yere ürün satanlar, ilaç ve silah satanlar da yine bu zengin hayırseverin şirketleri ya da ortak olduğu bazı şirketlerin şirketleri... Bir süre sonra ortaya çıkıyor ki açlığa karşı yardıma gidenler, ilk iş olarak doğum kontrolüne eğiliyor. "Doğuruyor, bakamıyor..." diye savunma yapıyorlar. Oysa "bakamama" nedenleri, bu insanların elindeki tüm zenginliğin ve doğal kaynakların sömürgecilik yoluyla çalınmış olması...

Doğumlara müdahale, bizim inanç sistemimizde "ilahi sisteme müdahale" demektir. İnanç sistemimizde herkesin rızkından, beslenmesinden Rabbimiz sorumludur. O her yeni doğanı rızkıyla birlikte gönderir.

Şu an kullandığımız teknolojinin çok daha ilerisinde teknoloji firmalar var. Çokuluslu firmaların elinde insanlığın henüz bilmediği, kullanamadığı çok gelişmiş teknoloji mevcut. Bir gün dünyaya uzaylıların saldırdığını duyarsanız, emin olun ki onlar da dünyalıdır. Büyük bir tezgâha düşmek üzereyizdir.

Devasa kitlelerin panik halinde olması, zayıf yönetimlerin yıkılması, BM gibi sözde dünyayı temsil eden ancak büyük şirketlerin kontrolünde olacak yapıların öne çıkması için hazırlık yapılıyordur.

İnsanlar tek-tipleştirilecek, sağlıkları sorunlu hale getirilecek, endişelendirilecek ve mutsuz edilecek ki tüketime yönelsinler. Bütün kazandıklarını ilaç ve alışveriş için kullansınlar... İhtiyaçları olmadığı halde yeni bir telefon modelini alabilmek için kuyruğa girsinler... Kendi oluşturdukları terörü bahane ederek, güvenliğiniz için çip takın diyecekler. Gün geldiğinde ise, sisteme karşı koyan biri mi var, kapatın çipini dediklerinde sizi ortadan kaldıracaklar. Hayvanlara tasma, insanlara çip dönemi.

Çok basit bir geleneğimizi bile kaybettik. Eskiden evlenecek bir genci, az ya da çok bütün sülale destekliyor ve evlendiriyordu. Çoğu zaman genç çift hayata borçsuz başlıyordu. Bugün ise bankadan kredi çekilerek evliliğe başlanıyor ve daha en baştan borç ve faiz girdabına düşülmüş oluyor. Eskiden ailenin desteklediği gençler, birey olmak isterken, sistemin kölesi haline geliyor.

Arkadaşlarıma diyorum: "Bana iyi bir şey anlatın..."

Zorlanıyorlar. Sanki iyi bir şey yokmuş gibi. Oysa var... Çok şükür ülkemiz var, karnımız doyuyor. Ama "Kötüye bak, şükret" modunda değilim. Elimizdekini doğru görelim istiyorum. Çocuklara, "Hayaliniz ne?" diye soruyorum. Evlenmek, çocuk sahibi olmak filan gibi hayaller sıralıyorlar. Hiçbirinden, "İlaç bulmak, bir şey keşfetmek, uzaya gitmek" gibi cevaplar gelmiyor. Oysa evlenmek ve çocuk sahibi olmak bir hayal ve hedef olamaz. Bunlar zaten yaşamın bir gereği. Olması gerekenler.

Yazık ki gençlerimizin çoğunun ya hedefi yok ya da yanlış hedefleri var. Üretken olma hedefi yok, zengin olma hedefi var.

"Oyun konsolunu değiştireyim, telefonun yeni modelini alayım, marka giyineyim..." Peki kime özeniyorlar? Yapay olarak hazırlanıp ortaya atılmış, subliminal (bilinçaltına seslenen) mesajlar içeren müzikler yapan *starlara.* Körü körüne popülerleştirilenlerin peşinden gidiyorlar.

Bunlar popüler kültürün şeyhleri. Amaçları İslamiyet'i, Hıristiyanlığı, Museviliği ortadan kaldırmak, insanları önce deizme orada da ateizme, yanlış yollara yönlendirmek...

Dünyayı yönetmek isteyen güçler için en büyük tehdit, maneviyatı güçlü insanlar.

Maneviyatı güçlü olan insan, elindeki iş görüyorsa gidip "yeni model" diye telefonunu değiştirmez. Bugün terörü İslam ile yan yana getirmeye çalışıyorlar. Oysa terör değil, huzur İslam'dadır.

Araplar bu sınavdan kaldılar. Bolluk buldular ama altın tuvaletler yaptırmakta kullandılar. Petrollerinin sadakasını aç ülkelerdeki çocuklara verselerdi, Yemen'deki, Doğu Türkistan'daki, Filistin'deki, Bosna'daki, Afrika'daki ve daha birçok yerdeki çocuklar şu an çok daha iyi durumda olurlardı. Onlar petrolün parasıyla iyilik yapmayı değil, silah almayı ve altın arabalarda gezmeyi seçtiler. Allah yardımcıları olsun.

Kimi ülkelere de huzursuzluk pompalanır. İnsanlar tedirgin edilir ve alışverişin, ticaretin durması sağlanmaya çalışılır. İnsanlar endişelenir, almayı-vermeyi bırakır ve bu defa da ekonomik akış durur. Sonra zarar yine tüm ülkeye olmaya başlar.

Ne paniğe kapılmamız ne de gereksiz tüketim yapmamız gerekiyor. Her şeyde olduğu gibi bunda da denge...

Çocuklarımıza, gençlerimize tohumu, tarımı, ziraatı öğretmemiz gerekiyor. Bir ülkeyi petrolle kontrol edebilirsiniz ama dünyayı gıda ile kontrol edersiniz. Daha ileride de temiz su kaynaklarıyla.

## Şifa Çalışması

Derin bir nefes alın ve yavaşça verin.

Tekrar derin bir nefes alın ve yavaşça verin.

Derin bir nefes daha alın ve yavaşça verin.

Şu an bütün hayatınızı gözden geçiriyorsunuz. Kendinize şu soruyu sorun:

"Bir daha hayata gelme şansım olsaydı, nasıl bir hayat yaşardım?

İkinci bir şansım olsaydı, ne isterdim bu hayattan?"

Derin bir nefes alın ve verin.

"İkinci bir şansım olsa ne yapmak isterdim?"

Derin bir nefes alın ve yavaşça verin.

Derin bir nefes daha alın ve yavaşça verin.

"Almam gereken kararlar neler?

Hayatımda ne gibi radikal değişimler yapmam lazım?

Hayatta neyi değiştirmem gerek?

Bunları değiştirmezsem ve bu kafada devam edersem, bedenim daha ne kadar buna dayanabilir?

Karar vermek için son noktayı beklememe gerek var mı?"

Derin bir nefes alın ve yavaşça verin.

Derin bir nefes daha alın ve yavaşça verin.

Gözlerinizi açın ve düşüncelerinizi bir kâğıda yazın.

## *Sabahları Yorgun Kalkınca*

Otuzlu yaşlarımda kendime şunu söyledim:

"Bülent bu kafada gidersen çok fazla yaşamayacaksın. Beden bu stresi, bu kırgınlıkları, bu öfkeyi, bu içine atmayı, bu yarışları, bu bir numara olma isteğini daha fazla taşıyamaz."

Geldiğim noktada, sabahları yataktan üstümde yüz kiloluk fazladan yük varmış gibi kalkıyordum. Mutsuzdum, her ay boğazım şişiyordu, sürekli antibiyotik kullanıyordum.

Bu durumun sebebinin kendim olduğunu kabullendim. Düzensiz beslenme, stres ve yorgunluk beni yoruyordu. Hazır gıda tüketirdim ve başım da sürekli ağrır, ağrıkesiciler kullanmak zorunda kalırdım.

Oturdum ve düşündüm: "Değişmezsem, daha ne kadar dayanabilirim buna? Ciddi bir sağlık problemi, daha sert bir sınav mı bekliyorsun hayatını yeniden programlamak için?"

Bizde iki türlüdür duygularını söylemek: Ya içer içer cesaret bulur ya da biriktirir biriktirir ve onun gazıyla konuşur, sonra da depresyona gireriz.

Duygularımı hayatımdaki herkese açık ve net söylüyorum. Ama rencide etmeden, ukalalık yapmadan, incitmeden... Eğer söylemeyeceğim bir şey varsa da, içime atmak yerine şifalandırıp gönderiyorum. İçime atmıyorum.

Gereksiz olayların ve hatıraların zihnimde yer işgal etmesine gerek yok.

"Allahım tüm varlığımız senin sevginle dolup taşsın, ömrümüzü bereketli kıl, bizleri hayır olmayan her şeyden uzak eyle, üretken ve faydalı kıl. Senin sevdiğin kullarından olabilmeyi nasip eyle"

**Şifa Çalışması**

Derin bir nefes alın ve verin.

Bu çalışmada niyet çok önemlidir.

"Allahım, kolaylıkla ve sağlıkla şifalanmaya niyet ediyorum."

Derin bir nefes daha alın ve yavaşça verin.

Derin bir nefes daha alın ve tekrar yavaşça verin.

Şimdi avuçlarınızı ovuşturun saat yönünde ve şifalanmasını düşündüğünüz yere avuçlarınızı koyun.

"Şifa Allah'tandır..." deyin.

Bu altın kuralı unutmayın.

Lütfen şifalanmasını istediğiniz bölgeyle biraz muhabbet edin. Bir insanmış gibi konuşup, onun gönlünü almayı deneyin.

Bir canmış gibi onun gönlünü almayı deneyin.

Şifalanmasını istediğiniz bölgeye ellerinizi koyun ve şöyle deyin:

"Senden özür diliyorum. Senden af diliyorum. Seni yorduğum için lütfen beni affet.

Seni seviyorum. Sana teşekkür ediyorum.

Bu hayattan almam gereken dersleri alıyorum. Kendimi ertelemekten vazgeçiyorum.

Sevgili bedenim, sana söz veriyorum. Bundan sonra sana güzel vakit ayıracağım. Dünyanın yükünü taşımaktan vazgeçiyorum. Seni köle gibi kullanmaktan vazgeçiyorum.

Her şeye kafayı takmaktan vazgeçiyorum.

Sana söz veriyorum. Sana iyi bakacağım.

Ben dersimi aldım.

Kolaylıkla ve sağlıkla iyileşmeye niyet ediyorum.

Ben dersimi aldım.

Özür diliyorum. Seni yorduğum için özür diliyorum.

→

Gün geldiğinde bana hesap soracağının farkındayım. Şu an hesap veremez durumda olduğumun da farkındayım. Lütfen beni affet.

Allahım ben bedenimden özür diliyorum. Lütfen bedenim kolaylıkla, sağlıkla, mucizelerle şifalansın."

Derin bir nefes alın ve yavaşça verin.

Derin bir nefes daha alın ve yavaşça verin.

Avuçlarınızın ısındığını hissedin.

"Ben değerliyim, yeterliyim, sağlıklıyım.

Organlarıma biriktirdiğim duygu, düşünce ve öfkelerden sana sığınırım Allahım.

Atalarımdan bana kadar akıp gelen, benim ve soyumun hayrına olmayan tüm soru kalıplarından, düşünce kalıplarından da sana sığınırım.

Herkes sağlıklı olmayı hak ediyor, ben de sağlıklı olmayı hak ediyorum.

Sağlıklı olmayı hak ediyorum

Üretken olmayı hak ediyorum.

Neşeli olmayı hak ediyorum.

Yenilikçi olmayı hak ediyorum.

Kendimi ertelemekten vazgeçiyorum.

Seni seviyorum bedenim.

Aklım, ruhum, bedenim uyum içinde.

Aklım, ruhum, bedenim uyum içinde.

Şükürler olsun."

Derin bir nefes alın ve gökyüzüne doğru seslenin:

"Oh be!"

Tekrar nefes alın ve:

"Oh be!"

İçinizden bir şeyin çıkıp gittiğini hissedin.

"Oh be!"

→

"Yaşandı ve bitti, şükürler olsun."

Derin bir nefes alın ve "Şifa Allah'tandır..." deyin.

Avuçlarınızdan başınıza şifa aktığını hissedin.

"Sevgili beynim, yıllardır seni yorduğum için özür dilerim.

Yıllardır kafayı her şeye taktığım için özür dilerim.

Yıllardır kontrolcülük yaptığım için özür dilerim.

Seni seviyorum ve bundan böyle güzel şeyler düşünmeye niyet ediyorum.

Bundan böyle güzel olayların içinde olmaya niyet ediyorum.

Bundan böyle sağlıklı olmaya niyet ediyorum.

Ben değerliyim, yeterliyim, doğal halimle güzelim, doğal halimle başarılıyım.

Bir numara olmak zorunda değilim, mükemmel olmak zorunda değilim. Tüm kontrolcülüklerimi bırakıyorum.

Geçmişteki kontrolcülüklerimden dolayı kendimi yorduğum için bedenimden özür diliyorum.

Söylenmeyi bırakıyorum. Şikâyet etmeyi bırakıyorum. Hayatın güzelliklerine odaklanıyorum.

Zihnimin içindeki tüm kıtlık bilincinden sana sığınırım Allahım.

Bolluğu hak ediyorum."

Derin bir nefes alın ve yavaşça verin.

"Bolluğu hak ediyorum."

Üç nefes daha alıp verin ve gözlerinizi yavaşça açın.

Gökyüzüne doğru:

"Oh be!"

Üç kez de bunu tekrarlayın ve şunu söyleyin:

"İyi ki varım. İyi ki bu dünyadayım. Ben dersimi aldım."

Üç derin nefes daha alıp verip gözlerinizi yavaşca açabilirsiniz.

## *İyi Düşünelim, İyi Olsun*

Bedeninize ve kafanıza şifa aktarma çalışmasını düzenli olarak yapın. Bedenin sahibi Allah'tır. Rabb'inizle konuşup, tövbenizi edip, "Kalan ömrümüzde mutlu, neşeli, üretken, huzurlu bir mümin kul gibi yaşamaya niyet ediyorum..." dediğinizde bir şeylerin iyiye gittiğini göreceksiniz. Rabbim hiçbir zaman bizim kötülüğümüzü istemez.

Rabbim ne eylerse, güzel eyler.

Hayatı zorlaştıran bizim bakış açımızdır. Olaylara yüklediğimiz anlamlardır. Bundan sonra iyi düşünelim, iyi olsun. Bedeniniz iyileşecek kapasitedir. Peki bu kapasiteyi ne zaman kullanabiliyor; kafayı sakinleştirdiğinizde, düzenli uyuduğunuzda, sağlıklı beslendiğinizde beden iyileşiyor. Öfkeliyseniz vücutta asit oranı artmış demektir. Asit oranı artınca iltihap oranı artar çünkü beden sıvısı asidik olmaya başlar.

Sevgi dolu, neşeli olduğunuzda, yani gerçek bir mümin kul gibi yaşamaya başladığınızda, vücudunuzun bazik oranı artıyor, bağışıklık sisteminiz güçleniyor. O yüzden eskilerin dediği gibi: "Huysuzlar, mızırdananlar çabuk yaşlanır ve hastalanır. Neşeli, keyifli birinin kolay kolay hastalandığını göremezsiniz."

Yaşam amacınıza odaklanın. Bu dünyaya nasıl geldiğinizi odaklanın, hizmet etmeye odaklanın. Umutsuzluk boş gezeni yakalar. Evde iki saat boş oturursanız, kafanızı vesvese sarar.

Dinlenirken kitap okuyun, güzel müzikler dinleyin.

Doğuştan şifacı olduğunuzu hatırlayın.

Bir baba, bir anne evladına şifa aktarabilir. En büyük şifa ise hayırduadır. Bir insana hayırdua ettiğinizde sizin ve onun enerji alanı yükseliyor.

Aile birlikteliğimiz, aile içi muhabbet, aile fertlerinin birbirine inanıp güvenmesi o yuvayı fersah fersah iyiye götürür.

*Dijital dünyayı kurup yönetenlerin derin amacına dikkat edin!*

Bugün artık ortaya çıktı ki önümüzdeki elli yıl boyunca dünyayı yeniden programlayacak sistem, dijital TV platformları olacak. Şiddet, Eşcinsellik, Aile Yapısının Yıkılması ve Bireycilik, Tanrı'yı öldürme çalışması bu platformlarda neredeyse tüm dizi ve filmlerin baş teması... İnsanları bir şeylere hazırladıkları, düz bakış açısı ile bile görülüyor. Deistliği aşılayan, evreni ön plana çıkaran, yeni "mutant" yani değişim geçirmiş bir insan türünden bahseden dizilerle, beyinlere yeni programlar yazılıyor sürekli...

Ne yazık ki Müslümanlar bu abuk sabuk dizileri izlerken, bunların karşısına hakikati anlatan diziler koymakta yetersiz kalınıyor. Müslüman âlemi birbiriyle savaşarak oyalanıyor, zaman kaybediyoruz.

Çocukların teknolojiyi kullanması yanlış değildir. Doğru kullanıldığında çok da faydalıdır. Çocukları "Evlen kurtul", "Benim gibi olma" modu yerine, "Bize kalbinde Allah aşkı olan bilim insanları lazım!" diyerek yetiştirin. Birçok insan uyandı. Gençlerimize, çocuklarımıza destek olalım. Bu ülkenin daha çok kalbinde Allah aşkı olan bilim insanlarına ihtiyacı var. Biz de gençlerimize ve üretmek isteyen herkese destek verelim.

Kuran doğrudan Allah katından indirilmiştir. Bizim üstümüzde başka âlem ve boyutların da olduğunun ispatıdır. Dünyayı yönetmek isteyen sistemler bizi bütün bu âlem ve boyutlardan koparmak istiyorlar ki beş duyumuza kapanalım ve koyun gibi bizleri gütsünler.

Gerçek insanlığın kaldığı son kalelerden biri Türkiye'dir. Şu an onlarca ülkede yardım ve destek veriyoruz. Dikkat edilmesi gereken tek nokta şu. Diğer yardım eden ülkelerden farkımız, gittiğimiz yeri sömürmüyor tam tersine kalkındırmak için çaba gösteriyoruz. Su kaynakları ve bereketli toprakları ile Anadolu'ya göçe başlamamız lazım. Büyükşehirler neredeyse ölmüş durumdalar. İçindeki insanlar yorgun, stresli ve perişan. Günün sonunda şah da piyonda aynı kutuya konuyor. Siz ömrünüzü rekabetin yüksek olduğu kurtlar sofrasında mı harcayacaksınız? Yoksa ömrünüzü doğanın içinde üreterek mi geçireceksiniz?

Bir an önce tutunduğunuz tüm dertleri bırakın. Acı bedenden çıkın. Helalleşin. Üretin ve faydalı olacağınız yerlere yönelin. Bunun için param yok, imkânım yok, yaşım geçti, ailem izin vermez gibi engelleri zihniniz siz bu satırları okumaya başladığınız anda size sıralamaya başlamıştır. Onun da işi bu. Niyet ediyorum siz vesvesenizden daha kararlı olasınız.

# ŞİMDİLİK SON SÖZ

*Dört Sınav* kitabının sonuna geldik. En çok sorulan sorulara cevaplar bulmaya çalıştım. Diliyor ve niyet ediyorum ki bu kitapta anlatılanlar, size, bana ve bütüne şifa olsun.

İlk kitabımızdan beri size hep aynı şeyi söylüyorum: Şifacı, gizli güçleri olan biri değilim. Herhangi bir tarikata, cemaate bağlı değilim. Elimden geldiğince hayat tecrübelerimi paylaşmaya çalışıyorum. Ne kadar çok kişi farkındalıklı olursa, bütüne o kadar fayda sağlayabiliriz. Tek çiçekle yaz gelmeyeceği gibi, bir kişinin, iki kişinin çabalarıyla da bir sonuç alınamaz. Bir, iki, üç derken yüzlere, binlere, milyonlara hep birlikte ulaşmamız lazım. Herkesin farkındalıktan nasibini alması lazım... Daha güzel, daha huzurlu bir dünya ve daha mutlu insanlık için geç olmadan arıza yapmayı bırakıp, yola çıkmamız gerek.

Dünyayı yeni bir yere doğru zorlayarak götürtmeye çalışırlarken, insanlığın artık sınavlarının farkında olması, akışa girebilmesi için bu sınavları vermesi gerekiyor.

İki kapılı handan gitmeden önce, vaktinizi iyi değerlendirin. Doğru yerlere kullanın. Faydalı işlerin ve amellerin peşinde olun. Gereksiz düşüncelerden, yüklerden arının.

Cesaret, bolluk-bereket, ilişkiler ve sağlık sınavlarınızı bilinçle, farkındalıkla şifalandırabilmeniz niyetiyle.

Allahım seni sevenlerle, arayanlarla, bulanlarla ve senin sevdiklerinle bizleri buluşturmanı niyet ediyorum.

*Son beş senedir sınavlarınız ne oldu?*
*Şu anki sınavınız nedir?*

# Neden Atölye Çalışması?

Atölye Çalışması'nın amacı nedir?
Kitaplar ve web sitemizdeki içerikler ile ilgili elimizden geldiğince sizlerle bilgi paylaşmaya çalışıyoruz. Bu süreç içerisinde sormak istediğiniz sorular oluşmaya başlayabilir. Bu noktada bir / iki günlük atölye çalışmalarımız'da sorularınızı sorabilecek ve sizler gibi soru sormak isteyen yol arkadaşlarınız ile tanışacak, onların soruları da sizde farkındalık oluşturacaktır. Herkese koşmaktan kendinize vakit ayıramamış olabilirsiniz. Bugün kendinizi ertelemekten vazgeçerek, ilk kez kendiniz için birşey yapın. Adım atın, kolaylıkla ve sağlıklı bir şekilde sizde çalışmalarımıza katılın. Vakit geldiyse Allah nasip eder...

2 Günlük Atölye Çalışmalarımızın içeriği
Birinci Gün:
Hayatımızda nerelerde takılı kaldık ?
Enerjimizi bizden çalan olaylar ve durumlar neler?
Geçmişi ve gelecek bizi nasıl etkiler ?
Atalardan olumsuz bağların kesilmesi neden önemli ?
Hayatınızda sürekli tekrar eden olumsuz bir döngüye mi girdiniz ?
Kendimi neden sürekli erteliyorum ?
Başkalarına verdiğim değeri neden kendime veremiyorum?
Zihnim benim kontrolüm dışında durmadan sürekli düşünüyor ve zihnimi nasıl susturacağımı bilemiyorum?
Düşündüklerimiz başımıza gelirken neden önce olumsuz olanları geliyor?
Doğru nefes neden önemli ?

İkinci Gün:
Nefes Teknikleri
Geçmişi şifalandırma çalışmaları
Kontrolümüz dışında durmadan konuşan zihnimizi pratik yöntemlerle dinginleştirme teknikleri.
Gelecek kaygı ve endişelerin şifalandırılması.
Hayatımızı yeniden programla teknikleri.
Ve Derin çalışmalar ile birlikte "Kaynak Nefes" Çalışması
Not: Her gurubun ortak frekansları olduğundan, içeriklerde guruba özel değişiklikler kendiliğinden oluşmaktadır. Bu sebeple içerikte o guruba özel değişiklik yapılabilir.

Bizlerle iletişime geçmek ve daha detaylı bilgi almak için web sitemizi ziyaret edebilirsiniz.

www.nefes21.com
www.facebook.com/bgardiyanoglu
www.twitter.com/bgardiyanoglu
www.instagram.com/bgardiyanoglu